La nuit des béguines

Du même auteur,
chez le même éditeur

Le Jeu du pendu, 2011
(et « Piccolo » n° 86)

La Vie sur le fil, 2014

Aline Kiner

La nuit des béguines

LIANA LEVI piccolo

ISBN : 979-10-349-0551-5

www.lianalevi.fr

À mon père, toujours là
À Thomas

Dans ce quartier de Paris qu'on appelle le Marais, au coin de la rue Charlemagne et de la rue des Jardins-Saint-Paul, s'élève une tour brisée. Elle marque l'extrémité nord d'une muraille de plus de quatre-vingts mètres de long, ponctuée d'une seconde tour. Ce sont là les vestiges de l'enceinte construite à la fin du XIIe siècle par le roi Philippe Auguste pour protéger la ville. Un souvenir des guerres médiévales sur lequel s'appuient aujourd'hui les bâtiments du lycée Charlemagne. À son extrémité sud, le mur rejoint la rue de l'Ave-Maria, du nom du couvent qui, avant l'école, occupait les lieux. Mais au XIVe siècle elle en portait un autre. Elle s'appelait la « rue des Béguines ».

Car ce quadrilatère, ceint de venelles pavées de gris, où le bruit de la ville s'étouffe, laissant l'air libre aux trilles des oiseaux, aux cris des enfants qui jouent au ballon, aux rires des adolescents, filles et garçons mêlés, à leurs voix fortes et sans entrave, abritait alors – beaucoup l'ignorent – une institution unique en France : le grand béguinage de Paris. Fondé par Louis IX. Saint Louis.

En ce lieu, et dans les quartiers alentour, ont vécu durant près d'un siècle des femmes remarquables. Inclassables, insaisissables, elles refusaient le mariage comme le cloître. Elles priaient, travaillaient, étudiaient, circulaient dans la cité à leur guise, voyageaient et recevaient des amis, disposaient de leurs biens, pouvaient les transmettre à leurs sœurs. Indépendantes et libres. Une liberté que les femmes n'avaient pas connue jusque-là, et ne connaîtraient plus avant des siècles. Toutes n'en furent pas conscientes. Mais certaines se sont battues pour la conserver.

Pendant des années, arpentant les rues du Marais, j'ai cherché leurs traces. Jour après jour, elles sont venues à moi, ombres fortes et légères. J'ai entendu leurs rires et leurs chants, le bruit de leurs pas sur le pavé, senti sur ma peau ce même soleil qui les réchauffait, et dans mes narines l'odeur du fleuve tout proche. Nous avons rêvé, tremblé, cheminé côte à côte. Comme des compagnes que le temps sépare mais dont les désirs, les peurs et les révoltes s'accordent en un même écho.

1er juin 1310

N'était le silence, on pourrait croire que c'est jour de fête. Il y a foule, place de Grève, ce lundi précédant l'Ascension. Tous les habitants de la cité. Les marchands et les commis, les bourgeois et les artisans, les écoliers et les clercs, les ribaudes, les sans-feu, les gagne-deniers et les manœuvres venus louer leurs bras sur le port. La chaleur des corps pressés, leur odeur. Peaux crasseuses, souffles corrompus, mêlant leurs exhalaisons aux remugles venus de la rue des tanneurs et au parfum fangeux du fleuve. Dans les embrasures des belles demeures qui entourent la place se tiennent, debout, des dames et des gentilshommes vêtus de couleurs vives.

Les appels et les cris, les chants de force des bateliers et des portefaix se sont tus en une longue vague refluante. Derrière la rumeur de la piétaille, on ne perçoit que le claquement du bois sur la pierre – les bateaux heurtant leur panse contre la grève – et le clapot de l'eau, menu, pressé.

Tous ont les yeux rivés sur le centre de la place, où se dresse un bûcher presque semblable à ceux qu'on élève en ce même endroit pour les fêtes de carnaval et la Saint-Jean. Mais au lieu des masques dansants et des jeunes apprentis bondissant par-dessus les flammes, c'est une femme que l'on voit grimper sur ce bûcher, pieds nus à même les fagots, cheveux noirs et longue chemise plaqués au corps.

Elle est si grande, si frêle, le cou noueux au-dessus de l'échancrure de toile par laquelle on a passé sa tête. Droite pourtant. Et dure. En rien changée par les longs mois de captivité, les multiples interrogatoires, et le silence qu'elle a maintenu. Ils l'ont pris pour de l'arrogance. Elle n'avait tout simplement rien à dire. Rien qu'ils puissent comprendre.

Un peu plus loin est monté un second bûcher. Attaché au pieu, affaissé sur ses jambes, un homme, le visage meurtri. Un Juif accusé d'avoir craché sur des images de la Vierge.

Mais c'est elle que tous regardent.

Humbert se trouve à quelques mètres de là, sa haute carrure surplombant la populace. Il veut s'approcher encore. Jusqu'à voir les paupières fermées de la condamnée, et ses genoux qui saillent sous le linceul dont elle est vêtue. Il bouscule des épaules la matrone serrée contre lui, se glisse entre les groupes qu'un mouvement inconscient presse vers le cœur de la place.

Soudain, sur sa droite, il perçoit une poussée semblable à la sienne. Une silhouette menue, enveloppée d'une cape grise, se faufile entre les spectateurs.

Les voici tous deux à quelques pas du bûcher.

Le bourreau attend, torche à la main. Près de lui, un dominicain, robe blanche, manteau noir. Guillaume de Paris, l'inquisiteur. Un autre homme portant épée et chapeau à plumes. Le prévôt. Celui-ci s'avance, dépose un livre sur la paille aux pieds de la femme. Elle incline légèrement la tête, écarquille les yeux, comme étonnée.

À ce moment précis, un souffle monte du fleuve. La silhouette qui progresse parallèlement à Humbert repousse la foule, avance d'un pas résolu vers le bûcher et laisse tomber son capuchon.

Une masse de cheveux roux se déploie sur le vêtement sombre, ébouriffée par la brise.

La suppliciée tourne la tête. Semble regarder la toute jeune fille qui vient de se dévoiler, et la reconnaître.

Humbert la regarde lui aussi, stupéfait. Jamais il n'aurait imaginé la retrouver là, ni sous cet habit.

Le bourreau fait un pas vers le bûcher. Humbert baisse la tête, se détourne. Suit des yeux la rouquine, à nouveau couverte, et une autre fille, pareillement vêtue, qui l'attrape par la main et la tire brusquement. Puis, jouant des épaules, il repart vers la grève.

Bientôt, l'odeur du bois et de la chair qui se consument surpasse toutes les autres. Et le cri de la foule, excitée et compatissante, couvre le cri de l'homme sur le bûcher. Peut-être aussi celui de la femme qu'on brûle vive. Car personne ne peut exiger qu'elle soit restée silencieuse jusqu'à la fin.

PREMIÈRE PARTIE

De janvier à juin 1310

« Il y a, parmi nous, des femmes, dont on ne sait comment les appeler, laïques ou moniales, car elles ne vivent ni dans le monde, ni hors de lui. »

Collectio de Scandalis Ecclesiae
Gilbert de Tournai (vers 1200-1284)

1

Leonor, sa grand-mère, l'avait affirmé. Regardant les masures des villages environnants se vider, les jeunes aux braies déchirées et au ventre creux quitter leur famille et leur paroisse pour la ville, elle avait dit à Ysabel : « Un jour viendra où les contours de notre monde se seront transformés au point que les gens de mon âge ne sauront plus le reconnaître. Moi je disparaîtrai bientôt, mais toi, garde les yeux ouverts ! »

Ce matin de janvier 1310, Ysabel s'est levée alors que les premières lueurs filtraient à travers la fenêtre de sa chambre. Elle s'est vêtue chaudement et, comme elle le fait chaque jour, s'est rendue dans son jardin. La voici accroupie près d'une plate-bande enclose de branches de noisetiers tressées, la paume posée sur la glèbe. Elle songe à la nouvelle décennie qui débute et se demande ce qu'en penserait son aïeule dont les os ont depuis longtemps séché dans la terre où elle a voulu qu'on l'enfouisse.

Le monde a-t-il changé ? Elle ne sait qu'en penser. Elle a connu trois rois. Louis IX avait disparu bien avant que son second époux décède et qu'elle décide d'entrer au grand béguinage. Son successeur Philippe III le Hardi était mort à son tour. Le 6 janvier 1286, sous la rosace nouvellement posée de la cathédrale de Reims, l'archevêque avait oint de saint chrême la tête, la poitrine et le dos d'un adolescent à la beauté vigoureuse. Désormais, Le Bel règne sur le royaume. Un cavalier, un chasseur qui, aux heures les plus graves ou les plus solennelles, et même lors de la naissance de son fils Charles, continue de forcer le gibier, de talonner sa meute dans les forêts d'Orléans, d'Halatte, du Vaudreuil, de Montargis ou de Compiègne. Opiniâtre, efficace. Élevé dans le culte de son grand-père, figure vénérée dont il a fait, au terme d'une longue procédure de canonisation, un saint. Saint Louis.

Avec un tel souverain, et sous la protection d'un tel ancêtre, le royaume semble plus puissant que jamais. Plein d'énergie. Les villes hérissées de flèches et de pignons aigus. Les fleuves et les mers sillonnés de bateaux pansus, la cale alourdie de vin, de sel et de draps. Depuis des décennies, la terre de France n'a connu aucune guerre majeure, aucune épidémie, aucune famine. Que pourrait-il lui arriver de mauvais ?

Et pourtant.

Après le jubilé de 1300, année déclarée sainte par le pape – un moment de liesse et de pardon, l'indulgence plénière promise à chacun –, certains, au regard plus aiguisé que d'autres, ont commencé à noter des signes dans le ciel.

Peu à peu, les hivers se sont faits rigoureux. En 1303, le gel a brûlé la terre. L'été 1305, la sécheresse a grillé les récoltes sur pied. En 1308, le premier samedi après l'Ascension, une tempête de neige, dont la violence fut augmentée par la chute de grandes et grosses pierres, a dévasté la région parisienne. Les moissons ont péri avec les grains, et les vignes avec les grappes. Et le trentième jour d'octobre 1309, il a soufflé pendant plus d'une heure un vent si violent que son impétuosité a fait chanceler, du côté oriental, les grands arcs de pierre de l'église Saint-Denis.

Cette même année aussi, le dernier jour de janvier, à précisément une heure vingt-quatre minutes de l'après-midi, le soleil est venu se conjuguer avec la lune au vingtième degré du Verseau avant de disparaître. L'éclipse a duré plus de deux heures. Au-dessus de son jardin, Ysabel a vu l'air se colorer de rouge et de safran…

Que faut-il en déduire ? La vieille femme soupire. Sous ses doigts, la surface de la terre est craquante, durcie par le gel. Elle gratte la croûte froide, enfonce la main, attrape une motte et la malaxe avec bienveillance jusqu'à retrouver la souplesse et la chaleur de l'humus. Trituré par ses doigts, il exhale la bonne odeur du fumier qu'elle a répandu avant les premières gelées – de la fiente de vache, fournie par un paysan du marais, et de la paille pour pourrir avec. Pourvu que vienne le printemps, songe-t-elle, la terre sera généreuse. Dans ce petit monde, où elle a choisi de vivre, les changements semblent avoir si peu de prise.

Elle demeure encore un moment à humer le fumet piquant. Enfin pose ses mains sur ses cuisses et se redresse, éprouvant la raideur de ses jambes.

Le jardin est aménagé contre le flanc sud de la chapelle. Elle contourne sans se presser l'édifice trapu, campé sur ses contreforts de calcaire blond – il lui reste encore du temps avant l'office du matin –, débouche dans la cour autour de laquelle se serrent les demeures de ses compagnes. À travers les volets entrouverts, elle perçoit le halo des lampes à huile et des chandelles, les silhouettes qui se meuvent, le tintement des pots et des bassins.

Tout est si calme en ce lieu… Elle n'a pas oublié son étonnement lorsqu'elle en a poussé le portail la première fois. Épuisée par un voyage de dix jours depuis sa Bourgogne natale, endolorie par les cahots du chariot et les nuits dans de mauvaises auberges, hébétée par sa traversée de Paris. Elle ne connaissait de ville, alors, qu'Autun où demeurait l'un de ses parents. Paris lui avait semblé un monstre. Un ogre à la robe chatoyante, d'une vitalité allègre, vigoureuse, mais l'allure écrasante et le souffle fétide. La foule dans les rues étroites, assombries par les encorbellements, les portiques et les galeries suspendues, les appels des boutiquiers dans leurs ouvroirs, les cris des marchands de gaufres et d'oublies, les étals encombrés des cordonniers, chapeliers, fripiers et rôtisseurs débordant sur les pavés, les ballots portés à dos d'homme, tirés dans des carrioles, les bêtes qui vous bousculent, chevaux, cochons et chiens errants, la boue, les souillures et les détritus, l'affreuse odeur des pots d'aisance déversés presque sur les pieds des passants. Le portail refermé, la tête encore bourdonnante, Ysabel avait cru plonger dans une eau étale tant est profond le calme qui règne dans l'enceinte.

Le clos est une oasis à l'intérieur de la cité, une enclave bien défendue. Appuyé à l'est sur l'enceinte de la ville. Abrité au nord par les hautes demeures de la rue des Poulies-Saint-Paul. Protégé de même à l'ouest par plusieurs rangées d'immeubles le long de la rue du Fauconnier, où donne l'entrée. Préservé au sud du fleuve et de son trafic par la puissante tour Barbeau dont les chaînes barrent la Seine jusqu'au château de la Tournelle, sur l'autre rive, et défendent Paris. Une place forte, sans les voix viriles du casernement. Une citadelle pour les femmes, pas une prison.

Elle avait entendu un froissement d'ailes – une mésange se posant sur le pignon d'une maison –, et, fusant d'une fenêtre, le rire d'une jeune fille... Elle se souvient avoir levé la main vers le ciel enclos et lumineux.

Debout au milieu de la cour, la voici maintenant qui frissonne. Même à l'abri des murs, le froid est rude, le vent réussit à se couler le long des pierres luisantes de gel. Tirée de sa rêverie, elle serre autour d'elle son mantel de laine et se dit qu'il est temps de se préparer pour l'office lorsqu'un cri venu de la rue l'arrête.

« Mon lait, mon bon lait ! »

Le premier appel du matin. Auquel succéderont ceux du crieur de bains et du crieur de vin, des maraîchers puis de la vendeuse de fèves du marais. Le chant de la ville.

Ysabel hésite, se dirige vers la porte. Une bolée crémeuse, tout juste sortie du pis de la vache... De quoi panser la nostalgie de la campagne qui la saisit au sortir de son jardin.

La concierge est dans sa petite maison, près de l'entrée. La vieille béguine frappe à la porte. Guillaumette apparaît, le buste roulant sur des hanches épaisses.

« Je vais acheter un peu de lait, en veux-tu ?

Guillaumette sourit, pousse la clé dans la serrure. La porte résiste, la gardienne appuie de son épaule, elle bouscule en ouvrant une silhouette tassée à l'extérieur contre le chambranle.

Un gamin fluet, habillé d'une pèlerine malpropre, le visage dissimulé par son capuchon, un mendiant, sans doute, qui espère la charité des bonnes femmes du béguinage.

Guillaumette esquisse un geste, mais Ysabel l'arrête.

Sous le menton pointu que l'enfant presse contre son cou, une mèche de cheveux se coule. Longue, et rousse.

Ysabel se penche, approche sa main du corps recroquevillé.

« Viens petite, tu dois être glacée par ce froid. »

2

Le veuf est venu seul, s'est agenouillé au premier rang. Face à lui, les jeunes filles se regroupent et se serrent, les yeux fixés sur la maîtresse du chœur. Claquement de talons sur la pierre, froissements de tissus rêches. Des gorges s'éclaircissent. Silence. Une voix jaillit, solitaire, vibrante.

« *Ô combattants de la fleur, nés sur une branche sans épines, vous êtes la voix du monde...* »

Ade ferme les yeux. Un souffle glacial glisse sous sa robe, hérisse sa peau malgré les chausses de laine, raidit ses pieds. Les muscles durcis, la tête enserrée de fatigue, elle tente de suivre le chant, de se glisser dans le rythme lancinant des syllabes longuement étirées, infiniment modulées. Mais les mots de la lettre reçue la veille cognent dans sa tête.

Ses yeux sont clos, mais elle sent la présence de l'homme devant elle, sa silhouette lourdement vêtue d'un manteau doublé de petit-gris. Elle le connaît. C'est l'un des plus généreux donateurs du béguinage, un échevin de la cité qui a perdu sa jeune femme en couches une semaine auparavant. Il a demandé que le chœur demeure après l'office pour chanter en sa mémoire les antiennes qu'elle aimait tant. Chacune en a été émue. Elle-même devrait l'être. Mais la proximité du veuf l'empêche de se concentrer sur le chant. Il lui semble sentir, mêlés au parfum sucré de la cire qui s'écoule des chandelles, des effluves musqués émanant de sa pelisse, ou peut-être de sa barbe, qu'elle sait drue et noire.

Une pause, brève. La voix de la soliste demeure suspendue. Puis le chœur entonne à son tour la strophe. Les voix juvéniles se déploient, s'assemblent. Une ligne pure lancée sous les voûtes de la chapelle.

Ade se concentre sur elles. Elle se souvient d'autres voix qui la berçaient durant les heures de repos, dans le couvent où, enfant, elle avait été envoyée pour achever son éducation. L'écho de leurs prières se glissait à travers les murs de sa cellule, plus lumineux que le rayon étréci par l'étroite lucarne.

Avait-elle conscience, alors, de la paix que lui offrait ce monde rigoureux? Les déambulations silencieuses des moniales dans les galeries du cloître. Les offices et les psaumes qui rythmaient le temps, scandaient les heures diurnes et nocturnes. Les matins paisibles passés au scriptorium à parfaire son latin, manier la plume d'oie, ou regarder les copistes travailler sous la dictée, attentive aux voix des lectrices, au grattement des pennes sur le vélin, à l'odeur métallique de l'encre.

Elle aurait aimé retourner dans ce lieu où, sans le comprendre, elle avait été heureuse. Le béguinage est un compromis. En attendant. Au sein de ce monde bourdonnant de rires, de prières et de gestes du quotidien, elle a conscience de vivre en marge. Elle a obtenu une demeure en retrait, contre l'enceinte. Y passe de longues journées silencieuses, partageant les tâches de la maison avec une jeune servante discrète. Le reste du temps, lisant et méditant. Mais il est difficile de s'isoler véritablement dans cet enclos où elles sont plusieurs centaines à cohabiter sans l'harmonie qu'impose la règle des couvents. Si différentes les unes des autres.

Le chœur s'est tu. Une voix solitaire s'élève, poignante :

« *Parce que je suis entourée d'une meute de chiens...*

– *...une horde de méchantes gens m'assaillent,* répond le chœur.

– *Ils percent mes mains et mes pieds...,* reprend la voix.

– *... je ne peux compter chacun de mes os* », répond le chœur.

Antiphons et respons alternent, le chant vibrant de la soliste dialoguant avec celui, effilé, des jeunes filles. La plupart ont appris l'art du chant à l'école du béguinage. Son chœur est célèbre dans tout Paris. Nombreux sont les gentilshommes et les bourgeois qui le mentionnent sur leurs testaments, demandant en échange prières et vigiles pour le repos de leur âme.

« *Sauve mon âme de l'épée, ô Dieu...*

– *... et de la mâchoire des chiens, ma vie.*

– *Sauve-moi de la gueule du lion...*

– *... et des cornes de la licorne, sauve mon humilité.* »

L'humilité... Le frère d'Ade pense qu'elle en manque. Elle a vingt-cinq ans déjà. Combien de maris pourra-t-elle encore refuser ? Il s'impatiente. Chaque phrase de sa dernière lettre est crispée de cette impatience. Il ne comprend pas sa peine.

L'homme devant elle bouge pesamment sur le prie-Dieu. Le bois grince. Il est gras, bien que jeune encore. De ces marchands qui passent leur temps assis à leur table à manier l'argent et la nourriture. C'est pour des hommes semblables à lui que son époux est mort. Jeté à terre, abattu dans la boue comme un pourceau.

Ade serre ses bras et ses poings fermés contre son ventre.

« *Ô combattants de la fleur, nés sur une branche sans épines, vous êtes la voix du monde…* »

Le chœur a repris le début de l'antienne. Les tessitures se sont épanouies, la gorge des chanteuses est réchauffée, libérée par les inflexions vibrantes qui, avec le souffle, naissent dans leur poitrine pour jaillir de leurs lèvres.

« *…encerclant les régions des sens égarés…* »

Les syllabes s'enchaînent, dessinent dans l'espace des spirales amples et continues, se recouvrant les unes les autres, s'enroulant comme des lianes autour des colonnes de la chapelle, toujours plus haut.

Mais le corps d'Ade reste lourd, son âme amère.

3

Un jour et une nuit ont passé, tout ce temps la petite est restée recroquevillée sur son lit. Avec l'aide d'Agnès, son assistante à l'hôpital, Ysabel a voulu la dévêtir. L'enfant transpirait de fièvre. Les miasmes qu'exhalaient ses haillons humides ne pouvaient qu'affaiblir encore son organisme. Mais elle s'est débattue, résistant de tout son corps noué.

Nous avons été maladroites, se blâme la béguine. Trop pressées. Assise à la table de sa cuisine, elle casse en petits fragments un morceau d'écorce de platane, puis un de saule, les jette dans le pot rempli d'eau – deux portions de saule pour une de platane –, ajoute des sommités d'aigremoine, brasse l'ensemble et met le pot au feu. Contre la fièvre, le remède est souverain. Mais contre la colère ? Car c'est bien la colère qui agite la fillette, autant que la peur.

Ysabel a demandé qu'on tende un tissu pour isoler la paillasse où elles l'ont installée dans la grande salle de l'hôpital. Afin qu'elle se calme, se rassure, et les autres malades de même. Les patientes couchées dans les lits voisins ont vu ce que l'enfant cachait sous son capuchon. Le lien qui retenait ses cheveux s'est défait tandis qu'elle repoussait les gestes de réconfort. Ils ont roulé sur ses épaules. Une masse épaisse, d'un roux de feu.

Dans l'âtre, la décoction arrive rapidement à ébullition, prenant une couleur jaunâtre. L'herboriste remonte la crémaillère, laisse mijoter doucement le liquide tout en réfléchissant. Un remède contre la colère... Bien sûr.

Relevant sa robe, elle grimpe l'escalier de bois qui mène à l'étage. En haut, la porte ouvre sur une seule pièce, servant à la fois de salon et de chambre. Elle ne dispose pas de foyer, mais le conduit de la cheminée longe le mur, apportant suffisamment de chaleur, même par ces froidures, pour la rendre vivable.

Près du lit est posée une malle en chêne sombre, ornée de ferrures forgées en forme de tiges stylisées. Le seul bien qu'elle ait apporté ici avec elle, un cadeau de son premier époux. Ysabel repousse le couvercle, soulève les chemises de lin et les cottes de laine, extirpe de dessous la pile un coffret ajouré. À l'intérieur, elle a rangé les bijoux qu'elle ne montre plus depuis des années. Mais ce n'est pas ce dont elle a besoin. Ses mains fourragent parmi les anneaux et les bracelets. Et finissent par reconnaître, à sa dureté anguleuse, l'objet qu'elles cherchent.

Dehors, il fait encore plus froid que les jours précédents. Le sol est glissant de gel, le ciel figé. La béguine l'ausculte un moment. La neige ne tombera pas, la température a chuté trop bas. Les sergents vont ramasser de nouveaux cadavres dans les masures abandonnées et les terrains vagues de la cité. À moins que les chiens errants ne les trouvent avant eux.

Comme le jardin des simples et le potager, l'hôpital est situé entre le côté sud de la chapelle et le rempart, à l'abri des allées et venues. Le flanquent une dizaine de demeures à étages alignées sur deux rangs, accordées en priorité aux compagnes les plus âgées ou à celles qui désirent davantage de solitude pour se consacrer à la prière. C'est là que, par commodité, loge Ysabel. De l'autre côté de la chapelle, qui sépare en quelque sorte le clos en deux, se trouve la grande cour autour de laquelle se serrent la plupart des habitations, dont celle de la maîtresse, et la maison commune où sont accueillies les plus jeunes et les moins fortunées de leurs compagnes.

Alors qu'elle contourne le bâtiment bas, tout en longueur, où sont accueillies les malades, la vieille béguine anticipe le regard inquiet d'Agnès. Celle-ci fait de son mieux, mais les rumeurs commencent à bruire dans le dortoir, les peurs se diffusent, amplifiées par la faiblesse des corps et des esprits, la douleur et les nuits sans sommeil.

Rufus, le roux ! L'injure que les moines se lancent lorsqu'ils se querellent. Roux, couleur maudite. Couleur du traître. Le poil roux de Judas et Caïn, d'Esaü qui vendit son frère pour un plat de lentilles, de Ganelon qui envoya au massacre Roland et ses compagnons. Couleur des flammes de l'enfer qui brûlent sans éclairer. De Satan et ses maléfices. Des enfants engendrés durant les règles de leur mère. Il y a quelques jours, l'abbé de Sainte-Geneviève a expulsé de la ville une fillette, Emmelote, qui avait pour seul tort d'être née avec des cheveux flamboyants. Mais plus sûrement que sa toison, se révolte Ysabel, c'est d'être bannie sans autre recours que son corps juvénile qui la condamne à la damnation.

Si le roux était si mauvaise couleur, pourquoi Dieu l'aurait-il mis au flanc des beaux chevaux qu'elle montait autrefois sur les terres de son domaine ? Et à l'encolure des biches qui accroche la lumière lorsqu'elles s'inclinent tendrement vers leur faon nouvellement né ?

À la ceinture de l'herboriste est suspendue l'aumônière qui ne la quitte jamais. Elle y a rangé le présent qu'elle destine à sa jeune malade, avec une gourde remplie de sa préparation à base d'écorces et de fleurs et un autre flacon contenant un vin épais, additionné d'une décoction de pavot. Quelques gouttes seulement. Mais avant que la petite accepte ses remèdes, il va falloir lui parler.

Ysabel pousse la porte. La voici dans le dortoir. Il est bien chauffé, le feu flambe dans l'âtre, entretenu par les jeunes filles qui apportent leur aide à Agnès. Les lits, alignés de chaque côté du couloir, sont garnis de draps de coton blanchis au savon et à la cendre. Les fumigations de fenouil et d'aneth renouvelées plusieurs fois par jour embaument l'air d'une odeur anisée. Ysabel est satisfaite. L'hôpital est certes infiniment plus modeste que l'Hôtel-Dieu, mais bien tenu.

Une dizaine de paillasses sont occupées en ce jour par des compagnes âgées, et des femmes pauvres du voisinage. Beaucoup souffrent de refroidissement, l'une se relève difficilement de ses couches. Il n'y a pas de mari, l'enfant a été confié à une voisine. La béguine espère que la mère se remettra, mais la pauvre femme a perdu beaucoup de sang et ne se nourrit pas.

Ysabel passe entre les lits, effleurant du regard les unes et les autres, s'attarde un moment près de la vieille Cathau, dont l'état s'est aggravé depuis quelques jours. Ses yeux sont clos, mais elle a cessé de gémir. Son souffle soulève à peine les deux couvertures que l'on a ajoutées sur elle. Ysabel réajuste le linge noué autour de sa tête, scrutant tendrement le visage où se sont creusées de nouvelles ombres. Puis elle poursuit sa déambulation à la rencontre d'Agnès qui apparaît à l'instant derrière le paravent aménagé pour la nouvelle venue au bout du dortoir.

« Elle n'a toujours rien mangé, dit-elle dans un murmure.

– A-t-elle bu un peu d'eau ?

– Elle refuse tout ce que nous lui apportons.

– Il faut laisser un gobelet au pied de son lit et une assiette. Qu'elle se nourrisse lorsqu'elle est seule.

– C'est ce que j'ai fait ! »

Les traits se crispent. Disgracieux. Le visage d'Agnès est un renoncement. Commissures de la bouche, rides, plis de la peau tirés vers le bas, comme si une main s'était plaquée dessus et avait voulu en effacer les traits. Seuls ressortent le nez, pointu, et les arcades bombées où se plantent des sourcils noirs.

« Va prendre du repos, Agnès, suggère l'intendante, je m'occupe d'elle et des autres. »

La fillette est toujours vêtue de sa pèlerine souillée, le capuchon tiré sur le visage. D'elle, Ysabel ne distingue qu'un menton aigu et un genou anguleux qui pointe à travers les braies déchirées.

Sur le sol, à côté de la paillasse, un bol de soupe a refroidi, la bonne graisse de poule figée en cercles troubles sur le bouillon doré.

Ysabel garde le silence. Elle a perçu, à un infime raidissement, que l'enfant est consciente de sa présence. Elle s'assoit tranquillement au pied du lit et continue de se taire.

À travers la toile huilée tendue dans le cadre de la fenêtre glisse un rai de lumière brouillé. Il tombe sur l'épaule et le dos de la petite. Ysabel pose une main légère sur le drap. De l'autre côté de la toile qui isole le lit, une femme se racle la gorge. Une autre tousse longuement. Puis le silence retombe, seulement troublé par les claquements du bois qui se consume dans le foyer. Peu à peu, au mouvement léger du drap sous sa paume, Ysabel sent la fillette se relâcher.

Elle attend un peu encore, puis commence à raconter.

« Enfant, dit-elle, j'étais turbulente. Forte de caractère. Je n'aimais rien tant que galoper dans les bois. »

Sur le lit, la petite se raidit de nouveau. La conteuse marque un temps d'arrêt, reprend d'une voix basse, neutre d'abord. Elle sait que le rythme de ses mots, la force ou la douceur qu'elle y met, les silences qu'elle ménage entre eux sont aussi importants que leur sens.

« Le domaine de mon père se trouvait à quelques milles d'Autun. Nous avions des prés et des forêts, des terres qui donnaient du blé haut sur pied, des vignes aux sarments vivaces et aux grappes lourdes. Chaque fin d'été, je poussais mon cheval le long des champs aux côtés de mes frères. Nous regardions les épis mûrir et jaunir jusqu'au moment où notre père ordonnait de procéder à la moisson. »

La gamine est désormais attentive, Ysabel le sent. Cette attention doit être le fil qui guide son récit.

« Et puis j'ai grandi. On m'a demandé de rester dans la maison pour apprendre ce que doivent savoir les jeunes filles. Mais à demeurer assise, avec entre les mains mon tambour à broder au lieu des rênes de ma jument, mon sang a commencé à bouillir. Ma vivacité est devenue colère. Je ne comprenais pas que l'on me prive de ce que j'aimais, le grand air, le vent sur mes joues, le parfum de la monture après la cavalcade.

» Cette colère a commencé à me dévorer. C'était comme un feu. Mes entrailles se tordaient, ma gorge brûlait de cracher des mots qu'on ne doit pas prononcer, ma tête cognait de pensées qui ne pouvaient en sortir. Alors un jour, j'ai claqué la porte au nez de ma gouvernante et j'ai couru chercher mon cheval aux écuries. Mon frère aîné m'a poursuivie, arraché les rênes des mains, et je ne sais pas ce qui m'a pris, je me suis jetée sur lui. »

Cette fois, l'autre a bougé, imperceptiblement, comme pour se rapprocher de la source de la voix. Le capuchon glisse, dévoilant la courbe de la joue.

« Mon frère m'a corrigée. Durement. Il m'a frappée avec sa cravache jusqu'à ce que ma robe se déchire, que ma peau saigne et bleuisse, puis on m'a enfermée un mois dans ma chambre. »

Ysabel marque une nouvelle pause. Elle approche à souffle compté la sauvageonne embusquée sur la paillasse.

« Mais ce n'est là que le début de l'histoire. L'important vient ensuite. Un soir, alors que tous dormaient dans la maison, ma grand-mère s'est glissée près de mon lit. Elle m'a parlé. Elle a dit que la colère, la colère du cœur et de la bouche, la colère des membres, abîmait le corps et l'âme. Mais comme j'étais encore une enfant, qui n'avait pas la force et la sagesse de la combattre, elle m'a fait un présent. »

Ysabel se lève, glisse la main dans son aumônière. Elle pose la pierre dans le rai de soleil, juste à côté du visage de la fillette. Les cristaux grossièrement taillés capturent la lumière, se teintant d'un bleu pâle, presque transparent.

« C'est une aigue-marine, une goutte de mer. Il suffit de la serrer dans sa main et de la regarder pour que la colère se dissolve. Elle m'a servi souvent. Je te l'offre pour le temps dont tu en auras besoin. »

4

La petite n'a pas réagi tout de suite. Le rayon de lumière a glissé lentement sur le lit, jouant avec les facettes anguleuses de l'aigue-marine, y allumant des éclats turquoise et vert d'eau qui s'effaçaient en de soudaines opalescences. Puis il a laissé la pierre dans l'ombre, perdre de son éclat mais gagner en profondeur, comme la surface de l'océan lorsque le soleil se voile.

Alors elle a sorti la main de sa manche, brusquement, et enfermé le présent dans son poing.

Elle a la peau fine, blanche, si fine et si blanche, qu'on voit courir dessous des veines bleuâtres. Ce n'est pas une peau de vagabonde, de sans-foyer.

De l'autre côté de la tenture, la femme recommence à tousser. Ysabel se lève précautionneusement, fait signe à une jeune fille. Elle tend la gourde contenant sa décoction et lui demande d'en donner un fond de gobelet à la poitrinaire. Il va falloir qu'elle fasse le tour du dortoir, examine chacune. Mais celle qui est là a encore besoin d'elle.

La béguine se rapproche de la gamine. Les doigts se crispent sur la pierre de mer.

« Ne crains rien, dit-elle à voix basse, c'est encore moi. Je ne t'ai pas donné mon nom, je m'appelle Ysabel.

Tu n'as pas besoin de me dire le tien. Mais puisque je t'ai fait un présent, j'aimerais que tu m'en fasses un. Je t'ai apporté une boisson réconfortante. Je vais la poser près de toi. Prends-en trois gorgées. Cela te fera du bien. Autant que la pierre. »

Elle laisse le gobelet de vin sur le sol, à côté du bol de bouillon froid, puis se retire.

Il faut au pavot quelque temps pour agir. Celui que prend Ysabel pour visiter les malades. Lorsqu'elle revient près de la fillette, celle-ci a relâché ses membres et somnole doucement.

Agnès la contemple avec soulagement.

« Nous allons lui donner un bain, murmure l'intendante. Je vais la porter, tu peux aller dans l'étuve, faire chauffer l'eau. »

Tandis que son assistante s'éloigne, Ysabel se penche pour prendre l'enfant dans ses bras. Elle est solide encore, malgré l'âge, le corps bâti en force, musclé par les chevauchées d'autrefois et les travaux du jardin. Mais la gamine se révèle plus lourde qu'elle ne l'imaginait. Plus grande aussi. Jusque-là, elle l'a seulement vue ramassée sur elle-même.

Dans la pièce attenante au dortoir où se trouve le cuvier, le foyer rougeoie de braises qui répandent une bonne chaleur. La vieille béguine assoit sa protégée sur un coffre appuyé au mur et commence à la déshabiller doucement.

« Pas trop chaude l'eau, précise-t-elle à Agnès. Pas plus que la paume de ta main. Il faut faire tomber la fièvre. »

Elle retire d'abord les chausses, dévoilant de petits pieds vigoureux, aux orteils gonflés. Puis la pèlerine.

Le regard d'Agnès pèse sur elle tandis qu'elle accompagne de sa main le déploiement des cheveux raidis par la crasse.

Sous la cape, l'enfant porte une chainse grossière. Elle laisse docilement aller ses bras tandis qu'Ysabel la lui enlève.

Elle n'est pas seulement plus grande que cette dernière l'imaginait. Elle est aussi plus âgée. La chemise qu'elle porte à même le corps se soulève sur des seins hauts et renflés. Des seins de jeune fille si ce n'est de femme.

Mais leur courbe n'est pas, pour la béguine, le seul motif d'étonnement. À nouveau, la blancheur de la peau, sa finesse la surprennent. Et aussi celle de la chemise, tissée d'une laine souple et légère.

Derrière elle, Agnès vide dans le cuvier l'eau sortie du feu.

« Attends-moi, petite », murmure Ysabel à sa patiente qui se laisse aller sur le coffre en fermant les yeux.

Dans un renfoncement du mur ont été aménagées des étagères sur lesquelles sont rangés des pots de terre vernissée. Sans hésitation, Ysabel en saisit trois tour à tour, y plonge la main et répand dans l'eau chaude des poignées d'herbes et de pétales secs.

« La rose blanche pour purifier les passions, l'armoise pour chasser les mauvaises pensées, la sauge qui guérit tout, panacée des panacées. »

L'oraison silencieuse dont elle accompagne chacun de ses soins. Pas vraiment une prière, mais Dieu sait ce qu'il en est. Sa grand-mère Leonor faisait de même pour renforcer le pouvoir des plantes. Sans doute, glissait-elle d'autres mots, venus de sa terre du Berry, mais c'était là son secret.

Personne n'osait dire Leonor guérisseuse car elle était noble dame. Ni apothicaire car elle n'était que femme. Mais chacun, du parent au paysan, la consultait. Lorsqu'elle visitait un malade, il lui suffisait de regarder le blanc de ses yeux, de poser ses doigts sur son front et son poignet pour savoir de quel déséquilibre il souffrait et prescrire les décoctions appropriées pour rétablir l'harmonie de ses humeurs. Elle avait appris à Ysabel les simples qui soignent les maux de ventre et les fièvres, ceux qui purgent ou combattent le venin, les vulnéraires qui arrêtent les saignements et les herbes des femmes qui soulagent des douleurs de la menstruation – parfois aussi du poids d'un enfant. Elle lui avait enseigné les plantes de Dieu et celles du diable, la fougère capable d'éloigner les esprits maléfiques et ces végétaux étranges renfermant l'écume des éléments auxquels Satan aime se mêler. Dans les prés et les bois qu'elles arpentaient ensemble, elle lui avait montré la pulmonaire, dont les feuilles tachées de blanc comme les poumons soignent les poitrinaires ; la chélidoine au suc jaune telle la bile qui soulage les maladies du foie ; la noix, avec ses cerneaux comme les lobes du cerveau, qui traite les troubles mentaux ; et l'arum du dragon, à la peau semblable à celle du serpent, qui protège des morsures du reptile.

La terre nous connaît mieux que nous-mêmes, disait-elle. Elle est bienfaisante et loquace. Chacune de ses manifestations recèle une multitude de signes. Il te faut apprendre à être attentive.

Dans l'eau du cuvier, les pétales blancs des roses se déploient. Une vapeur odorante envahit l'étuve. Ysabel se tourne vers Agnès.

« Ajoute un peu d'eau froide, je te prie. Puis tu pourras t'en aller et t'occuper des autres malades. »

L'assistante lève les yeux, surprise.

« Ne t'inquiète pas, murmure Ysabel. Je saurai prendre soin d'elle. »

Agnès incline la tête et, après avoir accompli sa tâche, s'en va, dans le froissement rêche de sa robe grise.

Désormais seule, Ysabel vérifie en y trempant sa main la température de l'eau, puis se retourne vers la jeune fille qui, durant ce temps, n'a pas bougé. Elle semble sortie de sa torpeur, mais demeure calme.

« Je vais ôter ta chemise, mon enfant. Puis te baigner. »

La laine légère est retirée. La fille est debout, nue. Les bras le long du corps, les paumes des mains tournées vers Ysabel. La tête baissée.

Blanche, oui, ô combien. De cette blancheur crémeuse des rousses. Le corps long et bien fait, ferme, les cuisses musclées comme celles d'un jouvenceau, les hanches étroites, les seins... deux monts fragiles sur un buste tendre, les épaules un peu larges mais fines et nerveuses, comme le cou sur lequel s'incline le visage. Des taches rousses sur le col et les bras. Mais d'autres aussi. Plus larges, d'un bleu sombre pigmenté de rouge. Sur les côtes, au creux des reins, et dans la tendresse des cuisses, près de la toison.

Ysabel soupire, le cœur serré.

La petite a été violentée.

Elle lui tend la main, telle une mère menant son enfant la conduit au cuvier, l'aide à enjamber le rebord de bois, à s'asseoir dans l'eau tiède, puis à s'adosser à la toile de lin dont on double les parois pour protéger la peau des échardes. Et jusqu'à l'heure de complies, elle la lave doucement à l'aide d'un savon à base d'huile, malaxe les cheveux, passe un linge propre dans le moindre repli de la peau, entre chaque doigt et chaque orteil, enfin dans les creux les plus intimes, les plus scellés, afin d'en chasser la crasse et la mauvaiseté.

5

Le premier époux d'Ysabel, Hugues, avait été un fidèle compagnon de Louis IX. Il l'avait rejoint en 1248 lors de sa désastreuse croisade et n'avait dû qu'à un accès de fièvre de ne pas participer à la bataille de Fariskur, où l'armée du roi, hébétée de fatigue, les tripes vidées par la dysenterie, avait été massacrée par les musulmans tandis que le souverain, à sa grande honte, était fait prisonnier. Louis en avait conçu la conviction qu'il était l'objet d'une punition divine.

Hugues avait à nouveau accompagné le roi en 1270 lorsque, pour la seconde fois, celui-ci était allé chercher le bâton de pèlerin et l'oriflamme à Saint-Denis, pour prendre la Croix comme on expie, après une grande purification du royaume – les Juifs contraints à la rouelle, les blasphémateurs, prostituées, malfaiteurs et scélérats implacablement poursuivis. Il était aussi près de Louis quand celui-ci était mort à Carthage, en terre infidèle, trente jours après son fils Jean Tristan, appelant de sa voix déclinante les suffrages des saints auxquels il était attaché : Jacques et Denis.

S'en était suivie cette honteuse querelle autour du corps du souverain défunt, précieuse relique devant attirer gloire et protection sur qui la posséderait. Charles d'Anjou voulait conserver la dépouille de son frère dans son royaume de Sicile au détriment de son neveu Philippe, fils et successeur du roi. Malgré sa jeunesse, celui-ci avait trouvé l'autorité pour obtenir – une fois le corps traité contre la putréfaction – de conserver la partie noble et dure, le squelette, tandis que son oncle devrait se contenter des chairs et des entrailles, en leur mollesse. Les valets de chambre du roi découpèrent alors le cadavre de leur maître membre par membre et le firent cuire si longtemps dans un mélange de vin et d'eau que les os en tombèrent blancs et nets de chair sans qu'ils eussent besoin, pour les nettoyer, d'employer la force.

Hugues avait rapporté tous ces détails à son épouse – si jeune alors. Raconté aussi l'étrange convoi qui avait traversé la Méditerranée, puis toute l'Italie, franchi les Alpes au Mont-Cenis, remonté la vallée de la Maurienne, passé Lyon, Cluny, Châlons et Troyes avant d'arriver à Paris. Le petit cercueil de bois contenant les restes de Louis IX porté sur le dos d'un cheval. Celui de son fils Jean Tristan derrière lui. Et de son chapelain, Pierre de Villebeon, mort lui aussi durant le voyage. Puis à partir de Trapani, escale funeste, la bière du gendre de Louis, Thibaut II de Navarre. Et enfin, après un cinquième et double deuil, celle de la nouvelle reine de France, Isabelle d'Aragon, femme de Philippe III, victime d'une chute de cheval alors qu'elle traversait une rivière aux eaux gonflées par la crue, décédée à l'âge de vingt-quatre ans après avoir donné naissance à un enfant mort-né.

Hugues n'était pas allé jusqu'au bout du voyage. Il avait abandonné le convoi après Lyon pour rejoindre son épouse et son domaine de Bourgogne. Il n'assista pas non plus aux funérailles du souverain à Saint-Denis.

Épuisé par les batailles et les fièvres, il quitta le monde quelques semaines après son retour.

Ce premier époux, avec lequel elle avait seulement vécu quatre années interrompues de longues absences, Ysabel l'a aimé profondément. Elle avait quinze ans lors de leur alliance, lui vingt de plus, mais il était hardi comme un adolescent. Et il demeure ainsi dans sa mémoire. Elle s'était remariée quelque temps après son décès avec un brave homme qui lui avait donné un fils, Robin, et beaucoup d'affection, dont elle avait partagé dix-sept années durant le lit et la table, mais cette partie de son existence semble s'être évanouie – non pas qu'elle ait disparu, elle est simplement éteinte, un rêve qui a perdu ses couleurs après le réveil. Par contre lui reviennent, vifs et précis, les rares moments passés avec Hugues. Leurs chevauchées. Leurs rires. Ses larmes à elle lorsqu'il s'en allait. Et ce geste qu'il avait au moment de partir, main tendue, paume ouverte, comme une offrande et une promesse. Elle l'a vu, cette nuit encore.

Peut-être est-ce l'âge qui me précipite vers ces vieux souvenirs ? songe-t-elle en quittant sa maison au matin. Elle a remarqué cela au chevet de malades, peu avant qu'ils expirent : la proximité de la mort ramasse le temps. Mais l'ambiance particulière du béguinage, la mémoire qui l'habite, celle de ce roi que son époux a aimé au point de le suivre sur les chemins les plus hasardeux du salut, y sont sans doute aussi pour quelque chose.

Certains se sont moqués du souverain et de sa piété démonstrative ! Après l'échec humiliant de la première croisade, on l'a vu, il est vrai, se complaire dans une existence de privation, abandonnant l'hermine et le vair, l'habit écarlate, les étriers et les éperons d'or, pour se vêtir d'habits incolores, manger des plats simples et allonger son vin d'eau. Aujourd'hui pourtant, chacun est bien obligé de reconnaître que, durant sa vie, Louis a tenté d'approcher, autant qu'il est possible à un homme dans son incomplétude, l'exemple du Christ. Il a apporté son soutien aux ordres mendiants, fondé des hôpitaux pour les pauvres, un couvent pour les prostituées repenties de Paris, protégé les aspirations des femmes qui voulaient pratiquer leur religion sans subir le joug des autorités ecclésiastiques. Sous sa protection, des petites communautés de béguines se sont établies un peu partout à travers le royaume, à Senlis, à Tours, Orléans, Rouen, Caen, Verneuil... Et dans la capitale, il s'est investi personnellement dans la construction du clos, conçu sur le modèle de Sainte-Élisabeth à Gand qu'il avait eu l'occasion de visiter.

Le roi a voulu le grand béguinage pour accueillir de pieuses dames. Tant de femmes se retrouvent seules. Des épouses de chevaliers condamnées au veuvage par les croisades et les guerres privées, des jeunes filles nobles qui ne peuvent se marier ni entrer dans de dispendieux monastères faute de dot. Et de plus pauvres encore, qui travaillent comme cardeuses ou tisserandes dans les ateliers de laine alentour et sont soulagées de rentrer chaque soir à l'abri de ses hauts murs.

« Allez-vous vraiment vous plaire parmi ces bonnes âmes ? » avait plaisanté son fils lorsque Ysabel avait annoncé son intention de s'y retirer. « Vous, ma mère, qui chevauchez à travers la campagne et donnez de la voix sur les gens comme sur les bêtes !

– Je maîtriserai ma langue, et la vieillesse fera de même pour mes impatiences », avait-elle seulement répondu.

Robin était marié depuis un an. Elle lui avait laissé la gestion de son domaine et à sa bru les clés de sa maison. Il ne comprenait pas qu'elle s'en aille. Il était né dans un monde qui lui semblait aller de soi, elle avait appris que le temps en transforme les limites et les lignes de force.

Au béguinage, elle a trouvé plus que ce qu'elle espérait. Elle s'est immédiatement investie dans la vie de la communauté. Elle a d'abord préparé des remèdes pour l'hôpital, puis à la mort de l'intendante, accepté de lui succéder dans sa charge. Elle fait également partie du conseil des quatre sages – sage, moi ? Robin en rirait ! – qui entourent la maîtresse et l'aident à administrer l'institution.

Lui manquent parfois la verdeur des prairies au printemps, les feuilles froissées sous les sabots de son cheval à l'automne, l'odeur poussiéreuse des blés battus dans la grange en hiver. Mais elle ne regrette rien. Elle accueille les songes qui la visitent. Et rend ce qui lui a été donné.

Aujourd'hui, pourtant, c'est elle qui a besoin d'aide.

6

La demeure de Perrenelle la Chanevacière est sans aucun doute la plus belle et, désormais, la plus agréable du clos. Certaines se sont étonnées lorsqu'elle est arrivée au béguinage de la voir choisir une maison à l'arrière du jardin et d'un confort tout relatif. Issue d'une famille de riches drapiers très influente dans la cité – son père était autrefois le fournisseur de Robert II, comte d'Artois –, elle était réputée jouir de bons revenus. Mais aucune autre habitation n'était disponible et Perrenelle semblait peu disposée à attendre. Elle a fait restaurer le toit et les boiseries, chauler les murs intérieurs, ouvrir à l'étage une baie double qu'elle a garnie à grands frais d'un verre blanc venu des environs de Saint-Menehould au lieu de la toile verrine en usage dans la plupart des maisons du clos. Deux mois après avoir décidé de rejoindre la communauté, elle était installée. Et un an plus tard, elle remplaçait la maîtresse du grand béguinage, partie vivre ses dernières années dans sa famille. Perrenelle avait alors préféré rester dans sa demeure plutôt que de rejoindre celle, plus vaste, attribuée à la fonction, dont elle avait confié l'usage à l'une des sages de son conseil, laquelle entretient le rez-de-chaussée pour leurs réunions.

En entrant dans le salon où elle se tient, Ysabel éprouve immédiatement ce sentiment de bien-être qu'elle ressent à chaque visite. L'ameublement est sobre, comme il se doit. Seule concession au luxe dans lequel Perrenelle a été habituée à vivre, une tapisserie finement tissée de soie couvre le mur exposé au nord. Mais ses couleurs audacieuses, garance profonde et gaude solaire, rayonnent dans toute la pièce, enveloppantes et énergiques. À l'image de la propriétaire des lieux.

La voici assise près de sa table à côté de la fenêtre, qui donne sur le jardin. Les épaules rondes, le visage lourd, les joues veinées de rouge. Une paysanne revenant du labeur des champs. Le chanoine qui se tient assis face à elle, malgré sa stature et la majesté de sa robe, en paraît insignifiant. Entre eux est ouvert un livre à l'épaisse reliure de cuir.

« Dame Ysabel, entrez je vous prie, et prenez place, lance Perrenelle en levant brièvement la tête. Frère Grégoire et moi en aurons bientôt terminé. »

Le chanoine sourit, reprend sa tâche, le gras de l'index posé sur le feuillet ligné pour guider sa lecture. Ysabel le connaît bien. Il passe une fois tous les quatre mardis environ pour la tenue des comptes du béguinage. Le roi Louis a voulu que les deniers de l'institution soient mis à l'abri dans des sacs scellés au trésor de la Sainte-Chapelle. Le lieu même qu'il a fait bâtir pour conserver ses précieuses reliques – un fragment de la sainte Croix ainsi que la Couronne d'épines – et qui, depuis 1306, abrite son chef. Ce sont les chanoines qui reçoivent et gèrent les pensions accordées par le souverain à la communauté pour son entretien et celui des bâtiments, mais aussi, plus personnellement, à un certain nombre de béguines, de nobles dames nécessiteuses. Après la mort du saint roi, l'argent a continué d'être versé par Philippe III, le Hardi, puis par Le Bel, en mémoire de leur ancêtre.

« Quatorze livres et six sous pour dame Émeline. Seize livres et dix-neuf sous pour dame Alice, et quarante à titre annuel, pour ses vêtements... »

L'homme termine son énumération. Il a le visage serein de qui accomplit une mission sans difficulté. Le béguinage est riche, possède de nombreux biens et maisons dans la ville. Outre le roi, de nombreux bienfaiteurs, nobles et bourgeois, lui accordent des dons ou le nomment dans leurs testaments, autant pour s'associer aux faveurs du souverain que pour bénéficier des prières des pieuses femmes. Dame Perrenelle administre sagement cet argent, prenant particulièrement soin des bâtiments. La maison commune, l'hôpital et la chapelle, mais aussi les demeures individuelles. Régulièrement louées ou vendues à de nouvelles béguines, elles doivent demeurer en bon état. Certaines, offertes à des dames démunies, sont entretenues aux frais de la communauté.

« Voilà, conclut Grégoire. Comme convenu, je vous ferai envoyer la somme nécessaire au curage du puits et à la réparation des toitures. »

Le chanoine referme son livre. Perrenelle se lève, cherche une carafe et trois coupes sur la desserte. Elle les pose au milieu de la table et verse un vin corsé que lui fait livrer sa famille chaque automne. La servante a remis du bois dans la cheminée, le feu crépite doucement, répandant une chaleur odorante.

« Parlez-nous un peu de ce qui se passe dans la cité », demande Perrenelle en se tournant vers Grégoire.

L'autre prend le temps de déguster sa boisson avant de répondre. C'est un homme d'une cinquantaine d'années, le visage rond, le teint frais.

« Que vous dire ? Les Templiers occupent toutes les conversations. La commission pontificale s'est de nouveau réunie ce matin à l'abbaye Sainte-Geneviève pour entendre d'éventuels défenseurs, mais aucun ne s'est présenté.

– On raconte pourtant que les frères sont arrivés par centaines à Paris, s'étonne Ysabel. Décidés à témoigner de l'innocence de leur Ordre.

– Des centaines, peut-être, mais on les a répartis dans toutes les prisons de la capitale et des environs, remarque Perrenelle. Il ne doit pas être facile d'organiser leur passage devant la commission...

– Que pourraient-ils avancer ? rétorque Grégoire. Il faudrait que le diable lui-même argumente ! »

Il est vrai que depuis l'arrestation des Templiers, les rumeurs les plus effrayantes circulent. Hérésie, sorcellerie, sodomie... Au fil des enquêtes, la liste de leurs crimes n'a cessé de s'accroître. Les moines-soldats souffrent d'un péché originel : ils ont obtenu de porter des armes et de verser le sang, tout en étant des religieux. Ce statut, qui contrevient à la stricte division des clercs et des laïcs dans la communauté des fidèles, à un ordre social voulu par Dieu lui-même, les expose à tous les soupçons de déviance. On dit qu'ils urinent sur la croix. Que lors de leur réception – cérémonie qui se déroule dans le plus grand des secrets, avec des guetteurs sur les toits pour éloigner les indésirables –, les novices embrassent les célébrants sur la bouche, le nombril, l'anus et l'épine dorsale, parfois même sur le pénis. Que les frères de l'Ordre s'unissent charnellement, honorent des idoles. On parle d'une mystérieuse tête, une face de chair hérissée de poils de chien, qu'ils vénéreraient à l'égal du sauveur. On raconte même qu'ils accomplissent des meurtres pour ce chef, sacrifiant des enfants nés d'un frère et d'une vierge, livrant leurs dépouilles à la crémation, et se servant de leur graisse pour enduire l'idole.

Ysabel a beau connaître les vilenies de l'âme humaine, elle peine à croire ces récits.

« Il semble que le roi Philippe soit à bout de patience, poursuit Grégoire. Les atermoiements du pape lui ont fait perdre beaucoup de temps. Mais il peut s'appuyer sur Nogaret.

– Voilà un homme qui ne s'en laisse pas conter », acquiesce Perrenelle.

Le silence retombe dans la pièce. Ysabel tourne sa coupe vers le foyer, contemplant les éclats rougeoyants allumés par les flammes dans le vin sombre. Personne, autour de la table, n'a oublié la brutalité du chancelier, qui n'a pas hésité, pour son roi, à affronter deux papes. Le premier, et pas le moindre, était l'ambitieux Boniface VIII. Le pontife, qui se prenait pour un vice-Dieu, prétendait à un pouvoir universel, supérieur à celui de Philippe. Nogaret avait eu le front de porter contre lui, devant le conseil royal du Louvre, l'accusation d'hérésie. Et de se présenter pour l'arrêter avec une troupe d'hommes armés à la porte de son palais d'Agnani, l'y tenant captif plusieurs jours. On raconte qu'à cette occasion, humiliation suprême, le pape fut giflé. Et qu'il en était mort de chagrin un mois plus tard.

Le second pape dont Nogaret s'est fait un ennemi est l'actuel pontife Clément V et, cette fois, précisément à propos des Templiers. L'épisode qui a déclenché la vindicte de Clément est encore dans les mémoires.

Personne n'aurait imaginé un tel machiavélisme ! C'était il y a trois années. L'Ordre était de plus en plus critiqué, on lui reprochait d'être gangrené par la cupidité, de gérer son argent et ses possessions plutôt que de lutter contre les infidèles. Les accusations les plus graves commençaient à se multiplier. Philippe le Bel demanda une grande enquête au pape, tandis que les Templiers, désireux de se défendre, faisaient de même. Mais Clément semblait peu décidé à faire avancer le dossier. Alors le roi, avec l'aide de son chancelier, décida de donner un coup de pouce à l'Histoire.

L'affaire fut menée avec une incroyable habileté. Des consignes furent transmises dans le plus grand secret aux sénéchaux et baillis de France. Durant plusieurs jours, on repéra les lieux où séjournaient les Templiers sous prétexte de lever une taxe royale sur leurs revenus. Et le 13 octobre à l'aube, sans que personne s'y attende, sans que la moindre indiscrétion, malgré le ballet des courriers, les prévienne, tous les frères étaient arrêtés, y compris Jacques de Molay, le grand maître de l'Ordre.

La veille, celui-ci se trouvait encore à la place d'honneur parmi les nobles de la cour lors des obsèques de la belle-sœur du roi, Catherine de Courtenay...

Depuis, à force de manœuvres, Philippe le Bel a su apaiser la colère de Clément. Faute de place dans ses prisons, ce dernier a finalement accepté de laisser les Templiers à la garde du roi. Mais selon son habituel tempérament, qui l'amène à différer toute décision, il n'a cessé de repousser la mise en place de sa justice. Et depuis trois ans, des centaines de frères attendent un peu partout dans les geôles du pays que se réunissent les commissions pontificales chargées de les questionner et de les juger.

« J'ai entendu dire que Guillaume de Nogaret a participé lui-même à l'interrogatoire du grand maître, reprend Grégoire. Et qu'il a déstabilisé Jacques de Molay au point que celui-ci a renoncé à défendre l'Ordre.

– Comment s'y est-il pris ? » demande Perrenelle.

Le chanoine hausse les épaules.

« Je ne sais pas trop… Je ne suis sûr de rien. »

Comme s'il regrettait d'avoir trop parlé, il porte sa coupe aux lèvres. La chaleur du feu et celle du vin ont rougi sa belle face.

« Désirez-vous que je vous resserve ? demande Perrenelle.

– Non, merci. Il est temps que je m'en aille. D'autres offices m'attendent à la Sainte-Chapelle. »

L'homme se frotte les mains d'un air affairé et repousse son siège en rassemblant sa cape autour de lui.

Après son départ, les deux femmes demeurent un moment sans parler. Ysabel a le cœur inquiet. Elle n'éprouve guère de sympathie pour les moines-soldats, mais ces procès qui s'éternisent sont autant de sombres nuages pesant sur le royaume.

« Que pensez-vous de tout cela, dame Perrenelle ? Les Templiers sont-ils si dépravés qu'on le dit ? »

La maîtresse sourit. Ysabel connaît la flamme qui gambille dans ses yeux.

« Ils ont été soumis à la question avec beaucoup d'efficacité. Selon l'inquisiteur général, c'est une méthode fiable pour emporter la vérité. Je ne me permettrais pas de le contredire. Mais la vérité qu'on obtient est souvent celle que l'on cherche. »

Elle se soulève légèrement pour saisir l'aiguillière, remplit leurs deux coupes.

« L'hiver est froid, et vous semblez fatiguée. Je vous ai vue œuvrer dans le jardin malgré un vent glacial. Vous ne ménagiez pas votre peine ! Ce raisin mûri dans votre belle Bourgogne devrait vous redonner des forces. »

Ysabel la remercie d'un sourire. Elle a parfois conscience du regard de Perrenelle lorsqu'elle s'active dans le carré des simples. Il ne la gêne pas, elle le sait empli de curiosité et de plaisir. Leur complicité est aussi nourrie par l'odeur de la terre et la verdeur des herbes qui y poussent.

Elle lève le gobelet. Le vin coule dans sa gorge, aussi épais qu'un brouet.

« Vous ne m'avez pas répondu. Les Templiers méritent-ils de telles accusations ?

– Les Templiers sont riches, puissants. Aux yeux de notre souverain, leur pouvoir et leur fortune sont certainement des péchés aussi graves que les autres qu'ils ont pu commettre. »

Elle rit.

« Voilà des paroles bien audacieuses pour une maîtresse béguine ! Mais nous sommes entre amies, n'est-ce pas ? »

La voilà qui se penche vers Ysabel. En une seconde, la flamme malicieuse s'est éteinte dans ses yeux, remplacée par une attention affectueuse.

« Laissons cela. Dites-moi plutôt pourquoi vous êtes venue me voir.

– Je voulais vous demander conseil au sujet d'une jeune fille que nous avons recueillie il y a trois jours. Elle était au petit matin à la porte du béguinage. Épuisée et malade.

– La Rousse ? »

Perrenelle sait. Bien sûr.

« Agnès m'a parlé d'elle, explique la maîtresse, en voyant se plisser le visage de sa compagne.

– Elle n'avait pas à le faire. C'est moi qui suis responsable de l'hôpital. »

Perrenelle pose sa main sur celle d'Ysabel.

« Ne soyez pas impatiente. Vous savez que nous devons nous montrer compréhensives avec elle... Revenons à cette jeune fille. Avez-vous appris d'où elle vient, qui elle est ?

– Elle dit s'appeler Maheut... Refuse d'ajouter quoi que ce soit d'autre. En réalité, elle a dû prononcer une dizaine de mots depuis qu'elle se trouve parmi nous.

– Va-t-elle mieux ?

– Un peu. Mais elle est encore fiévreuse et faible.

– Ce n'est pas ce qui vous donne souci, me semble-t-il. Alors qu'est-ce ?

– À son vêtement et à son teint, je pense qu'il s'agit d'une jeune fille de noble lignage.

– Elle se serait enfuie de chez elle ?

– Peut-être... Il y a autre chose.

– Oui ?

– Elle a été violentée. »

Le regard de Perrenelle se durcit.

« Nous allons la soigner, poursuit Ysabel. Mais ensuite ? Je n'ai pas le cœur à la renvoyer. »

Perrenelle croise les mains sur son giron. Que doit-elle faire ? Le béguinage n'est pas un hospice. On y entre par choix. Et il est de son rôle d'accepter ou non les demandes des postulantes, selon leur famille, leur honorabilité, leurs appuis. Mais aussi, pour les plus esseulées, selon ce qu'elle devine d'elles : la qualité de leur foi, leur honnêteté, leur capacité à partager une vie commune. De la pertinence de ses choix dépend le bon fonctionnement du clos et sa réputation. Elle connaît sa responsabilité. Il suffit de quelques incidents pour que les Jacobins viennent se mêler de ses affaires. Il y a quelques années, pour protéger la réputation de l'institution, Philippe le Bel a jugé bon de la placer sous le patronage de ces dominicains parisiens de la Grande rue Saint-Jacques. Pour l'instant, ils respectent son autonomie, elle tient à la conserver.

« Que pensez-vous d'elle ? Selon Agnès, elle est source de rumeurs et d'inquiétudes à l'hôpital.

– Je vois qu'elle ne s'est pas contentée de vous signaler sa présence.

– Ne vous emportez pas, Ysabel. Donnez-moi seulement votre opinion. »

La vieille intendante soupire, secoue la tête.

« Je vous mentirais en vous disant que j'ai pu m'en faire une. Mais elle est seule, fragile. Et menacée par je ne sais quoi, ou plutôt je ne sais qui.

– Qu'avez-vous en tête ?

– Nous pourrions la garder quelque temps avec nous. En attendant de savoir qui elle est. Elle partagerait la maison de l'une ou l'autre de nos sœurs, lui apporterait de l'aide sans peser sur la communauté. Si elle se comporte mal, il sera toujours temps de la renvoyer. »

Perrenelle tourne la tête vers la fenêtre. La lumière terne du soir lisse les plis lourds de son visage, lui donnant la noblesse archaïque d'une vieille idole. Laide et puissante.

« Laissez-la se rétablir, dit-elle finalement. Et durant ce temps, tâchez de trouver qui, parmi nos béguines, saura l'accueillir. En dehors de ces murs, le monde est rude pour les femmes. Nous nous devons les unes aux autres. »

7

Tandis que le lourd battant de bois se referme, Humbert recule de deux pas pour éviter une charrette chargée de sacs de toile bistre. L'homme qui la pousse, petit et trapu, transpire malgré la bise glaciale qui s'engouffre dans la ruelle. Humbert le regarde s'éloigner, peiner à faire tourner les grandes roues de bois sur les pavés disjoints, puis s'attarde devant la bâtisse dont il vient de se faire éconduire sans grand ménagement.

Ce n'est pas la première fois qu'il se rend au château de For-l'Évêque. Mais lors de sa précédente visite, on lui a permis de pénétrer jusqu'à la petite chambre où est enfermée la prisonnière pour lui remettre en main propre les livres et le courrier qu'il apportait pour elle. Aujourd'hui, les geôliers se sont montrés intraitables, acceptant seulement, contre quelques sous, de transmettre présents et messages. Humbert n'avait pas particulièrement envie de converser avec elle. Son maître, cependant, lui demandera en quel état il l'a trouvée, et il ne saura répondre.

Le portail qui donne sur la ruelle de Saint-Germain-l'Auxerrois est imposant, surmonté d'un bas-relief montrant un évêque et un roi agenouillés face à face, de part et d'autre d'une vierge en majesté. Le soleil est déjà bas en ce milieu d'après-midi hivernal mais les détails de la scène demeurent lisibles : de chaque côté des personnages principaux, les armes de France – fleurs de lys sans nombre, traversées d'une crosse droite – et un juge en robe et capuchon, accompagné d'assesseurs ainsi que d'un greffier vêtu tel un homme d'Église. L'image symbolise le traité passé il y a près de quatre-vingts ans entre l'évêque de Paris et le roi Philippe Auguste.

Comme beaucoup de clercs ayant étudié à Paris, Humbert connaît l'histoire. Arguant que l'Église ne devait pas faire couler le sang – *Ecclesia abhorret a sanguine* –, le souverain avait tenté de contrer l'évêque qui étendait toujours plus ses droits de justice sur la cité. Après un an d'enquête et de longues transactions, il avait accepté de reconnaître une partie des privilèges de l'ecclésiastique, mais en rendant impossible des empiétements ultérieurs. Suite au traité, le prélat a fait construire, pour y loger son tribunal et sa prison, ce château de For-l'Évêque qui va jusqu'au bord de la Seine. Afin que le sang ne se répande pas sur les terres de l'Église, on y applique la question non pas avec retenue mais avec art, brisant, broyant, étirant sans que jamais la moindre goutte de sang perle sur la peau. Et lorsqu'il s'agit de couper des oreilles, on mène les condamnés à quelques quartiers de là, à l'extrémité de la rue de l'Arbre-Sec.

Les geôles de l'évêque ont sinistre réputation. Sous le château, des cachots sont creusés profond. On y laisse pourrir les prisonniers dans le froid et l'humidité, attachés à une chaîne retenue aux murs. Marguerite, heureusement, n'a pas à subir ce traitement. Depuis quelque temps, à la demande de l'inquisiteur, elle est maintenue à la disposition de la justice papale dans un logis annexe où les visites ont toujours été autorisées – du moins jusque-là. Guillaume de Paris, plus préoccupé par le procès des Templiers que par une obscure béguine venue de Valenciennes, lui a accordé un temps supplémentaire pour se repentir. La justice inquisitoriale est coutumière de ce genre de pratique : maintenir les suspects d'hérésie en réclusion en espérant qu'ils retrouvent leurs esprits et finissent par avouer leur faute afin qu'un procès puisse être mené en bonne et due forme. Mais il semble que face à l'obstination de Marguerite, les conditions de sa détention aient été durcies.

Humbert détourne les yeux du château et de son lourd donjon. La nuit ne va pas tarder à tomber. Il lui faut retourner au couvent des Cordeliers. Le clos des franciscains se trouve non loin de celui des dominicains de la porte Saint-Jacques, de l'autre côté de la Seine. Il hésite un moment sur la direction à emprunter, mais décide de contourner la rue des Fourneaux pour rejoindre le fleuve et longer la rive jusqu'au pont aux Changeurs.

L'obstination, songe-t-il en cheminant... Sans aucun doute le mot qui la définit le mieux. Une attitude si peu accordée à l'état de femme. Des créatures condamnées par leur complexion à la faiblesse de caractère et à l'instabilité. Mais Marguerite s'y enferme jusqu'à la démence – ou peu s'en faut.

Ce livre insensé qu'elle a écrit ! Où elle se permet de critiquer les clercs et les théologiens. De prôner une fusion amoureuse avec le Créateur sans besoin de l'intercession de l'Église. D'autres mystiques avant elle ont chanté cette sorte d'échange des cœurs extatique.

Certaines même, comme Hadewijch, la béguine d'Anvers, ont consigné leurs visions et leurs extases, faisant de nombreux adeptes. Mais aucune n'a été si radicale, si critique, si intraitable que Marguerite. Aucune, surtout, n'a eu l'audace d'affronter plusieurs évêques et un inquisiteur pour défendre ses écrits.

Quoi qu'en dise frère Jean de Querayn, son vieux maître, Humbert n'est pas loin de penser que Marguerite mérite le sort qui lui est fait. Mais qui peut nier la force de sa foi ?

Le franciscain secoue ses larges épaules, embarrassé par des pensées importunes. Ces séjours à Paris sont toujours une joie, mais aussi une épreuve où son âme, qui lui semble pourtant vigoureuse et affermie lorsqu'il se trouve près de ses frères à Valenciennes, se met à s'agiter, tel un aimant attiré par des champs contraires.

Lorsqu'il débouche sur les bords du Val-de-la-Misère, le vent plaque sa cape contre son visage. D'année en année les hivers sont plus glacés. Ou est-ce son corps qui déjà perd la chaleur de la jeunesse ? Autrefois, du temps où il étudiait au collège de la Sorbonne, il parcourait la ville hiver comme été, le pas ample, les bras ouverts de chaque côté des hanches, prêt à batailler, par les mots ou par les poings. Plus d'une nuit, il a fini assoupi sur la grève ou les détritus d'une venelle à proximité des remparts, abruti par trop de vin et par les caresses des femmes de joie. Et maintenant, le voilà qui tremble comme un vieillard.

Rajustant son capuchon, Humbert approche de la berge escarpée et herbeuse. En contrebas, le fleuve est couleur de boue. Le vent file au ras de l'eau, soulève des vagues lourdes. Des dizaines de barcasses manœuvrent avec difficulté, luttant contre le courant qui s'accélère dans le goulot d'étranglement imposé par l'île Notre-Dame, tentant de gagner l'étroite navière ménagée pour leur passage sous le pont aux Meuniers. Amarrées aux piles de pierre de la passerelle, une dizaine de roues à aube tournent à grande vitesse, soulevant un mur d'écume. Les mariniers appuient sur leurs rames, les coques roulent dans un labyrinthe de pontons flottants auxquels s'accrochent d'autres moulins. Des cris fusent sur le fleuve, aussi embouteillé que les ruelles de la Cité.

Humbert aspire profondément l'air glacial. Il sait désormais pourquoi il a choisi ce chemin qui le rapproche du fleuve. Il y a plus de vie ici que nulle part ailleurs. La Seine pulse son énergie, sa puissance dans Paris, comme le cœur pulse le sang dans les veines. Tout cela lui manque tellement !

Il a passé six années de sa jeunesse dans cette ville où le monde entier afflue. La plus grande d'Occident. Plus de deux cent mille âmes. Des Bretons, des Normands, des Picards, des Bourguignons, des Anglais... Des commerçants venus de Flandre, des financiers de Toscane, tous les princes des grandes cours d'Europe. Des artistes. Et surtout des intellectuels. Clercs accourus depuis les confins de la Chrétienté, de Scandinavie, de Hongrie, de Pologne ou d'Orient. Tous cohabitant dans l'espace restreint imposé par l'enceinte de pierre bâtie par Philippe Auguste. Et lui au milieu d'eux, respirant l'odeur lourde de cette humanité multiple comme un jeune plant se nourrit de fumier. Son esprit frotté à d'autres esprits. Son corps à d'autres corps.

On se querellait beaucoup alors entre étudiants. On se regroupait en quartiers selon son origine. On se provoquait, s'insultait, on s'affublait de réputations. Les Bretons étaient incultes et buveurs. Une année, ils bataillèrent si ferme contre les Picards qu'il y eut des maisons brûlées et des morts. Mais l'université de Paris était le centre intellectuel de l'Europe, les érudits les plus brillants, les plus audacieux, y donnaient cours. On osait critiquer les sommes théologiques, les autorités spirituelles des siècles précédents. Battre en brèche les certitudes, opposer la foi à la raison, la philosophie d'Aristote aux dogmes chrétiens, l'éternité du monde telle qu'il la pensait à la création du monde telle que l'enseigne la Bible. Ces échappées évitaient la condamnation des autorités ecclésiastiques en usant, pour s'exprimer, d'exercices scolastiques reconnus tels que la *disputatio* et le *quodlibet*. Humbert se montrait particulièrement doué dans ces joutes oratoires où chacun pouvait s'affronter devant un vaste public, exposer ses arguments avec force et passion.

Puis il avait fallu tout abandonner.

S'éloignant du fleuve, Humbert traverse une petite place cernée de maisons à encorbellement. De délicieuses senteurs s'échappent des échoppes qui occupent les rez-de-chaussée. Sur les vantaux de bois qui servent d'étals, des oies et autres pièces de viande rôties sont alignées dans des plats dégoulinant de graisse. Des commis interpellent le chaland tandis qu'à l'arrière, dans la boutique, on aperçoit les cuisiniers tourner la broche. Entre For-l'Évêque dont il vient et le Châtelet vers lequel il se dirige – les deux plus terribles prisons de la ville – se trouve le ventre de Paris : la place des Oyers, la ruelle de la Triperie et celle de l'Écorcherie, la Grande Boucherie et ses crocs où pendent les carcasses des bêtes abattues sur place ; plus loin, vers les berges, les étals des poissonniers, et partout, les colporteurs qui trimbalent, dans leur panier tenu au cou, des tanches, des brochets, des perches au corps raide et luisant, et les harengères qui crient la menue vive et les alètes de la mer.

Le froid affadit la puanteur habituelle de ces rues, l'odeur de marée mêlée à celle, pestilentielle, du sang et des déchets putréfiés déversés dans la rue. Rien de cela n'a jamais dégoûté Humbert. Et sous l'austère cape qui l'enveloppe, il sent son corps enfin frémir, vivant, avide comme autrefois. Mais tandis qu'il traverse le pont des Changeurs, se faufilant dans la foule sur l'étroite chaussée ménagée entre le double rang de maisons et de boutiques, lui revient l'image dérangeante de Marguerite. Austère. Et cependant lumineuse. Son visage transfiguré quand elle évoque cet état de grâce atteint par l'âme touchée par la foi. A-t-il jamais approché une telle conviction ?

Sur le parvis de Notre-Dame, de petits groupes s'attardent devant la façade dont les couleurs vives réchauffent la grisaille du soir tombant. Un homme, le doigt pointé vers la galerie des rois au-dessus du grand portail du Jugement, détaille les statues à l'intention d'un bourgeois à l'habit provincial. La suite est attendue : tandis que le naïf lève le nez, l'autre coupe par-derrière la bourse qu'il porte à la ceinture…

Humbert hausse les épaules, hésite un moment à passer la porte de la cathédrale. Mais il est temps de s'en retourner. Bientôt les rues seront moins sûres. Il contourne l'Hôtel-Dieu, se dirige vers le Petit-Pont pour traverser l'autre bras de la Seine. Ses pas ont si souvent emprunté ce chemin. Pas très loin se trouve la ruelle que les écoliers appelaient le Val-d'Amour. Le val qu'il aimait, lui, emprunter était celui, humide et profond, entre les seins de Perrette, où il faisait glisser son vit jusqu'à ce qu'il lui gicle au visage.

8

Il est des jours où règne le déséquilibre, des heures où le diable fait pencher la balance des âmes du côté sinistre. Durant ces jours et ces heures, il faut se montrer particulièrement attentif. Car les signes se multiplient, confus, mais plus pertinents parfois qu'aux moments de grande clarté.

Ce matin, alors qu'Ysabel sort de l'hôpital pour aller chercher une potion dans son herbarium, elle se laisse arrêter par les chants qui franchissent, assourdis, le portail de la chapelle. Elle demeure immobile un moment, les bras ballants, pesant de chaque côté du corps comme des bûches. Lève la tête vers le ciel, gris, toujours. Et décide de se détourner de son chemin.

L'intérieur de l'édifice est sombre, plus glacial encore que de coutume. À côté de l'autel, les jeunes filles se serrent pour se tenir chaud. Elles sont peu nombreuses. Deux d'entre elles au moins gardent la chambre, fiévreuses, d'autres ont la voix prise. Le chœur chante malgré tout avec harmonie, mais les corps qui ondulent habituellement au rythme lent des antiennes sont raides, composant contre le froid une fragile muraille de capes sombres au-dessus de laquelle émergent des visages diaphanes.

Son regard s'habituant à l'obscurité, Ysabel distingue bientôt une silhouette agenouillée sur le côté de la nef. Elle s'avance. Reconnaît Ade. Se réjouit de l'approcher, même dans le recueillement solitaire de la prière.

Elle fréquente peu la jeune femme, le regrette, car elle la devine intelligente et cultivée. Ade intervient parfois à l'école du béguinage, où elle explique les rudiments de la lecture et de l'écriture à des jeunes filles pauvres de la cité et à certaines de ses compagnes. À d'autres, plus éduquées, elle donne des cours de latin, langue dont elle a appris les subtilités chez les Bénédictines. Il lui arrive même de rédiger pour Perrenelle certaines lettres destinées aux autorités religieuses ou à des clercs vivant à l'étranger. Mais la plupart du temps, elle demeure à l'écart, ne se joignant à la communauté que lors des messes quotidiennes et des réunions du chapitre, pour les lectures ou les leçons dispensées par la maîtresse. Ysabel ne se souvient pas l'avoir jamais vue déjeuner au réfectoire. Elle-même, prise par ses occupations, ne s'y rend pas chaque jour, mais elle aime partager le moment du souper avec ses sœurs. Une occasion de bavarder, de vérifier comment se portent les unes et les autres, particulièrement les toutes jeunes filles nouvellement arrivées dans la maison commune, de sentir l'humeur du béguinage qui, tel un grand corps, a besoin que l'on prenne garde à son harmonie.

D'Ade, elle sait seulement qu'elle a perdu son époux dans cette désastreuse bataille de Courtrai où les chevaliers de France, menés par Robert II d'Artois, se sont retrouvés acculés au bout d'un champ gorgé d'eau par les milices flamandes, jetés à terre, abattus par une piétaille de manants. Et sans doute, songe Ysabel, en se portant aux côtés de la jeune femme, a-t-elle perdu plus encore que son époux. Car il est arrivé à la vieille béguine de la soigner. Elle a vu les marques sur son corps.

Mais voici qu'Ade frissonne, tourne son visage, enfin consciente du regard qui pèse sur elle. Elle salue, hésite, se lève, faisant crisser la pierre des dalles.

Sur le pas de la porte, Ysabel la rattrape.

« Je suis navrée, dame Ade, je ne voulais pas vous déranger.

– Ne vous inquiétez pas… J'étais perdue dans mes pensées, et, vous voyant, je me suis souvenue de mes obligations. »

La jeune femme semble plus pâle encore dans la lumière hivernale. Elle a naturellement la peau blanche, mais cette blancheur semble aujourd'hui éteinte, comme de la neige souillée de suie. Les lèvres sont pincées de lassitude. Elle sourit pourtant. Demande à Ysabel comment elle se porte.

« Bien, je vous remercie. Et vous-même ?

– Bien, très bien.

– Cela ne semble pas. Vous paraissez fatiguée.

– Nous le sommes toutes. L'hiver est rude. Et ma servante a dû partir dans sa famille, sa mère est tombée malade. »

Ysabel laisse s'installer un silence. À travers le mur épais de la chapelle, le chant des jeunes filles s'est éteint lui aussi. Il y a si peu de bruit dans le béguinage en ce matin de froidure où chacune se claquemure et les oiseaux se taisent qu'on perçoit la rumeur de la ville au-delà des demeures qui le ceignent de toutes parts.

« Vous êtes donc seule à vous occuper de votre logis ? » reprend-elle.

Ade sourit de nouveau, de ce sourire poli qui ne dit rien.

« J'ai de l'aide pour le bois et la cheminée, ne vous inquiétez pas. Pour le reste, la maison n'est pas grande, et je me suffis à moi-même. »

Puis, avant qu'Ysabel réponde :

« Je vous laisse, pardonnez-moi. J'ai reçu ce matin un présent de ma belle-sœur. Un mantel de fourrure. Je dois lui écrire pour la remercier. »

Ainsi abandonnée, Ysabel reprend son chemin où elle l'a interrompu. Elle récupère les remèdes qui lui manquent, les range dans son aumônière, puis retourne à l'hôpital, déjà découragée à l'idée de ce qu'elle sait y trouver.

Avec la rigueur de l'hiver, les malades affluent. Le dortoir est plein, il a fallu serrer les lits, ajouter des paillasses. Les patientes se reposent mal, dérangées par la toux des unes et les gémissements des autres. Il règne dans la salle une atmosphère de fatigue et de découragement.

En poussant la porte, ce ne sont pourtant pas des plaintes qu'elle entend, mais des cris. Deux corps roulent sur le sol, qu'Agnès tente de séparer avec des gestes craintifs.

D'un pas vif, Ysabel s'approche. Elle a reconnu l'une des furies à sa chevelure, répandue sur le sol comme une nappe sanglante à côté d'un bonnet arraché. L'autre est Benoite, une lingère qui travaille parfois pour le béguinage, soignée pour des maux de ventre, mais qui aurait dû être depuis longtemps renvoyée chez elle vu l'énergie dont elle fait preuve.

Maheut est sur le dos, écrasée par le poids de la femme. Elle tente de se défaire de son étreinte en se tortillant, lance frénétiquement ses pieds et ses jambes.

Avec promptitude, Ysabel arrête le bras levé pour s'abattre, le tire en arrière. Benoite tourne la tête, rageuse, mais aussitôt qu'elle reconnaît la vieille béguine interrompt son geste et, lourdement, se laisse tomber à côté de Maheut qui continue à frapper le vide.

Il faut alors écarter les malades qui se sont approchées comme au spectacle, calmer Agnès. Attendre, sans la toucher, la laissant là, sur la pierre froide, vêtue seulement de sa chemise et de sa tunique déchirée, que Maheut se calme.

« Que s'est-il passé ? demande Ysabel après avoir ramené la jeune fille à sa couche.

– Elle est devenue telle une furie, elle s'est jetée sur Benoite, je n'ai pas pu les séparer, vous avez bien vu.

– Et juste avant, que s'est-il passé ? »

L'autre se tait.

« Agnès !

– Elle est guérie maintenant. On ne peut pas la garder des jours et des jours derrière un rideau. Les autres sont curieuses, elles veulent la voir, je ne peux pas toujours être là, à surveiller !

– Que lui a dit Benoite ?

– Je ne sais pas. »

Ysabel ne devine que trop.

« Elle est guérie maintenant, répète Agnès. Il faut la renvoyer. »

L'intendante sait qu'elle a raison : voilà des jours qu'elle a parlé avec Perrenelle, mais elle s'est laissé submerger par l'afflux des malades et les soins constants qu'il faut leur prodiguer. Pourtant elle ne retient pas un mouvement d'impatience.

Agnès baisse encore la tête. Ysabel, honteuse d'elle-même, pose la main sur son épaule d'un geste apaisant.

Je suis injuste, se répète-t-elle ce soir-là, en fourrageant dans les braises du foyer pour que le feu reprenne. Il est toutes sortes de façons d'être malade. Agnès mérite mon attention autant que d'autres.

Elle sait que la vie de son assistante n'a pas été facile. Un mari violent, dépensier, qui a ruiné sa famille et s'est enfui hors du royaume pour ne pas payer ses dettes. Agnès n'a plus de ses nouvelles depuis une année déjà. Elle est arrivée au béguinage sur la recommandation de frère Geoffroy, un cousin dominicain de Sens, sa seule famille proche apparemment, à qui elle avait demandé de l'aide. Elle n'apportait avec elle qu'une malle où étaient serrés de pauvres vêtements et quelques pièces de vaisselle sauvées du naufrage. Perrenelle lui a offert une maison, certes modeste, mais ce foyer lui permet de mener une vie plus indépendante que la demeure commune. Pour manifester sa gratitude, elle se sent pourtant obligée de s'imposer une tâche pour laquelle elle n'est pas armée.

Ysabel la revoit s'éloigner, fuyant son impatience. Et s'asseoir au chevet de la vieille Cathau qui n'en finit pas de s'éteindre, mais sans ces plaintes, ces halètements, ces flatulences et ce relâchement putrides du corps qui accompagnent souvent le passage, avec le calme d'une ensommeillée, si tranquille qu'on trouve un apaisement à rester à son chevet.

Oui, je suis injuste.

La vieille béguine repose contre le jambage de la cheminée le fer avec lequel elle a ranimé les flammes, masse ses bras et ses épaules. La journée a été rude, agitée. Mais elle sait qu'il y a quelque chose à bâtir sur ces remous.

Le déséquilibre n'est pas le désordre, lui disait souvent son aïeule. Il est nécessaire à la vie. Il impulse le mouvement.

Puis, comme à chacune de ces leçons peu orthodoxes qu'elle délivrait, Leonor inventait une histoire. Laquelle souvent disait davantage que ce qu'elle prétendait illustrer.

Imagine un homme, assis sur le bord d'une rivière. Il regarde passer l'eau. Engourdi, plus inerte que les poissons qui savent se glisser entre les rochers où les jette le courant. Imagine maintenant qu'il décide de traverser le cours d'eau et que, les bras écartés, le pied léger mais audacieux, il progresse de pierre en pierre, évaluant l'appui que chacune lui consent, rétablissant son corps lorsqu'une d'elles bascule. Alors il sent battre son cœur, affluer le sang à son visage, un fourmillement chatouille les paumes de ses mains. Peu importe ce qui se trouve de l'autre côté de la rivière, le temps qu'il l'a franchie, il a été vivant.

Lutter contre le déséquilibre, concilier les contraires, rétablir l'harmonie. La seule véritable mission que nous puissions accomplir sur cette Terre. Et pourtant, nous nous en acquittons si mal… Ainsi songe Ysabel, assise devant le foyer de sa cuisine où pour une fois rien ne mijote.

Cependant, se dit-elle encore, il est plus facile d'équilibrer les humeurs du corps que celles de l'esprit. En hiver, un poisson ou une viande rôtie pour maintenir l'organisme chaud et sec ; en été, de la chair bouillie, du vin dilué, des pissenlits pour le rendre frais : même les plus frustes des paysans savent cela. Mais réchauffer un cœur glacé, ou tempérer un esprit bouillant…

Ysabel se redresse, fourrage de nouveau dans le foyer, ajoute une bûche. Le feu hoquette puis tressaute, s'élance en vagues désordonnées, bleuit et se calme, ronronne.

Elle tend les mains vers lui, soudain sereine. Il faut savoir se fier aux contingences, car Dieu en est le maître. La solution entrevue est la meilleure. Il lui suffira de se montrer habile.

9

Ade dit non. Malgré le respect qu'elle doit à son aînée, elle refuse.

La vieille béguine est assise face à elle. Petite, râblée, le visage froissé de rides. Et ces yeux étranges, ni verts ni bleus, qui captent les nuances du ciel, des plantes de son jardin, des gouttes d'eau traversées par la lumière lorsqu'il pleut. La nuit, sans doute ont-ils la couleur de la voûte céleste, sombres et piquetés d'éclats comme elle, palpitant de nébuleuses, de voiles stellaires soudain effacés par le passage des nuages.

Ysabel ne le sait pas, mais Ade l'a observée souvent. Depuis ce jour où, délirante de fièvre, elle l'a laissée la dénuder. Les mains de la béguine étaient les premières à la toucher depuis celles de son époux. Mais au lieu d'enflammer son corps, elles diffusaient des ruisselets de fraîcheur qui, avec la petite fiole de potion amère qu'elle lui avait fait avaler, lui avaient permis de prendre un peu de repos.

On la dit bienveillante. Perrenelle, la maîtresse, lui a donné sa confiance. Ade, pourtant, se méfie. Ysabel a vu les marbrures sur son ventre. Elle a gardé le secret. Mais la jeune veuve n'aime pas la sentir si près. L'intendante est de ces présences lourdes, charnelles, auxquelles elle aspire à se soustraire sans jamais le pouvoir, même ici, parmi ces femmes sages et pieuses.

« Votre servante est partie, m'avez-vous dit, poursuit Ysabel. La jeune fille pourra vous aider. Elle est petite mais vigoureuse.

– Je vous remercie encore, dame Ysabel, mais comme je vous l'ai dit, je me suffis à moi-même. D'autres pourraient avoir besoin d'elle.

– Je ne m'adresse pas à vous sans avoir pesé mon choix. Maheut, je vous l'ai dit, a le cheveu roux. J'ai peur que beaucoup ne partagent les préventions communes à propos de sa toison. »

Ade lève le menton.

« Qui dit que je ne les partage pas, moi aussi ? Après tout le roux est couleur du diable ?

– Ce n'est pas Satan qui habite cette enfant. Mais la peur, et la solitude.

– Il existe d'autres lieux pour les sans-foyer.

– Dans notre propre hôpital, elle a été battue ce matin. Ailleurs, ce sera la même chose. Ou pire.

– Si elle est source de désordre, pourquoi vouloir à tout prix la garder ?

– Nous agirons avec discrétion. Je ferai sortir Maheut de l'hôpital dès ce soir, le prétexte de la rixe est tout trouvé, et l'amènerai chez vous. Vous vivez en retrait, et parmi nos compagnes, presque aucune ne la connaît. Elle cachera ses cheveux, restera autant que possible à l'intérieur. Si l'on vous pose des questions, vous la présenterez comme une nièce venue vous tenir compagnie et vous aider. Le temps que l'hiver passe, et pour peu que nous sachions nous taire, personne ne fera plus attention à elle. Agnès seule est dans la confidence, mais elle ne dira rien.

Elle-même a eu besoin de trouver un refuge ici, elle sait ce que cela signifie. »

Ade baisse la tête. Ysabel semble avoir tout prévu. Mais elle ne peut se laisser réduire ainsi. Elle n'imagine pas accueillir une étrangère dans sa maison.

« Dame Perrenelle est-elle avertie ?

– Bien sûr.

– Et le prieur des Jacobins ?

– C'est à notre maîtresse de savoir si et quand elle doit le prévenir. »

Ysabel a changé de ton. La voix est brusque.

« Il y a peu de règles dans notre béguinage, vous le savez, dame Ade. Mais l'une d'elles est essentielle même si elle n'est inscrite dans aucun livre. C'est la solidarité.

– Je suis venue ici pour prier et me mettre en retrait du monde, s'insurge Ade.

– Dans ce cas, il fallait choisir un monastère.

– Vous n'êtes pas juste, Ysabel. Le béguinage a toujours accueilli des femmes vouées à la solitude. Il est parmi nous des mystiques qui vivent totalement retirées. »

Ysabel la fixe bien en face, de ses pupilles étrécies.

« Êtes-vous une mystique ? Ou plus sûrement une femme qui ne sait sortir de son deuil ? »

Ade baisse la tête. Le coup a porté.

« Dieu aime la prière, ajoute plus doucement Ysabel, mais je suis sûre qu'il aime tout autant la charité. »

Maheut passe la porte peu de temps après. Une silhouette informe sous une cape de laine. Elle se meut avec des gestes lents, à la manière d'une femme qui marche en dormant. Ysabel la conduit vers Ade qui, malgré elle, tend les mains en signe de bienvenue.

« Ce sera seulement pour quelques semaines, le temps que nous trouvions une autre solution », a promis Ysabel.

La nouvelle venue demeure sans réaction. Ade laisse retomber ses mains.

« Menez-la dans ma chambre, dit-elle, elle peut s'allonger sur la couche où dormait ma servante. »

Les pas des deux femmes frappent dans l'escalier, puis s'étouffent sur le tapis de la chambre. Il se passe quelques minutes avant qu'Ysabel redescende. Son visage est tranquille.

« Elle s'habitue au lieu, murmure-t-elle. Ne vous inquiétez de rien. Lorsqu'elle sera totalement rassurée, elle se couchera.

– Me direz-vous au moins qui elle est ?

– Je ne sais. Mais peut-être vous le confiera-t-elle. »

Se dirigeant vers la porte, elle ajoute :

« Je vous ai laissé un remède. Vous pouvez lui en donner une gorgée si vous la voyez agitée demain matin. Je passerai après la messe, j'apporterai des vêtements. Sa tunique a été déchirée dans la bagarre. »

Après le départ de la visiteuse, Ade demeure un moment encore dans sa cuisine, l'esprit agité. Comment s'est-elle laissé imposer une telle situation ? Il semble qu'Ysabel ait pris le contrôle de sa volonté. Volonté faible qui a cédé à bien d'autres auparavant. Mais cette fille, dans sa maison, n'apportera que malheur, elle en est sûre.

Lorsqu'elle remonte dans sa chambre, pieds nus pour ne pas éveiller la petite, elle la trouve telle que l'a laissée Ysabel, assise au bord du lit, enveloppée dans sa cape.

Ade s'assied sur sa propre couche, éprouvant avec gratitude le moelleux de l'édredon garni de duvet d'oie. Elle n'aspire qu'à se glisser dessous et s'oublier dans le sommeil.

Elle laisse passer les minutes, puis d'une voix qu'elle veut douce, murmure :

« Retire tes vêtements et couche-toi. La journée a été éprouvante. Tu dois dormir maintenant. Et moi aussi. »

Maheut relève la tête. Ade devine un visage aigu, des yeux étirés. Puis la fille se met debout, laisse tomber sa cape à même le sol, sa chemise, et se glisse, nue, sous les draps, la face tournée contre le mur. Ade ne voit pas ses cheveux, pris dans un fichu de toile bistre, mais elle a le temps d'apercevoir un corps élancé, dont la blancheur l'étonne comme elle a étonné Ysabel.

Après avoir prié la Vierge Marie d'accompagner son sommeil, Ade s'allonge à son tour, comme elle en a pris l'habitude, sur le côté droit, un bras sous la tête. Posture maîtrisée, qui doit la protéger contre les errements des songes. Mais le sommeil ne vient pas. La proximité de cette inconnue respirant l'air de sa chambre, y exhalant son odeur – ou plutôt celle, âcre, des herbes avec lesquelles elle a été soignée –, la trouble. Sa présence est différente de celle de sa servante, une paysanne un peu pesante, un peu malpropre, mais amorphe dans le sommeil, tapie au fond de son lit comme une taupe au fond de son trou.

Dans son sommeil, Maheut bouge. Perceptiblement. Un grattement sur le drap rêche. Un froissement. Ade songe à la blancheur entraperçue. À sa propre peau, qu'elle n'a plus regardée depuis des années, enfilant chaque matin sa chemise les yeux tournés vers l'intérieur, mais dont elle n'a pas oublié, bien sûr, combien elle est blanche elle aussi, d'une blancheur autre, moins dense, moins épaisse. La différence entre le lait et la crème.

Son époux, parfois, passait la langue sur son corps, comme un chat qui lape. Mais lorsqu'il la chevauchait, il était un animal d'une autre puissance. Grand, large de carrure, les cuisses musclées par les cavalcades et les assauts.

Le jour où elle l'avait rencontré, sa vue l'avait à la fois troublée et apeurée. Elle était très jeune lorsqu'on l'avait mariée. Quatorze ans à peine. Le corps d'une enfant, les seins tout juste renflés, les hanches étroites.

Si menue et si blanche, un lys en bouton, avait-il soupiré lorsqu'il l'avait dévêtue la première fois. Et il l'avait traitée comme une fleur tardant à s'ouvrir. La câlinant et la caressant, sans jamais pénétrer son intimité. Si douce, la robe d'un poulain, disait-il. Et il soufflait sur le duvet de ses jambes pour le voir frissonner. Si souple, le cuir d'un agneau. Et il léchait ses seins jusqu'à ce qu'ils se dressent sous sa langue. Si secrète, un calice où se désaltérer. Et il glissait sa tête au creux de ses jambes, sa langue dans l'étroitesse de son con.

Le cœur battant, la fièvre au visage, elle le laissait faire, craintive d'abord, puis avide. Elle attendait le soir avec toujours plus d'impatience.

Et puis, une nuit, la fleur avait éclos. Elle s'était arquée comme une tige prise dans le vent.

Ade soupire, s'agite sous l'édredon. Elle a soif, mais n'ose allumer sa chandelle pour aller chercher de l'eau. Derrière les volets clos sur l'hiver, la nuit est totale.

Suffisamment noire pour nous cacher aux yeux du diable lui-même, chuchotait son bel époux en mouchant la mèche de jonc de la lampe à huile.

Ade secoue la tête.

Il l'a prise, avec douceur d'abord. Puis avec force. Nuit après nuit. De toutes les façons. Même celles qui sont interdites. Par-devant, elle assise sur lui, comme le font les fornicateurs. Par-derrière, agenouillée, la tête écrasée dans l'édredon, comme le font les animaux. Et aussi par l'autre orifice, comme le font certains hommes entre eux.

Elle a eu mal, elle a joui, de toutes les façons. La honte ne venait qu'après. Est-ce pour cela que Dieu l'a punie ?

La jeune fille, à quelques pas d'elle, se retourne brusquement. Ade sursaute et, malgré le froid, repousse le duvet qui l'étouffe. Sans aucun doute, elle est prise de fièvre. Elle se lève, à tâtons se dirige vers le guéridon où elle a remarqué la fiole laissée par Ysabel. Elle avale à même le goulot la boisson épaisse et amère.

Elle ne sait où son âme vagabonde durant le sommeil, mais au petit matin, elle se réveille les cuisses mouillées de sa propre semence.

10

Après cette première nuit où Maheut a partagé sa chambre, Ade ne connaît plus de réveil honteux. Mais elle dort mal, toujours. Le sommeil est devenu le réceptacle de fantasmagories qui semblent s'engendrer elles-mêmes. Des songes peuplés de mensonges. Son époux vivant. Tendre. Aimant comme au début. Sa chambre – celle où elle vit désormais, ou l'autre, dans le château de jadis ? – tendue de soie blanche. Des taches écarlates sur le tissu diaphane. Un enfant pleure – une fillette, les cheveux comme des flammes.

Il est des rêves envoyés par Dieu. D'autres envoyés par le diable. Il est aussi des rêves qui ne sont que la production du corps. Ade ignore la nature des siens. Elle se demande parfois si la vieille Ysabel saurait leur trouver un remède. Mais elle n'ose pas lui en parler.

Elle voit beaucoup l'intendante depuis que Maheut s'est installée dans sa maison il y aura bientôt deux mois. Mi-mars, l'air a commencé à s'adoucir, et la terre avec elle. Ysabel a pu recommencer à travailler son jardin – fouir les plates-bandes, transplanter la rue et les plants de fraises des bois, nettoyer les buissons de sauge, choisir à la marjolaine un emplacement ensoleillé pour éviter qu'elle jaunisse, soigner les modestes touffes de violettes dont elle aime agrémenter ses plantations parce que leur humilité perlée de rosée lui rappelle les sous-bois de son pays. Chaque soir cependant, après avoir manié la binette et la houe, sueur au front, les mains sentant la terre, elle visite Ade et Maheut.

Ade s'est efforcée d'être accueillante pour la jeune fille. Mais Maheut n'est aimable en rien. Elle répond aux questions par monosyllabes, rechigne devant les tâches ménagères – maladroite, inefficace, sauf pour transporter le bois et prendre soin du feu, ce qu'elle semble pratiquer avec plaisir.

Pourtant, elle paraît avoir reçu une éducation, sait sûrement lire. Ade l'a surprise un matin devant le lutrin où elle venait de poser un des ouvrages envoyés par sa belle-sœur. La jeune fille suivait les lignes des yeux. Sans aucun doute, elle pourrait faire une compagne plus subtile que sa servante. Mais la plupart du temps, elle demeure assise devant l'âtre, ne se mouvant qu'à la nuit tombée. Alors elle sort, enveloppée dans sa cape, demeure longtemps dehors. Ade l'imagine déambulant à la manière d'un spectre près des murs de l'enceinte, longeant les maisons, la grande bâtisse commune, l'hôpital et la chapelle. Elle ne la connaît pas, pas mieux que lorsqu'elle est arrivée dans sa demeure, mais pour elle, c'est une fille du dehors. Elle espère parfois qu'une nuit elle passe le portail du béguinage, et ne revienne pas.

« Nous vivons ensemble comme deux étrangères, dit-elle à Ysabel. Je ne suis pas la compagne qu'il lui faut. Peut-être serait-elle plus heureuse ailleurs. »

De son côté, la vieille béguine goûte le temps que lui laisse l'hôpital, où les lits se sont vidés. Lorsqu'elle le peut, elle abandonne le clos pour s'en aller à l'aube cueillir des herbes dans le marais, de l'autre côté de la poterne. Le soir, elle les prépare et les met à sécher. Sa maison embaume. Parfois, cependant, une fatigue la saisit. Peut-être est-ce le sortir de l'hiver auquel son corps vieillissant s'habitue moins rapidement qu'autrefois. Ces nuées aussi qui peinent à se dissiper au-dessus de la ville.

Le procès des Templiers enfièvre toujours Paris. La veille, dernier samedi de mars, les frères prêts à défendre leur Ordre ont finalement été extraits de leurs prisons et réunis dans les jardins de l'évêché, à côté de Notre-Dame. Malgré les intimidations, les tortures subies, ils étaient plus de cinq cents ! Si nombreux que les représentants de la commission pontificale chargés de les auditionner n'ont pu les entendre. Ils leur ont demandé de désigner des représentants. Six, huit ou dix procureurs, à leur convenance, libres de témoigner pour eux. À ce que l'on dit, les frères reprennent force et courage, et l'affaire pourrait trouver une issue. Mais ce même jour une autre nouvelle est arrivée au béguinage, qui préoccupe Ysabel. Il s'agit d'une de leurs sœurs de Valenciennes, Marguerite Porete. Il semble que Guillaume de Paris, l'inquisiteur général, ait lancé une enquête contre elle. Le soudain intérêt que lui porte Guillaume, alors que depuis deux années ou presque, elle vivait dans un confinement tout relatif, a surpris les femmes du clos. Beaucoup la connaissent au moins de réputation, son arrestation et son transfert à Paris ayant fait grand bruit à l'époque. Certaines, originaires comme elle du Hainaut, l'ont même visitée. Ysabel n'en fait pas partie. Mais grâce à Perrenelle, informée de tout ce qui arrive dans la cité, elle en sait beaucoup.

C'est de Marguerite qu'elle parle avec Ade lors de sa visite quotidienne.

Comme d'habitude, son hôtesse l'accueille dans son salon, une pièce confortable à l'étage, équipée d'une cheminée. Près de la fenêtre sont disposés un lutrin et une table de travail portant un écritoire. Les deux femmes boivent une infusion de sauge, tandis que Maheut se tient à l'écart. Malgré l'humeur sombre qu'affiche la jeune fille, Ysabel remarque combien elle s'est renforcée. Elle a appris par Ade que son appétit est revenu. Maheut dévore les plats préparés par la servante que son hôtesse s'est résolue à employer quelques heures par jour, ayant renoncé à demander de l'aide à son invitée. Son corps menu a retrouvé énergie et vigueur. À la contempler, le visage léché par la lumière caressante des flammes, Ysabel la trouve presque belle dans sa singularité. Le front bombé, enserré d'un turban de toile. Les yeux verts, légèrement bridés. Les cils courts, pourtant épais, étonnamment recourbés. Les pommettes hautes. Le nez petit, mais droit. Les lèvres charnues. Sa passivité, qui exaspère tant Ade, ne trompe pas la vieille femme. Maheut est un animal prêt à bondir.

« Le livre qu'a écrit cette femme, Marguerite, et qui lui vaut d'être emprisonnée, l'avez-vous lu ? reprend Ade.

– *Le Miroir des âmes simples et anéanties*... Il est interdit depuis des années.

– On dit que c'est un manuel pour l'enseignement des laïcs.

– À ce que j'en sais, le texte est complexe, je ne suis pas sûre qu'il soit accessible à tous. Il propose une sorte de cheminement vers l'union à Dieu.

– En quoi est-il critiquable ?

– Je ne connais pas les détails. Mais l'évêque de Cambrai l'a déjà condamné comme hérétique il y a cinq ans et fait brûler sur la grande place de Valenciennes. Il a défendu à Marguerite de continuer à répandre ses idées que ce soit oralement ou par écrit. Mais elle est si convaincue de leur justesse qu'au lieu de lui obéir, elle a ajouté plusieurs chapitres pour éclaircir sa pensée.

– Ce n'était pas sans danger, remarque Ade.

– La femme a cherché du soutien parmi les clercs les plus éminents et obtenu celui de trois d'entre eux, dont un franciscain de Valenciennes, et le vénérable théologien Godefroid de Fontaines, décédé l'an passé. Alors elle a décidé d'envoyer *Le Miroir* à l'évêque Jean de Châlons. Tant d'agitation a fini par indisposer. Marguerite a été déférée devant deux nouveaux tribunaux, celui de l'inquisiteur de Lorraine, puis celui du nouvel évêque de Cambrai. Et enfin envoyée à Paris.

– On dit qu'elle s'est montrée insolente.

– Insolente, je ne sais pas. Mais elle a toujours refusé de prêter serment et de témoigner. Et elle conserve cette ligne de conduite devant l'inquisiteur général. Il l'a punie d'une excommunication majeure, et depuis presque deux ans il attend qu'elle accepte de se soumettre à une enquête. Il semble qu'il ait perdu patience.

– Cette femme, Marguerite, a-t-elle toute sa raison ? »

Ysabel soupire, les yeux fixés sur le profil de Maheut. Elle ne s'est pas trompée. Les traits de la jeune fille sont tendus, attentifs. Alors qu'elle semblait perdue dans ses pensées à son arrivée, depuis que la conversation s'est portée sur Marguerite Porete, elle écoute.

« On dit aussi que tout le temps de son enfermement, elle a continué de faire la publicité de ses écrits, poursuit Ade. Est-elle vraiment des nôtres ? »

Ysabel détache son regard de Maheut. La question mérite qu'on y réfléchisse. Il est tant de manières de vivre sa foi hors de l'Église. Toutes les béguines n'ont pas la chance – ou ne font pas le choix – d'être accueillies dans de grandes institutions comme celle de Paris. Beaucoup habitent à plusieurs dans de petites maisons, au cœur des cités, et travaillent. D'autres préfèrent mener leur existence seules. Certaines même, qu'on qualifie de béguines errantes, pratiquent la mendicité et prêchent dans les rues.

« Je crois que Marguerite a enseigné un moment au béguinage de Valenciennes, répond-elle enfin. Mais elle n'y vivait pas. En tout cas pas les derniers temps. Elle animait un cercle d'amis de Dieu. C'est une femme de la petite noblesse. Elle avait, semble-t-il, beaucoup de soutiens à Valenciennes et en Flandre… J'ai bien peur qu'elle ne les ait perdus. »

Ade porte son bol à ses lèvres et souffle sur l'infusion trop chaude. Elle a perçu une tension dans la voix d'Ysabel.

« Ne soyez pas trop inquiète, la rassure-t-elle. Aucune béguine n'a jamais été condamnée. Si elle fait vraiment partie des nôtres, il lui sera peut-être fait remontrance, mais je doute qu'elle soit sévèrement punie. »

Plus tard, alors qu'elle sort dans la nuit, Ysabel repense à cet échange avec contrariété. Ade est si peu avertie des réalités du monde. Elle a vécu une grande partie de son enfance au sein d'un monastère, s'est mariée, puis, ayant perdu son époux, retirée au béguinage. Elle croit ce qu'elle entend, et pense comprendre ce qu'elle ne connaît pas.

Il est, bien sûr, d'autoproclamées béguines qui mènent une vie peu conforme à l'esprit apostolique. Certaines même font scandale. Des rumeurs venues des villes du Haut-Rhin parlent de sœurs s'exposant en public, prêchant d'une voix perçante dans la rue avec force mimiques, génuflexions et contorsions. Parfois aussi, certaines que l'on baptise béguines sont en réalité adeptes de mouvements hérétiques comme les Vaudois ou le Libre-Esprit. Mais quoi qu'il en soit, toute femme n'étant ni épouse ni nonne est suspecte. Surtout lorsqu'elle s'acharne à prêcher, usurpant les privilèges du clergé. Et des hommes.

Heureusement, Louis, le saint roi, les a toujours défendues. Et avec lui, certains des plus grands clercs de l'université de Paris pour qui leur vie était un exemple à offrir aux autres laïcs. Un prêche incarné, vivant. L'autorité de ces érudits, bien après leur mort, continue de les protéger.

Ysabel laisse tomber sa capuche. Il fait encore frais le soir, mais le ciel est totalement dégagé. Elle lève les yeux vers la lune, dont la face est presque pleine. Lorsqu'elle décroîtra de nouveau, il sera temps de récolter les premiers simples de son jardin.

La voici qui traverse la cour et se dirige, malgré l'heure tardive, vers ses plantations. L'odeur de la terre retournée saura l'apaiser.

Un banc l'accueille. Assise, immobile, elle goûte le silence de la nuit. La senteur d'humus et de fumier est là, lourde, pleine. L'air en paraît plus chaud que dans la cour.

Elle se souvient d'un sermon de Robert de Sorbon, un des proches compagnons du roi Louis, qui comparait le béguinage à un champ. Il l'avait prononcé dans les dernières années de sa vie, à l'occasion de la fête commémorant la découverte des reliques de saint Étienne, le 3 août. Perrenelle le cite parfois lors de la réunion du chapitre.

Il s'agissait pour Robert de proposer une interprétation morale de la parabole de Mathieu : *Le royaume de Dieu est semblable au trésor caché dans un champ.* À la première question de son exégèse – Quel est ce champ ? –, Robert répond : C'est dans le champ du béguinage, ouvert à tous vents, que se trouve caché le trésor du royaume des cieux. Si bien dissimulé, ajoute-t-il, que les maîtres imbus de rationalité l'ignorent. Car pour le trouver, il faut de l'humilité.

Lorsqu'elle manie sa bêche, tenant d'une main ferme le manche de frêne et de l'autre la poignée, poussant du pied sur la palette pour entamer la croûte dure, qu'elle fait corps avec son outil, et à travers lui, ressent l'humeur de la terre, Ysabel sait que ce trésor, elle l'a trouvé.

Un léger bruit attire son attention. Une silhouette sombre s'est glissée dans le jardin. Elle divague entre les carrés enserrés de plessis. Puis s'arrête. Demeure figée un long moment, lève les bras, repousse le capuchon, laisse couler sur les épaules une longue chevelure. Dans le halo blanc de la lune, les mèches brillent telle une cascade d'ambre.

11

Une semaine plus tard, Ade et Humbert se croisent sans se connaître, donc sans se voir. Le temps n'est pas venu.

Lui s'apprête à quitter la ville, impatient de retrouver ses frères et son vieux maître. Il a passé les derniers jours retiré au couvent des Cordeliers, alternant les lentes déambulations dans les allées du jardin et les heures immobiles dans la vaste bibliothèque avec laquelle la modeste collection de manuscrits du couvent de Valenciennes peut difficilement rivaliser.

Les rues sont ici plus calmes que vers la Cité, plus verdoyantes aussi – des jardins d'agrément, des vergers où l'on cultive la vigne et les pommiers en espalier, des potagers qui s'étendent au fur et à mesure qu'on s'éloigne vers l'enceinte, puis, passé les poternes, vers les faubourgs et la plaine alentour, ondulante du blé de printemps. Mais on y croise sans cesse des groupes de jeunes hommes, portant tonsure et habit long. Par dizaines. Livres sous le bras. Concentrés ou dissipés. Absorbés dans des discussions intenses, parfois houleuses. Les bourgeois les contournent.

C'est la haute ville des étudiants quand l'autre rive, celle d'outre Grand-Pont, est la basse ville des commerçants. Toutes les écoles rassemblées autour de la Sorbonne. Humbert y a laissé trop de souvenirs et de regrets, de ce temps où il pensait encore que l'énergie qui traversait son corps comme une lave brûlante le mènerait vers les sommets. Il avait plus souvent fini dans le caniveau.

Ce début d'après-midi où il passe tout à côté d'Ade, devant la cathédrale Notre-Dame, il revient d'une seconde visite à For-l'Évêque. À nouveau, il s'est fait éconduire. Mais cette fois, il s'en doutait. La situation de la béguine a brusquement évolué. Guillaume de Paris a réuni onze maîtres en théologie et cinq canonistes dans son couvent dominicain de la porte Saint-Jacques pour solliciter leur avis sur son cas. Humbert admire la prudence de l'inquisiteur, sans doute inspirée par l'interminable et catastrophique action menée contre les Templiers. Guillaume a été fortement réprimandé par le pape et privé un temps de ses pouvoirs pour avoir aidé le roi et son sbire, Nogaret, lors de l'audacieuse arrestation des frères trois années auparavant. Plus circonspect cette fois, il s'est demandé comment, Marguerite refusant de témoigner et de prêter serment, il était possible d'instruire contre elle un procès en hérésie sans s'exposer aux critiques. D'autant que ses accusateurs se trouvent pour la plupart loin de Paris, sur les terres du Hainaut. Et que la femme par son apparence et la piété de ses paroles prête peu le flanc aux accusations. Humbert ne sait ce qu'ont suggéré les experts en droit, mais la machine inquisitoriale est lancée.

Quoi qu'il en soit, lui se sera montré loyal et consciencieux en tentant cette nouvelle visite à une femme qu'il apprécie peu. C'est le moins qu'il puisse faire pour frère Jean, qui l'a accueilli comme un père lorsqu'il est arrivé au couvent de Valenciennes. En quelques semaines, Humbert avait perdu ses deux parents et sa sœur cadette, âgée de dix ans à peine. Morts des poumons à cause de la rigueur de l'hiver. Cette année-là, il avait fait si froid que la Seine avait été prise dans les glaces avant que la débâcle renverse les maisons, emporte ponts et moulins, écrase les barques sur le port de Grève, et avec elles les marchandises et les hommes qui se trouvaient à bord. Lorsque Humbert, alerté par un courrier, avait enfin pu rentrer dans le Hainaut, il ne lui restait plus que sa mère à embrasser. Le prêtre priant à son chevet lui avait confié qu'elle était restée allongée des jours, respirant à peine, comme si elle conservait son dernier souffle pour le bénir.

Humbert avait trouvé le château délabré, glacial. Les cuisines vides. Ses parents lui avaient caché la gravité de leur situation. S'il était venu les visiter plus tôt, peut-être aurait-il pu agir.

Après cela, il avait interrompu ses études, renonçant à préparer sa maîtrise. Vendu le domaine pour payer les dettes. Fini les débats subtils sur la foi et la raison, l'eucharistie ou l'éternité du monde. Il était entré au couvent de Valenciennes, avait endossé la robe de bure et noué à sa ceinture les trois boucles symbolisant les trois vœux de l'Ordre – obéissance, pauvreté, chasteté.

Tandis qu'Humbert traverse le parvis à grands pas, Ade se tient immobile au milieu des badauds et des étals du marché, les yeux levés vers la façade de la cathédrale. Elle ne regarde pas, comme la plupart des visiteurs, le grand portail du Jugement dernier. Elle le trouve trop tourmenté, avec ce Christ tout de raideur qui exhibe les stigmates de son sacrifice au tympan, et sous ses pieds le défilé des damnés vers un enfer dont les horreurs dégueulent sur les voussures. Elle se tient devant l'embrasure la plus discrète et fixe la Vierge à l'enfant sculptée au sommet de la composition.

La figure est d'une sobriété absolue. Archaïque. Marie se tient assise sur un trône, encadrée par un dais, le Christ sur ses genoux. Elle regarde bien en face le visiteur, les traits détendus par un imperceptible sourire, présentant son fils comme une évidence. Sous les plis serrés de son vêtement au drapé rigoureux mais souple dans la lumière frisante, on devine ses jambes enserrant celles de l'enfant, tandis que sa main droite est posée, doigts ouverts, sur le ventre du Christ. La gauche tient un sceptre.

Debout à côté d'Ade se tient Maheut. Ade ne le voit pas, mais le visage de la jeune fille s'anime enfin. Maheut ne s'intéresse pas à la cathédrale. Elle suit les tours d'un montreur de singe à quelques pas. La petite bête virevolte, cabriole, bondit sur la tête de son maître, fourrage les cheveux, la chemise, sa face étrange aux mimiques enfantines grimaçant, souriant ou suppliant tour à tour. Elle ouvre grand la bouche, tandis que l'autre tend puis cache une pomme, écarte les lèvres sur des dents pointues, pousse des cris aigus qui survolent les appels des marchandes débitant sur leurs étals les poissons et les galettes du carême.

Tout à l'heure, Ade achètera pour Maheut et pour elle-même un pâté au fromage qu'elles mangeront dans la rue, avant de lécher leurs doigts collants de miettes. Pour la première fois depuis qu'elles se connaissent, elles jouiront ensemble d'un même moment.

Ade a suggéré à Maheut ce détour par le parvis de Notre-Dame au retour d'un périple pourtant déjà bien long à travers les rues de la ville. La veille, lors de sa visite devenue presque quotidienne, Ysabel lui a demandé de bien vouloir porter pour elle des remèdes à l'épouse de sieur Pierre de Crété. L'homme, échevin du roi et négociant en soie, est un des fidèles soutiens du béguinage. Depuis des années, son épouse souffre chaque début d'été d'éruptions prurigineuses que l'herboriste lui a appris à soigner par des cataplasmes de bardane. Mais cette fois, les démangeaisons l'ont prise très tôt dans la saison. La servante, venue porter le message à la vieille béguine, a dit que sa maîtresse éprouvait également des difficultés à respirer.

Ysabel ne disposait pas de feuilles fraîches de bardane, mais il lui en restait un macérât. Elle a aussi préparé un vin d'aulnée, additionné de baies de genièvre et de fleurs de camomille allemande. Elle était trop prise pour apporter elle-même les remèdes et plutôt qu'à une servante ou un commis, préférait les remettre à une personne de confiance, qui puisse transmettre à la malade ses recommandations. Le vin d'aulnée devait être pris au réveil, et avant chaque repas. Le macérât versé sur un linge propre, qu'il fallait appliquer sur la peau et laisser reposer aux endroits où se voyaient les rougeurs.

« Pourriez-vous me rendre ce service, dame Ade ? Vous vous feriez accompagner de Maheut, qui a besoin de marcher puisqu'elle a repris des forces. »

Ade a vu le visage de Maheut se tendre. Était-ce seulement à l'idée de partager une promenade avec elle ? Les jours passaient, et la jeune fille semblait toujours aussi méfiante, sinon hostile, au point de demeurer à l'écart de son hôtesse à l'intérieur de la maison, refusant de partager ses lectures et ses prières. Les rares fois où Ade l'avait interrogée pour tenter de savoir qui elle était et d'où elle venait, elle lui avait opposé un silence buté.

Ysabel aussi a remarqué le trouble de Maheut. Mais elle a pensé qu'il était temps que celle-ci affronte le monde. Elle était trop jeune, trop vive pour demeurer, sans l'avoir choisi, cloîtrée entre les murs du béguinage.

Maheut n'a pas osé refuser.

Pierre de Crété habite de l'autre côté de la ville, dans la paroisse de Saint-Germain-l'Auxerrois. Elles sont parties tôt le matin, les fioles d'Ysabel précautionneusement enveloppées dans une pièce de lin. Ade connaît le chemin jusqu'à l'église, la Seine lui sert de repère. Même si elle préfère ne pas la longer de trop près, à cause des groupes de manœuvriers et les bateliers qui fréquentent les grèves, y déchargeant à grand bruit ballots de blé et de foin, elle peut toujours entrapercevoir le fleuve entre les hautes demeures qui bordent ses rives. Pour la première fois, elle a senti Maheut s'approcher d'elle, glisser son bras sous le sien et l'y laisser, la main se crispant chaque fois que quelqu'un les côtoyait de trop près.

Elles ont cheminé ainsi, serrées l'une contre l'autre, dans les rues encombrées par les étals, les chariots à bras et les traîneaux. Toutes deux portent ces longs manteaux de camelote grise que revêtent souvent les béguines à l'extérieur. Il n'est jamais bon d'être une femme seule dans les rues de Paris. Leur habit les protège autant que la modestie de leur attitude. Mais comment éviter, dans une telle foule, qu'une main vous frôle, qu'un corps se frotte contre le vôtre ?

À l'aller, cependant, tout s'est bien passé. Arrivée près de l'église Saint-Germain-l'Auxerrois, Ade a demandé son chemin à une boutiquière assise à côté de sa fenêtre à vendre. La demeure de Pierre de Crété, à deux rues de là, était facilement reconnaissable à son grand portail sculpté ouvrant sur une vaste cour.

Accueillies par un serviteur, Ade et Maheut ont traversé plusieurs salles de réception avant d'accéder à la chambre où séjournait la malade. Les tentures étaient tirées, dame Alice était allongée sur le lit, le souffle rauque et la mine pâle. Près de la couche se trouvait une toute jeune fille, vêtue d'une robe de soie bleue. Petite, gracieuse comme un faon, des boucles épaisses, couleur de châtaigne.

« Oh, merci ! » s'est-elle écriée, en voyant entrer les deux femmes. « Merci d'être venues, maman va si mal. »

Ade s'est défait de son manteau tandis que Maheut se retirait dans l'ombre de la baie close, puis elle s'est assise près de la patiente. A vu son col et ses bras enflammés.

« Cette fois, a soupiré la malade, tout le corps est pris.

– Peut-être avez-vous mangé quelque aliment qui ne vous convient pas, a suggéré Ade.

– Je ne vois pas.

– C'est le souci, est intervenue la petite, les sourcils arqués au-dessus de prunelles du même bleu lumineux que sa robe. Il paraît que le roi va à nouveau changer la monnaie. Papa devra vendre plus de soie !

– Clémence, je t'en prie, l'a reprise sa mère. Ce ne sont pas des conversations pour une jeune fille. »

Ade a soulevé doucement le drap, puis la chemise. Les plaques rouges s'étendaient sur le ventre et les cuisses. Elle a demandé un gobelet et un linge propre.

Maheut la regardait poser délicatement le coton imbibé de macérât brunâtre sur la peau à vif. La plupart du temps, ces mains longues et fines, elle les voyait feuilleter un livre ou se joindre pour une prière – elle priait tant !

Clémence elle aussi observait Ade et la trouvait parfaite. Ce visage d'un ovale pur, ces yeux calmes, ce corps délié et cependant maintenu avec rigueur... Elle, qui grandissait en désordre et savait si mal se dominer, aurait voulu lui ressembler.

Elles sont demeurées toutes trois au chevet de dame Alice jusqu'à ce que les cloches sonnent nonne. Lorsque Ade et Maheut sont reparties, la patiente somnolait doucement et semblait déjà mieux. Clémence les a accompagnées, et, au moment où elles quittaient la demeure, a saisi la main d'Ade et l'a embrassée.

La vue de cette jeune fille pleine de vivacité, peut-être, sa tendresse pour sa mère, la fatigue du jeûne en ces jours de carême... Ade s'est sentie affaiblie, triste, sur le chemin du retour. C'est alors qu'elle a proposé à Maheut de faire un détour par la cathédrale.

Les voici donc sur le parvis, terminant de goûter les pâtés qu'Ade vient d'acheter. Elles lèchent leurs doigts, échangeant, sinon un sourire, du moins un regard amical. Les yeux de Maheut ont perdu de leur âpreté, ils ont la nuance laiteuse d'une émeraude brute.

Ce doit être à ce moment qu'Humbert quitte le parvis et passe près d'elles.

« Il faudrait s'en retourner maintenant, suggère Ade, il commence à se faire tard. »

Les deux femmes longent le cloître Notre-Dame jusqu'à la rue des Marmousets. Au lieu de pousser jusqu'au pont des Changeurs, Ade, lasse de la foule et de la bousculade, décide de passer par la Planche-Milbray, exposée au vent mais moins encombrée et qui permet de rejoindre plus en amont la rive du béguinage.

L'homme se met à les suivre au moment où elles entament la traversée de la Seine. Ses bottes de cavalier cognent derrière elles sur la volée de bois suspendue au-dessus des flots fangeux. Elles ne s'en rendent pas compte immédiatement. Il y a les autres passants, le grondement du fleuve, et les moulins en contrebas, le grincement des roues qui tournent dans le courant, le claquement des pales sur l'eau. La rive passée, le pont de planches se poursuit, permettant de franchir à sec la mare boueuse alimentée par les crues de l'hiver jusqu'au carrefour des rues de la Coutellerie et de la frappé des talons sur le pavé. Il se poursuit alors que les deux femmes traversent la place de Grève…

Alors Maheut se retourne, entrevoit la silhouette trapue, pesante d'un homme en armes. Elle presse le pas, tandis que s'accélère le claquement derrière elles. Ade sent de petits doigts durs s'enfoncer dans le creux de son coude. Elles longent le chevet de l'église Saint-Jean-en-Grève, puis le cimetière Saint-Gervais, vers la rue aux Moines de Longpont. C'est au moment où elles se glissent dans la venelle que l'autre se met à courir. Il dépasse les deux femmes, pousse un cri puis arrache le chaperon de Maheut, libérant ses cheveux du fichu qui les retient.

12

Maheut ne se calme pas. Elle arpente la chambre de long en large. Ade elle-même, effrayée par l'indécence du geste, peine à se reprendre.

Elles sont demeurées pétrifiées au milieu de la rue tandis que les badauds commençaient à les désigner du doigt et à rire. L'homme, lui, a rebroussé chemin, non sans se retourner pour dévisager Maheut, un sourire narquois aux lèvres. Alors elles se sont mises à courir jusqu'au béguinage. Guillaumette leur a ouvert la porte, irritée par les appels pressés de la cloche et les coups martelés sur le battant de bois, puis effarée par leur allure.

Allongée sur son lit, Ade sent peu à peu les battements de son cœur s'apaiser. Elle rafraîchit son visage de ses mains, se redresse. Consciente du désordre de sa tenue, elle arrange le voile sur ses cheveux, lisse la guimpe autour de son cou. Puis porte son attention sur Maheut.

« Cesse de t'agiter ainsi. Viens près de moi, que je te donne à boire. »

Mais l'autre continue ses allers-retours heurtés d'oiseau pris au piège.

Lorsque Ysabel arrive quelques minutes plus tard, Ade est redescendue dans sa cuisine. Il lui suffit de quelques minutes pour raconter l'incident à la vieille béguine.

« Cet homme, l'avez-vous reconnu ? demande Ysabel.

– Non. J'ai à peine vu son visage. Le nez épais, la barbe noire… C'est tout.

– Et Maheut ? Sait-elle de qui il s'agit ?

– Elle ne parle pas. Elle ne fait que marcher.

– Peut-être n'était-ce qu'un soudard qui a voulu se moquer. Ce ne sera pas la première fois.

– Mais la réaction de Maheut est si violente. Elle m'effraie. »

Ysabel relève les pans de la lourde jupe qu'elle porte pour travailler au jardin, grimpe l'escalier. Debout à l'entrée de la chambre, elle observe Maheut sans dire un mot. Puis se dirige vers elle, l'attrape par les épaules. L'autre tord son buste mais, reconnaissant la béguine, s'immobilise.

« Viens… »

Ysabel conduit Maheut sur le siège disposé dans l'embrasure de la fenêtre. La force à s'asseoir. La garde contre elle, un bras autour de ses épaules.

« Voulez-vous que je lui donne son remède ? » murmure Ade.

Ysabel refuse d'un mouvement de tête.

Ade s'assied face aux deux silhouettes dessinées par le contrejour. Petites toutes deux, mais l'une large et bien campée, l'autre fine, palpitante comme un jeune chien.

Le temps passe. Dedans, le bois du plancher gémit, les poutres craquent, la braise crépite. Dehors, quelqu'un tire un chariot, sa carcasse racle le sol, une voix de femme appelle – sons étouffés, filtrés par l'enceinte contre laquelle s'appuie la maison. Dans cette trame familière se glissent la respiration légère d'Ysabel et celle, oppressée, de Maheut.

Peu à peu, le souffle de la petite se calme. Ysabel retire son bras de ses épaules, prend ses mains entre les siennes, les réchauffe doucement, desserre les doigts. Dans la paume, un éclat bleu.

« La pierre ne te servira à rien, murmure Ysabel. Ta peur ne fera que s'assoupir un moment. Puis elle se réveillera, reviendra plus forte. »

Maheut secoue la tête.

« Il faut que tu parles, maintenant. Sans crainte ni honte. Quoi qu'il te soit arrivé, nous ne te jugerons pas. Mais si nous ignorons ce que tu crains, comment pouvons-nous te protéger ? »

Froissement d'ailes sur le toit. Une tourterelle déroule ses trilles douces et tristes.

Maheut secoue de nouveau la tête. Ne sait plus retenir ce qui l'oppresse. Elle lâche d'abord quelques mots d'une voix hésitante. Et finalement raconte. Un récit embrouillé, une plainte confuse.

L'histoire est banale. Celle d'une fille de la petite noblesse de terre. Tant de familles de ce rang ont vu leur situation se dégrader depuis quelques décennies – Ysabel en a été témoin dans sa Bourgogne natale. Le monde dans lequel elles plongent leurs racines, le terreau où elles ont prospéré, depuis lequel elles ont lancé leurs branches et leurs ramilles se sont épuisés. Les seigneurs ont perdu le pouvoir sur leurs domaines tandis que le roi imposait le sien sur l'entièreté du royaume. L'ancien système fondé sur les échanges de biens et de services s'est effacé devant une économie monétaire manipulée par un souverain sans cesse à la recherche de numéraire pour restaurer le trésor royal. Endettés par les partages successoraux et les dévaluations imposées par Philippe le Bel, beaucoup ont hypothéqué leurs domaines. Certains sombré dans une paysannerie indigente.

La famille de Maheut n'a pas connu une telle déchéance. Il y avait suffisamment d'argent pour le fils. Il est parti chez son suzerain se préparer à la chevalerie, avec l'équipement dispendieux que cela suppose. Il ne restait pas de quoi faire une dot à la fille. Un seigneur des terres voisines, qui au cours des années avait vu s'affermir le torse juvénile de Maheut et se cambrer sa taille, surprit un jour dans les yeux de la petite cette lueur verte que certains disent vipérine, mais où lui devinait une promesse. Il n'avait peur ni du serpent ni du diable. Il était prêt à prendre la Rousse sans argent.

« Je n'en voulais pas. »

Le père de Maheut l'a écoutée. La trouvant jeune encore, il n'a pas opposé de refus au prétendant avec lequel existait depuis des années un conflit autour d'une parcelle de terre qui pouvait ainsi être résolu. Il lui a seulement demandé de patienter jusqu'à ce que sa fille saigne.

« Vivant, jamais il ne l'aurait permis ! »

Mais il était mort. La cuisse et l'aine déchirées par une laie qu'il avait acculée sans voir qu'elle protégeait ses petits. Le fils, revenu pour les funérailles, avait conclu le mariage alors que Maheut le pleurait encore.

Elle dit les fiançailles organisées au château de Guillebert, son futur époux, auxquelles elle n'a pas assisté, se cachant dans une remise pour ne pas qu'on la retrouve. L'affront fait aux deux familles. La colère de son frère. Sa douleur à elle, face à ce garçon qu'elle ne reconnaissait pas, le compagnon joyeux de son enfance, admiré presque autant que son père, et qui la trahissait.

Elle raconte la nuit où les hommes de Guillebert sont venus la chercher. Les portes du manoir avaient été laissées ouvertes, les serviteurs sommés de demeurer dans leurs quartiers. Les hommes entrent dans sa chambre et l'immobilisent, la sortent de son lit en chemise, la jettent sur un cheval, la transportent comme un animal. Elle se débat, tombe, ils la remettent en selle.

«J'ai crié, mais tous ont laissé faire. Y compris ma mère.»

Après l'enlèvement, Guillebert a respecté toutes les étapes du rituel. Pas question que l'alliance soit contestée. Les fiançailles ont été nouées par un prêtre. Deux jours plus tard, le mariage était célébré dans la chapelle du château, suivi du banquet avec invités qui, autant que les sacrements, scelle l'union de deux familles.

Maheut raconte encore la boisson qu'on l'a forcée à prendre pour la calmer. L'officiant qui fait mine de ne pas entendre ses protestations. L'anneau enfilé avec brutalité. Les réjouissances qui ont suivi. Toute la famille de Guillebert est présente, son propre frère, ses oncles et cousins. Sa belle-mère, le visage sévère, commande aux serviteurs le passage des plats. La nourriture s'amoncelle sur la grande table. Du chevreuil et du sanglier, des lièvres, des poussins, des pâtés de chapon, des poissons rôtis, bouillis, farcis, des anguilles en sauce… Elle refuse de manger. Guillebert enfonce sa dague dans la cuisse d'une volaille, attrape sa jeune épouse par le cou et lui fourre la viande dans la bouche.

Ce qu'il est advenu après le festin, par contre, Maheut ne le dit pas. Mais ses compagnes savent. Le corps de petite fille écrasé par celui de l'époux. La puanteur de la vinasse qu'il lui colle sur les lèvres avec la langue. Les jeunes seins qu'il écrase dans ses poignes. La chemise soulevée, les cuisses desserrées par son genou. Nuit après nuit. Une semaine durant. Une chair tendre dans laquelle on force un pieu.

« Comment t'es-tu enfuie ? demande Ysabel.

– À cheval. Il a voulu que je l'accompagne à la chasse. Il est rapide, mais lourd. Je l'ai entraîné sur nos terres, j'ai sauté un fossé. Deux fossés. Il était en colère. Il est tombé. »

Ade reste silencieuse. C'est comme une histoire qu'on raconte à la veillée, une fable.

« Après ? demande Ysabel.

– Il ne bougeait plus. J'ai chevauché dos au soleil. Une journée entière sans m'arrêter. Puis j'ai attaché le cheval à un arbre. J'ai donné ma ceinture de soie à un homme qui passait en chariot pour qu'il m'emmène. Ma cape et ma robe à un autre contre un habit de manant. Je voulais venir à Paris pour me cacher. Il me fallait une grande ville. »

Ysabel revoit la silhouette recroquevillée au portail du béguinage.

« Sais-tu ce qu'il est advenu de Guillebert ? A-t-il été gravement blessé ? »

Maheut baisse la tête.

« Tu crains qu'on ne te cherche ? Lui ou sa famille ? Les prévôts du roi ?

– Oui. Et aussi mon frère… Je ne veux pas retourner là-bas.

– Cet homme, dans la rue, c'était quelqu'un de votre maison ?

– Je ne sais pas. C'est ce que j'ai pensé, mais je ne l'ai pas reconnu. »

Ade réagit enfin.

« À la direction que nous prenions, il a sans doute compris que nous étions du béguinage. N'est-il pas risqué de garder Maheut ici ? »

Ysabel secoue la tête.

« Personne n'entrera dans le clos que nous ne connaissions. »

Ce soir-là, tandis qu'Ade cherche le sommeil, Maheut s'endort profondément. Tout à l'heure, avant de partir, Ysabel a posé une dernière question à la jeune fille.

« Tu viens du Nord, à ce que j'ai compris. De quelle région ?

– Du Hainaut.

– C'est donc de là que tu connais cette béguine, Marguerite Porete, dont nous parlions l'autre soir. Je t'ai vue attentive lorsque nous évoquions son nom.

– Ma mère la fréquentait.

– À Valenciennes ?

– À Valenciennes et chez nous. Marguerite faisait partie de ses amies… »

Maheut s'est interrompue, puis d'une voix brève elle a ajouté :

« Elle faisait partie de ses amies. Mais moi, je ne l'aimais pas. »

13

Mars s'est terminé, puis les pénitences de carême. Le 19 avril, au sortir de la lugubre semaine sainte, on fête enfin Pâques. Au béguinage, les jeunes filles jettent des pétales de roses sur le sol du réfectoire, déposent sur la longue table commune des œufs teints de rouge, décorés d'épis et de soleils. Après la messe, on sert l'agneau et le porc grillés, les flans et les pâtés de viande, les rissoles dégoulinantes de beurre.

En avril arrivent les ouvriers embauchés pour réparer les dégâts de l'hiver. Il faut consolider la cheminée du dortoir commun qui menaçait de s'écrouler, refaire la toiture de deux maisons. Le béguinage résonne de voix fortes et de rires bruyants. Perrenelle laisse faire, pourvu que les hommes ne soient pas vulgaires ni impertinents. L'énergie qui émane de ces corps solides, de ces bras assurés a la même nature joyeuse que celle dispensée par la lumière du printemps et le chant flûté, fort et clair, des premières fauvettes.

Le maître couvreur et ses apprentis, grimpés sur les tuiles plates, chantent en travaillant. Leurs refrains se mêlent parfois aux modulations du chœur qui franchissent la porte de la chapelle laissée ouverte pour que la chaleur entre. Les hommes suspendent leurs gestes pour écouter les jeunes filles, figés sur le faîte des toits comme des vigies ensorcelées par la voix de sirènes.

En avril viennent aussi les jardiniers et les courtilliers qui aident aux gros travaux du potager. Ils ouvrent la terre, l'aplanissent, amenuisent les mottes puis les cassent à l'aide d'un long maillet sous le regard suspicieux de Berthe, la béguine qui a la charge de planter à la bonne époque et dans le carré adéquat les laitues, les pois et les fèves, les bettes et la ciboule, les choux pommés, les raves et les poireaux dont se nourriront les femmes du béguinage tout au long de l'année. L'humus remué, elle y fait mêler de la cendre pour qu'elle soit moins moite, des excréments d'âne et de vache – pas trop profondément, dit-elle, afin qu'ils restent au contact de la semence –, puis elle utilise la houx pour parfaire le travail. Ysabel, depuis son propre jardin, regarde avec ravissement cette femme lourde, au corps bombé comme un tonneau et cerclé de même par une ceinture qui tourne plusieurs fois autour de sa robe de façon à la remonter au-dessus des chevilles, manier l'outil avec délicatesse jusqu'à rendre la terre menue et légère pour que les racines puissent s'y étendre.

Arrive mai. Le jardin d'Ysabel embaume l'herbe et la fleur, elle lève les yeux vers le ciel avec moins de défiance. Et puis le 12, alors que l'air palpite d'éclats printaniers, cinquante-quatre templiers sont emmenés à l'extérieur de Paris, près de la porte Saint-Antoine. Pour y être brûlés vifs.

L'espace de quelques semaines, beaucoup pourtant ont cru que les procès engagés sous la pression de Philippe tourneraient au profit de l'Ordre. Les quatre procureurs choisis par les accusés pour les représenter devant la commission pontificale les ont bien défendus. Particulièrement Pierre de Bologne, qui a dénoncé avec audace des accusations absurdes, et des aveux – y compris les siens – arrachés par la torture et les fausses promesses. Un nombre croissant de templiers sont arrivés de province pour défendre leurs frères. C'est alors que Philippe de Marigny, archevêque nouvellement nommé à Sens et – ce n'est pas un hasard – frère du chambellan du roi, s'est empressé de convoquer un concile provincial. Les templiers de son territoire ayant avoué leur faute et revenant aujourd'hui sur leurs aveux ont été déclarés relaps. Condamnés à être exécutés. Contre l'avis du pape, mais avec le soutien du roi.

Les bûchers sont dressés les uns à côté des autres, leurs pieux désignant le ciel. Jusqu'au moment de monter sur les fagots, les hommes refusent d'avouer les crimes dont on les accuse. Et tandis que la paille s'enflamme, ils crient leur innocence et leur terreur à la face d'une foule troublée.

L'odeur âcre des supplices est portée par-dessus l'enceinte jusqu'au jardin où travaille Ysabel. Durant un long moment, une volute noire balaie le ciel, d'où tombent des cendres grisâtres, évanescentes et légères comme de la neige ou des papillons. La béguine les regarde voler et tourbillonner, puis, formulant une prière silencieuse, les mêle à la terre.

Dans les jours qui suivront, on mènera au bûcher quatre autres frères, puis neuf à Senlis. Enfin, ce seront les os de Jean de Thure, trésorier du Temple, défunt depuis des années, qui seront exhumés et brûlés.

Certains disent que Philippe a permis ces bûchers parce qu'il était excédé des manœuvres dilatoires du pape, lequel vient encore de repousser de plus d'un an, à octobre 1311, le concile devant se tenir à Vienne pour décider de l'avenir de l'Ordre. Sans doute. Mais autre chose se joue. Ysabel n'est pas la seule à le pressentir.

14

« Le Bel se prend pour le vicaire de Dieu », murmure Jean de Querayn.

Depuis quelques jours, le vieux maître d'Humbert s'est affaibli. Son esprit demeure agile, mais l'âge rattrape son corps. Humbert se tient à côté de la couche où il est allongé, le buste soutenu par un oreiller couvert d'une toile grossière. Il fait presque froid dans la cellule dont l'étroite fenêtre ouvre sur une lumière brouillée par l'humidité. Le printemps tarde à s'installer dans les contrées du Nord.

Le couvent est silencieux. Le déjeuner terminé, les prières de sexte dites. Mais frère Jean ne veut pas se laisser aller à s'assoupir. Humbert contemple avec inquiétude le visage anguleux, la chair fondue, la peau épousant les os de la face, annonçant ce qu'elle deviendra après avoir été rendue à la poussière. L'œil est mouillé, comme souvent chez les vieillards, mais derrière les larmes qui s'y accrochent et tremblent, le regard reste pénétrant.

« Que voulez-vous dire ? interroge Humbert.

– Il pense que le pape a failli face à l'ordre hérétique et qu'il lui revient, à lui, de défendre la vraie foi.

– Ne pensez-vous pas qu'il s'agit plutôt de capter l'or des Templiers ? Les caisses du royaume sont vides une fois de plus !

– Tu ne regardes pas les choses de suffisamment loin, Humbert. Il faut s'éloigner du paysage pour en comprendre la force… Aide-moi, je te prie. »

Jean tente péniblement de se dresser sur son séant. Humbert glisse un bras derrière ses épaules. Sous la robe, d'où émane une odeur douceâtre, vaguement écœurante, il sent la raideur du corps, le squelette verrouillé, les vertèbres comme soudées entre elles. Dur et cassant. Le vieil homme souffre assurément depuis des jours sans le dire. Mais Humbert sait qu'il ne renoncera pas à leur conversation.

C'est par ces échanges qu'ils sont devenus proches. L'érudition de Jean de Querayn est comme une étincelle à laquelle le jeune homme vient frotter son esprit affamé depuis qu'il lui a fallu s'exiler à Valenciennes. La ville est animée, certes. Toutes sortes de gens et de cultures s'y côtoient. L'aristocratie y a résidence. Henri du Luxembourg, empereur de l'Empire romain, y est né. La comtesse Marguerite de Hainaut y séjournait autrefois, et Jean, son petit-fils, y a fait bâtir un hôtel vers la limite est de l'enceinte. On y mène une vie de cour qui attire érudits et clercs. Mais il manque à Humbert les tournois intellectuels passionnés de la Sorbonne, cette dissection presque technique des textes, ces raisonnements aventureux, parfois vains, mais qui permettaient à la pensée de s'épanouir, de s'affûter, et lui procuraient des jouissances aussi fulgurantes que les caresses des filles.

Auprès de frère Jean, il découvre une pensée aussi aiguisée que celle de ses maîtres parisiens. Et une sorte de curiosité, d'appétence presque juvénile pour le savoir que lui-même a le sentiment d'avoir perdues.

« Les Templiers ne sont qu'une des cibles de la piété royale, relance Jean. Philippe est littéralement hanté par la peur de l'hérésie.

– Ce sont les temps qui veulent cela. L'orthodoxie religieuse est attaquée de partout. Les Cathares, les Vaudois… Désormais les frères et les sœurs du Libre-Esprit, qui rejettent l'idée de péché ou d'enfer, et osent déclarer l'homme égal au Christ en perfection…

– Les temps, bien sûr. Mais sont-ils si nombreux ces déviants à l'aune de la communauté des bons chrétiens ? Notre souverain les voit partout. Son obsession pour le mal est comme une loupe qui déforme son regard. »

Humbert soupire. Il sait, bien sûr, à quoi pense frère Jean.

La réputation de Philippe le Bel a franchi depuis longtemps les murs de son palais. Son tempérament que l'on dit froid, inflexible. Porté à la sévérité pour lui-même et pour ses sujets. Persuadé d'être responsable de leur santé morale et de leur pureté, au point d'avoir édicté, quelques années auparavant, une loi somptuaire interdisant toute tenue ostentatoire dont l'exposé est d'une vigilance si minutieuse qu'elle a stupéfié : interdiction aux bourgeois d'avoir voiture et d'être accompagnés la nuit avec une torche de cire, aux ducs et comtes de se faire coudre plus de quatre robes par an, et à chacun de mettre dans son écuelle plus d'une sorte de viande ou de poisson.

Cette rigueur purificatrice s'est affûtée après la mort de son épouse, la reine Jeanne, laquelle adoucissait de sa tendresse et son humanité cette âme austère, puis la disparition de son quatrième fils, Robert, décédé à l'âge de onze ans. Depuis, Philippe multiplie les pèlerinages et les dévotions, comme s'il tentait de rivaliser avec Louis, l'aïeul vénéré.

« Vous avez sans doute raison, frère Jean. Mais nous aurons tout le temps de discuter de cela ce soir ou demain. Vous devriez vous reposer maintenant. »

Il passe sa main sur son visage. Ressent une soudaine envie de sortir de cette cellule sombre et close, qui sent la mort.

« Philippe agite sans cesse de nouveaux périls censés pervertir l'ordre du monde. Au sein de l'Église elle-même. As-tu oublié l'affaire de l'évêque Guichard ? »

Humbert comprend qu'il va devoir céder. Frère Jean a le corps fragile et cassant d'un oisillon, mais son obstination demeure inébranlable.

« Je n'ai pas oublié.

– Accusé dans les jardins de la Cité, devant tout le peuple réuni pour l'occasion, d'avoir empoisonné l'épouse du roi et tenté de faire de même avec les princes. D'être le fils d'un démon incube, d'avoir pratiqué la sorcellerie et la magie, la sodomie ! Et ce procès honteux fait au défunt pape Boniface VIII, poursuivi au-delà de la mort pour avoir nié la Trinité, la virginité de Marie, la transsubstantiation, la résurrection des morts, et s'être rendu coupable, lui aussi, de sodomie et de sorcellerie.

– Philippe n'a jamais pardonné au pape de s'être opposé à lui.

– Tu ne comprends toujours pas, Humbert. Le roi ne fait pas qu'user de la crédulité des uns et des autres pour des manipulations politiques. Son mysticisme perverti m'inquiète bien plus que sa volonté d'asseoir son pouvoir. »

Le vieil homme ferme les yeux.

« Mon fils, il faut que tu retournes à Paris.

– Si vite ?

– Je crains pour Marguerite.

– Avez-vous des nouvelles ?

– Une missive des Cordeliers, reçue il y a quelques jours. Les canonistes ont rendu leur avis début avril. Ils ont dit que, jusque-là, Marguerite était seulement suspecte d'hérésie. Mais son obstination, sa rébellion et ses bravades les obligent à passer de la "suspicion" à la très "forte présomption". Son refus de coopérer s'est retourné juridiquement contre elle. L'étau se resserre. Frère Nicolas m'écrit que le dimanche avant les Rameaux, Guillaume de Paris a convoqué vingt et un maîtres en théologie, quasiment toute l'université de Paris, à l'église des Mathurins pour qu'ils donnent leur avis sur le *Miroir des âmes simples.*

– Et ?

– Ils l'ont désavoué. Du moins deux de ses articles. Je ne suis même pas sûr que Guillaume leur ait donné à lire l'ensemble de l'œuvre. Tout cela sent la manipulation.

– Vous vous inquiétez trop, frère Jean.

– Je n'aime pas la tournure que prennent les choses. Guillaume met tant d'habileté et de prudence dans sa procédure. Il fait mine de n'agir qu'après avoir dûment délibéré et cherché les conseils des plus avisés. Il a désormais les mains libres pour s'attaquer directement à Marguerite. Je crains le pire. Et puis… »

Jean baisse la voix.

« Il y a ce qu'elle nous a confié. Je ne sais qu'en faire. Ma santé décline… Elle n'a pas que des amis parmi nous. »

Humbert ne répond rien. Mais Jean n'a pas besoin de l'entendre pour savoir ce qu'il pense. Son élève ne comprend pas l'affection qu'il porte à Marguerite Porete. Elle va au-delà des relations qu'entretiennent depuis toujours franciscains et béguines, faites d'échanges et de soutien réciproque, d'un idéal apostolique partagé. Entre Marguerite et lui, les rapports sont d'un autre ordre.

Il l'a connue alors qu'elle était enfant, leurs familles se trouvant proches. Mal connue à vrai dire. À cause de la différence d'âge, mais aussi de l'attitude de la fillette. Quelqu'un vous la présentait, louait sa sagesse et sa belle éducation, puis vous l'oubliiez dans un coin de salon. Elle n'avait pas de charme particulier, portait des tenues ternes, il se souvient l'avoir trouvée ennuyeuse à l'époque. Il le regrette.

Car dans ce clos invisible qu'elle avait élevé autour d'elle, y laissant pénétrer seulement des lectures qui semblaient trop ardues pour son âge et son sexe, elle grandissait, tissait sa propre trame. Être unique, sombre et lumineux, la volonté dure, l'esprit céleste. Il a compris sa singularité bien plus tard, après l'avoir un moment perdue de vue en raison de ses obligations nouvelles de lecteur au couvent franciscain. Elle lui a écrit, l'a invité dans sa maison pour assister aux réunions qu'elle organisait avec un cercle d'amis de Dieu, des hommes et des femmes de la petite noblesse et de la bourgeoisie des environs. Étrangement, lui, l'aîné, le lettré, a eu le sentiment d'être choisi par plus mûre et plus instruite que lui. Marguerite aspirait à s'entourer d'êtres capables de la suivre dans les envolées de son intelligence. Elle en était touchante. Mais les rares fois où Humbert avait accompagné son vieux maître, il était demeuré silencieux, la mine absente sinon revêche.

« Elle n'a pas seulement des détracteurs chez nous. »

Comme s'il devinait les détours pris par les pensées de son maître, Humbert relance le dialogue.

«Je n'ai pas entendu que du bien sur elle chez les Cordeliers. À force de mépriser l'enseignement des clercs, elle a fini par en offenser beaucoup. Et ce rejet des pénitences, du jeûne ou même des préceptes moraux ! Elle n'est pas loin des errances des adeptes du Libre-Esprit. Elle est parvenue à indisposer les béguines de Sainte-Élisabeth elles-mêmes.

– Les béguines de Sainte-Élisabeth sont de belles et sages âmes. Mais quelque peu conventionnelles. Et pour la plupart sans instruction.

– Je vous trouve sévère, mon frère. Elles se consacrent à la foi comme il convient qu'elles le fassent. Marguerite pense que l'amour de Dieu la dispense de la loi et de l'encadrement de l'Église. Mais l'amour est un sentiment ambivalent. Il commence par l'esprit, et finit, chez les êtres faibles, par consumer les sens.

– Quoique femme... » Frère Jean esquisse un sourire. « ... Marguerite est loin d'être faible. Encore moins ignorante. Son *Miroir* est un texte brillamment argumenté que bien des clercs seraient incapables de composer. Je n'aimerais pas le voir disparaître. »

15

Trois jours durant, après l'exécution des Templiers, il ne cesse de pleuvoir. L'eau tombe du ciel en rideaux serrés, brusquement gonflés et rabattus par des rafales de vent. Le béguinage vit reclus dans ses maisons, les femmes courent à la chapelle une cape étendue au-dessus de leur tête.

Le quatrième jour, depuis sa fenêtre, Ysabel voit l'aube se lever. La pluie a cessé. Un frémissement d'impatience la prend. Elle n'en peut plus de rester enfermée, elle a besoin de chasser par le grand air les images tapies au fond de sa tête – ces cendres grises volant au-dessus de son jardin. Quelles que fussent leur légèreté et la douceur de sa prière, quel que fût l'accueil offert par la terre de son enclos, elle ne peut s'empêcher de songer à la douleur, à la peau léchée par les flammes qui se gonfle et éclate, aux poumons emplis de fumée qui suffoquent et, heureusement, précipitent la mort. Les bourreaux se servent parfois du croc de batelier avec lequel ils ont construit le bûcher pour percer le cœur des suppliciés au moment où la paille s'enflamme. Elle espère que les Templiers ont eu droit à ce geste miséricordieux.

Il s'est écoulé plus d'un mois depuis l'incident de Notre-Dame. Les premiers temps, chaque fois que la cloche du portail sonnait, Guillaumette, mise dans la confidence d'un danger concernant Maheut sans pourtant qu'on lui en ait donné les détails, tremblait. C'était son rôle d'ouvrir la porte, et jusque-là elle l'avait assumé avec fierté et, il faut bien l'avouer, curiosité, mais elle craignait désormais d'être celle qui laisse entrer le mal dans le jardin d'Éden. Elle ne savait pas exactement de quels méfaits il était capable, seulement qu'il emprunterait la silhouette d'un homme en armes. Elle sentait Ysabel inquiète. Cet ébranlement chez sa vieille amie était pour elle aussi effrayant que celui d'un pont franchissant un abîme ou d'une muraille dressée face aux barbares. Guillaumette avait connu des malheurs qu'elle préférait taire, par honte. Quels qu'ils fussent ils lui avaient appris à compter davantage sur la force de certaines âmes que sur le verrou dérisoire dont elle détenait la clé.

Les jours ont passé. N'ont frappé à la porte que des visiteurs dont on ne craignait rien. Rassurée, Ysabel a repris ses cueillettes au petit matin dans les prés à l'est de la ville. Désormais l'hôpital réclame moins sa présence. Avec les beaux jours, le nombre de patientes a diminué, la poitrinaire elle-même, que l'on croyait perdue, s'est à force de cataplasmes et de décoctions suffisamment remise pour rejoindre sa famille. Il y a eu deux décès malgré tout. L'accouchée, qui laisse un enfant orphelin. Et la vieille Cathau, morte une fin de journée en silence. Elle respirait si doucement les derniers temps que personne ne s'est aperçu de son immobilité soudaine.

Ce jour où la pluie cesse enfin, dès qu'elle voit la lumière se couler sur les tuiles luisantes des premières maisons, Ysabel revêt son manteau, attrape un panier. Sans doute les herbes sont-elles trop mouillées pour être cueillies, mais les prés ont d'autres ressources. Elle ouvre doucement sa porte, se glisse dans l'étroit passage qui, à l'est, donne sur les demeures appuyées à l'enceinte. Celle d'Ade est tout au bout. Deux coups secs au volet suffisent. Un raclement à l'intérieur. Maheut glisse dans l'embrasure un visage ensommeillé, un sourire.

« Je serai vite prête, attendez-moi… »

La jeune fille court enfiler sa chemise et sa robe devant les cendres encore rougeoyantes. Durant la nuit, elle est descendue dormir dans la cuisine, à côté de l'âtre. Elle le fait de plus en plus souvent, elle aime l'odeur du feu, le fumet qu'il laisse sur sa peau et ses cheveux, ses craquements qui résonnent dans la cheminée jusque sous les tuiles comme si, là-haut, un animal grattait la toiture. Elle s'enveloppe dans son édredon, s'endort sur le banc en l'écoutant protester contre le vent qui s'engouffre dans le conduit ou ronronner doucement tandis que la nuit se densifie. Cette maison est tellement silencieuse… Un tombeau.

En quelques minutes, Maheut est prête. Ysabel l'accueille d'une main posée sur son épaule. La flamme d'une chandelle vacille déjà dans la chambre de la concierge qui entend leurs pas et sort.

Les deux femmes marchent vivement jusqu'à la rue Barbette. La cité s'anime à peine, les vendeuses ambulantes de lait et celles de légumes frais poussent leurs ânes chargés de paniers odorants depuis les courtilles situées de l'autre côté de l'enceinte. À la porte, les chariots stationnés depuis l'aube en attendant l'ouverture se bousculent, les injures fusent, un cavalier pressé se jette sans ménagement dans la foule. Ysabel et Maheut se glissent entre les flaques de boue et les déjections des animaux, posent le pied sur la route terreuse, laissant derrière elles les murailles crénelées qui dominent la campagne et les courbes ventrues des courtines, puis la grosse tour du Temple.

Quelques centaines de mètres encore, et l'odeur, déjà, change. Ce n'est plus celle, empuantie, de la ville. Mais une fraîcheur d'herbe. Dans les jardins, les salades printanières déploient leurs panaches vert tendre. Les béguines longent la culture Saint-Gervais, puis la courtille Barbette. Devant elles, les prés brillent de rosée.

L'intendante jette de temps à autre un regard vers sa compagne. Le visage de Maheut est rosi par l'effort. Ses joues se sont arrondies, donnant une grâce nouvelle à son visage faunesque, les lèvres sont gonflées, comme meurtries de mordillements ou de baisers. Une mèche a glissé de son bonnet, elle souffle dessus, parce qu'elle la gêne.

Elle ressemble à une herbe sèche que l'on a plongée dans l'eau et qui soudain se déploie. Ysabel se félicite de son initiative. Une première fois, elle a proposé à Maheut de l'accompagner pour libérer Ade de sa présence maussade. Depuis, ce qu'elle accomplissait comme un devoir s'est révélé un plaisir.

La petite sait marcher, de ce pas vigoureux et régulier de ceux qui ont beaucoup arpenté la campagne. S'arrêter pour contempler le galop d'un cheval dans un pré, capter un changement de temps dans le ciel. Regarder et, sans un mot, partager son contentement.

« Aujourd'hui, glisse Ysabel, je vais t'apprendre un secret. »

Maheut lui jette un coup d'œil, à l'affût.

« La première chose est de repérer le nord, nord-ouest. Tu vois le soleil qui se lève… »

Un fantôme pâle émerge de la brume.

« Ne lui tourne pas le dos, fais juste un pas de côté et laisse-le sur ta droite. »

Maheut s'exécute.

« Maintenant, allons vers ce pré, et regarde bien autour de toi, sous les herbes, surtout si elles te semblent plus vertes, et à la lisière des arbres, dans la mousse.

– Que faut-il que je cherche ?

– Des ronds de sorcière », rit Ysabel en balançant son panier.

L'heure de la messe est passée. Ysabel aura droit, une fois de plus, aux remontrances de Perrenelle, Maheut au sourire pincé d'Ade. Mais les promeneuses sont oublieuses de tout, absorbées par leur quête, Maheut d'autant plus qu'elle ne sait quel mystère elle poursuit.

« Là, dit soudain Ysabel. »

La jeune fille approche, fronce le nez, déçue. Puis intriguée. L'alignement des larges corolles, d'un velouté crémeux nuancé d'ocre clair, dessine dans l'herbe un cercle presque parfait.

Ysabel s'accroupit, détache délicatement le pied court, épais, d'un champignon. Elle le retourne, dévoilant des lames fines et serrées. Le porte à son nez, le renifle doucement. Puis le tend à Maheut qui le respire à son tour par bravade plus que par envie. Elle sait depuis toujours qu'il faut éviter d'approcher ces créatures étranges qui sortent de terre en une nuit, doublent de volume en un jour, et changent de couleur selon que le temps est au beau ou à la pluie. Maléfiques sans aucun doute, liés à la mort et, dit-on, à des pratiques obscènes. Il n'y a qu'à connaître leurs noms. Oreille-de-Judas, satyre puant ou phalle impudique.

Ysabel, cependant, dépose la cueillette dans le panier.

« As-tu reconnu son odeur ? » demande-t-elle.

Maheut secoue la tête.

« C'est celle de la farine fraîche.

– Je ne m'en suis pas aperçue…

– Sens à nouveau. »

Maheut approche ses narines du chapeau épais et crayeux. Des effluves mouillés et poudreux, de farine, oui, peut-être.

« Il faut que tu apprennes, poursuit Ysabel.

– L'odeur des champignons ?

– Tu souris, tu te moques.

– Pardonnez-moi, dame Ysabel.

– Non, c'est bien, c'est de ton âge face à une femme du mien. Mais j'aimerais que tu sois attentive à ce que je vais t'expliquer, car je sais que tu peux comprendre. Que te dit cette odeur ? Elle te dit d'oublier ce que tu penses savoir, de faire taire ce qui parle dans ta tête, ces bavardages, rumeurs colportées, bêtises répétées pour se donner de l'importance. Et le silence obtenu, d'écouter, regarder, sentir la nature autour de toi. Car elle est plus riche, plus subtile que tu ne le penses. »

La béguine saisit délicatement un autre spécimen, le présente dans la lumière dorée.

« Certains champignons ne sont pas bons pour l'homme. Ils se digèrent mal, entraînent des humeurs grossières. Parfois même l'étouffement et la mort. Mais d'autres sont délicieux. Celui-ci par exemple, qui pousse en rondes on ne sait comment, et que les esprits ignorants associent au sabbat des sorcières. Le créateur lui a donné une odeur, que tu n'as pas su reconnaître. Pour nous indiquer qu'il est bon pour le corps et bon au goût. Aussi bon que le pain. Ce soir, je le cuisinerai pour toi. Et ma petite, je te le jure, tu en redemanderas ! »

16

Maheut n'est pas la seule invitée à la table d'Ysabel. La vieille béguine est revenue du marais plus chargée que prévu. Alors qu'elle approchait de l'enceinte, un courtillier l'a interpellée depuis son jardin. Appuyé contre sa jambe, le bras entourant sa cuisse, un enfant aux yeux curieux l'accompagnait.

« Ça vous dirait un lapin, bonnes dames ? Je vous le vends cinq deniers à peine.

– Et d'où vient-il, ce lapin ? a lancé Ysabel, avec un sourire.

– Je ne sais pas d'où il vient, mais il est passé par mon jardin.

– Les salades, sans doute, l'auront attiré.

– Sans doute ! » a rigolé l'autre.

Quelques minutes plus tard, l'affaire faite, Ysabel a repassé les portes de la cité avec, au fond de son panier, le gibier enveloppé d'un linge, sans doute braconné sur les terres du Temple ou de l'abbaye de Saint-Martin. Le beau temps revenu lui a donné l'envie d'organiser un de ces « dîners de printemps », comme elle avait coutume de les appeler autrefois lorsqu'elle était encore épouse et mère et qu'elle régalait des premières récoltes du jardin, d'un agneau et d'un porcelet nouvellement nés, une grande tablée où s'asseyaient ensemble son fils, l'intendant, les jardiniers et les palefreniers de son domaine. Outre Maheut, Ade et Agnès seront aujourd'hui ses convives.

La table du béguinage – un simple tréteau – a une allure bien plus modeste que celle, longue et massive, de sa maison d'autrefois. Les tranchoirs sont en bois, les écuelles en terre cuite grossière. Le menu sera simple, lui aussi. Mais savoureux. Afin d'ouvrir l'appétit, Ysabel a disposé sur un plat des rondelles de pommes, les premières de la saison. Elle a farci le lapin – lardé comme il se doit – de cerfeuil avant de le mettre à cuire lentement sur la broche. Pour l'accompagner, elle a fait bouillir des fèves nouvelles avec du gingembre et du safran, et de grosses soupes de pain bis. Les champignons sont frits dans de la graisse d'oie. Une laitue complétera le menu. Puis des gaufres achetées à une marchande près du Temple. Sur la table, elle a aussi disposé deux sauces : une cameline à base de pain grillé, pilé avec de la cannelle et des amandes émondées, qu'elle a diluée avec du verjus ; une autre, d'herbes fraîches.

Ade est déjà attablée. Arrivée soucieuse, elle semble plus détendue, heureuse de se trouver là. Maheut est installée à son habitude près du foyer, l'air somnolent d'un animal repu avant d'avoir mangé. Ysabel tient à la main une carafe de vin qu'elle s'apprête à servir lorsque Agnès fait son entrée.

« Ils l'ont condamnée ! »

La porte claque.

Les joues de la nouvelle arrivée sont marbrées de pourpre. Les autres la regardent, étonnées.

« De qui parles-tu ? » demande Ysabel sans suspendre son geste.

Mais elle a deviné.

Son assistante reprend son souffle. Elle semble différente de celle qui arpente grise et furtive les allées du dortoir. Pas de crainte dans sa voix, pas de plainte. De l'excitation, songe Ysabel. Autre chose aussi. Elle semble gagner en assurance depuis quelque temps. Frère Geoffroy, le cousin dominicain grâce auquel elle est entrée au béguinage, a quitté Sens pour s'installer à Paris. C'est un proche de Guillaume de Paris, l'inquisiteur, qu'il a rejoint au couvent des Jacobins. Agnès a déjà rendu visite deux fois à son parent. Parle de lui dès qu'elle le peut. Elle retrouve une famille, un lignage. Comment lui en vouloir ?

C'est à moi-même que je devrais adresser des reproches pour mon manque de vigilance, se dit Ysabel. En avril, le désaveu du livre de Marguerite Porete – car c'est bien sûr d'elle qu'il s'agit – avait été clamé à travers la ville. Ysabel en avait conçu de l'inquiétude. Mais depuis, le procès des Templiers, la présence prégnante des frères venus défendre l'Ordre, et enfin l'exécution si inattendue, si brutale de plusieurs dizaines d'entre eux, ont relégué la béguine de Valenciennes dans sa mémoire. La pensant protégée par son insignifiance alors que le roi livrait une guerre féroce au puissant Ordre des moines-soldats – peut-être aussi trompée par la légèreté de l'air printanier, distraite par la douceur veloutée des premières pousses de son jardin, les sifflets du rossignol revenu cacher son nid dans les haies du potager –, Ysabel a relâché son attention.

« Ce n'est pas une bonne nouvelle », soupire-t-elle.

Agnès se glisse sur le banc à côté d'Ade. Elle se penche, lave ses mains dans le bassin d'eau tiède disposé sur la table pour les ablutions. Son gobelet est rempli, elle tend la main pour le saisir, la repose dans son giron, les sourcils serrés au-dessus de ses yeux sombres.

« Une condamnation n'est jamais une bonne nouvelle, concède Agnès. Mais l'inquisiteur lui avait offert l'absolution en échange de sa coopération. Et elle a continué à se taire.

– Comment l'a-il condamnée puisqu'elle n'a pas avoué ? » demande Ysabel.

L'autre se trouble. Elle est pressée de raconter. Mais l'affaire est complexe. Elle ne veut pas commettre d'erreur. Se ridiculiser auprès d'Ysabel, que ses mots soient rapportés à d'autres, reviennent aux oreilles de Geoffroy. Il l'a accueillie dans son salon, l'a fait asseoir près de son foyer. Il lui a parlé en confiance du procès en inquisition qui venait de se tenir dans le clos dominicain. Elle a eu le sentiment qu'il voulait la mettre en garde. Cette attention l'a touchée au-delà de tout.

« Les canonistes ont dit qu'ils avaient appris toute son histoire depuis leur première réunion en avril. Le fait que son livre ait été condamné à plusieurs reprises, qu'elle se soit obstinée à l'enseigner malgré tout. Qu'elle n'était donc pas seulement hérétique, mais retombée en hérésie.

– Lapse et relapse, souffle Ysabel. Des arguties de clerc.

– Mais cette femme professe des idées dangereuses ! »

Le phrasé d'Agnès aussi a changé. Elle ne semble pas réaliser que, par ce verdict, une des leurs est destinée à une mort certaine, la pire, être réduite en cendres de façon à ce qu'au Jugement dernier elle ne puisse pas ressusciter pour se présenter face à Dieu. En l'entendant parler, Ysabel ne sait si c'est la voix de son cousin qui affleure sous la sienne, ses mots à lui, ou si, tout simplement, elle redevient ce qu'elle fut avant les errements de son époux et l'humiliation de leur ruine : une femme de vieille noblesse, cultivée et capable de tenir sa place dans la conversation.

Agnès ajuste son bonnet, porte ses mains à son visage. Elle se tourne vers Ade.

« Aimez, aimez, et faites ce que vous voudrez. Voilà ce qu'elle dit. Ce qu'elle a écrit. Tout est donc autorisé sous prétexte d'amour ? On concède à la nature ce qu'elle demande, sans reproche de conscience ? »

Ade pâlit.

« Elle parle d'un amour spirituel, intervient Ysabel. La nature n'a rien à voir avec cela. »

Maheut tourne la tête vers le foyer, pour tenter de s'abstraire de la conversation. Elle se souvient de mots identiques, même s'ils sonnaient alors différemment, soupirés, geints, proclamés, chantés parfois. « Cœur assoiffé », « âme aimante », « amour sublime », « mer de joie », « lignage de l'âme »…

Sa mère, confite en dévotion aux côtés de Marguerite. Dans ce petit salon glacial où la béguine les accueillait et où, de temps à autre, on l'avait traînée.

Sa mère tour à tour rayonnante ou tourmentée, absorbée dans des prières sans fin, délaissant Maheut, découragée par son hostilité silencieuse et trop faible pour tenter de l'attendrir. Au point de l'abandonner le jour où elle avait eu besoin d'elle.

Dans la cheminée, le feu se déploie étrangement. Des flammèches se sont glissées sous la bûche ajoutée par Ysabel et, s'agrippant à une fine branchette, dansent côte à côte, en langues pointues.

Quel âge avait-elle ? Une dizaine d'années, un peu plus. Le jour était aux larmes et à la contrition. Serrée entre les manteaux des femmes, elle s'était retrouvée devant un autre feu, bien plus grand que celui-là. Il chauffait les joues et les mains de la foule rassemblée autour de lui. Ce devait être l'hiver. Tête basse, pour une fois, Marguerite se tenait au centre de la grande place, écrasée par la majesté du beffroi bâti par la guilde des marchands à l'ouest de l'esplanade, la grande croix de pierre élevée par l'Église à l'est. Un clerc à ses côtés, envoyé par l'évêque de Beauvais. Ils voulaient lui faire honte. Ils avaient choisi de réduire son livre en cendres au cœur de sa propre ville, devant ses fidèles, pour les effrayer, mais aussi devant tous les autres. Les marchands de la halle aux draps, leurs apprentis et leurs servantes étaient sortis de leurs boutiques. Elle avait essuyé rires et crachats. Le *Miroir* avait brûlé et bien brûlé. Et Maheut avait pensé qu'ils auraient tout aussi bien pu jeter Marguerite elle-même dans le bûcher.

Un raclement sur le sol. Ysabel s'assied à la table, pesamment.

« Laissons cela, dit-elle, et dînons. J'ai seulement peur des conséquences d'une telle condamnation et de sa publicité dans la ville pour nos sœurs béguines. »

La suite du repas tourne autour de sujets plus tranquilles. Le souper est délicieux. Le lapin croustillant et juteux, les fèves parfumées. Les champignons fermes, un goût plein et délicat de terre légère séchée par le soleil. Agnès mange d'abondance, Ade trempe avec plus de retenue son pain dans l'écuelle qu'elles partagent mais semble apprécier. Seule Maheut montre peu d'appétit. Ysabel lui a réservé une cuisse du lapin.

Elle la grignote paresseusement, la repose dans le plat sans l'avoir terminée.

L'assemblée est petite, mais pour toutes, même pour Agnès dont elle ne s'est pas montrée suffisamment curieuse, voyant seulement ce qu'offrait son apparence, Ysabel éprouve une affection inquiète. Les femmes qui l'entourent lui semblent si peu instruites de la vie. Si vulnérables. Bien sûr le béguinage est un abri. Mais ont-elles conscience que leur statut irrite de nombreux clercs et ecclésiastiques ? Pensent-elles à leurs sœurs, au-dehors de l'enclos fondé par le saint roi, moins protégées qu'elles ?

Maheut seule porte en elle de quoi se battre. L'énergie. Le courage et la jeunesse. Mais combien de temps encore pourra-t-elle rester parmi elles ? Ici, ce n'est pas sa place, et dehors elle n'en a aucune.

Demain, songe Ysabel, je cueillerai un bouquet de violettes et le porterai à la Sainte-Chapelle où repose le chef de notre protecteur. Louis appréciera ces fleurs fragiles et modestes.

Alors que le repas se termine et qu'Ysabel s'active près du foyer pour préparer une infusion, Maheut brusquement se lève. La main collée sur la bouche, elle bouscule le banc, pousse la porte, sort d'une volée dans la cour. Les trois autres l'entendent hoqueter et vomir, tandis que l'eau bout sur le feu.

17

Ade incrimine les champignons. Elle-même les a goûtés avec suspicion, n'en a pris que quelques bouchées.

Mais Ysabel doute de ce diagnostic. Elle a pour sa part mangé une grande écuelle de sa cueillette sans être indisposée. Agnès non plus n'a pas boudé le plat. Alors que Maheut y a à peine touché, Ysabel se souvient en avoir été étonnée.

La petite a vomi de nouveau ce matin. Dans le bassin que lui tend Ade, Ysabel ne voit aucun reste de nourriture, digéré ou non. Seulement une sorte de bave glaireuse. Ade se tient près de la fenêtre tandis que la vieille béguine scrute le liquide jaunâtre, le faisant glisser sur le bord du bassin. Maheut est demeurée couchée.

« Qu'en pensez-vous, est-ce grave ?

– Je ne sais pas, temporise Ysabel. Je dois l'examiner. Comment vous sentez-vous vous-même ? »

Ade secoue la tête.

« Bien.

– Je vous trouve pâle.

– Ce n'est rien, j'ai peu dormi.

– Avez-vous du souci ?

– Non, hésite Ade, sans doute l'excitation de notre soirée. Un dîner plus riche qu'à l'accoutumée. Rien d'important... »

Puis elle ajoute :

« Mon frère voudrait que je me remarie. »

L'aveu la surprend elle-même, elle n'avait pas l'intention d'aborder le sujet. Peut-être les mots ont-ils franchi ses lèvres à cause du cadeau reçu la veille de sa belle-sœur. Des livres encore. Dans la lettre qui les accompagnait, Héloïse souhaite qu'ils lui tiennent compagnie dans sa solitude. Et dit son regret de ne pas l'avoir vue depuis longtemps.

Ade connaît à peine la jeune femme, ne l'a rencontrée qu'à l'occasion du mariage avec son frère pour lequel elle a quitté brièvement le béguinage. Elle se souvient difficilement de son visage. Des joues rondes, un petit nez. Les cheveux clairs sans être vraiment blonds. Les yeux bleus, sans doute. Elle lui a semblé une femme aimable et douce. Ade soupçonne son frère d'utiliser cette douceur pour tenter de la fléchir.

« Il m'a proposé un nouveau parti il y a quelques mois. Il attend ma réponse.

– Qu'en pensez-vous ? »

Ade regrette de s'être confiée. Mais il est difficile désormais de ne pas répondre.

« Je n'en ai guère envie.

– Vous êtes jeune encore.

– Qu'importe mon âge.

– Il importe. Vous pouvez avoir des enfants. Fonder une famille. J'ai perdu un mari pour qui j'avais une profonde affection. Je me suis remariée malgré tout. La vie était différente avec mon second époux. Mais je n'ai pas eu de regret.

– Vous avez fait votre choix, permettez-moi de faire le mien. J'ai accompli mon devoir, je me suis mariée sans inclination pour satisfaire mes parents. Puis j'ai aimé mon mari. Maintenant, je voudrais seulement qu'on me laisse en paix. »

La voix est sèche. Elle ressemble à ce que l'on dit des vagues sur la mer, songe Ysabel. Elle avance vers le rivage, accepte de se porter jusqu'à vous. Puis se retire, plus loin encore qu'elle n'était une minute auparavant.

Près de la cheminée où elle a allumé une flambée pour chasser l'humidité de la maison, c'est maintenant Maheut qu'elle contemple. Le cœur serré. La jeune fille a retiré sa chemise, et comme cette fois – cela semble si loin déjà – où l'intendante a découvert son corps blessé et l'a baignée, elle se tient debout, nue, les bras le long du corps. Les traces violettes sur le torse et les cuisses ont disparu. Les cuisses et les épaules sont nerveuses, toujours. Mais les hanches se sont alourdies, les seins pèsent sur le torse, leurs aréoles épanouies, assombries, comme dessinées à l'encre.

« Depuis quand n'as-tu pas saigné, ma fille ?

– Je ne sais pas. Je n'ai jamais saigné régulièrement. »

Ysabel verse de l'eau sur ses mains dans la cuvette de l'évier, les sèche, les réchauffe aux flammes de l'âtre. S'approchant de Maheut, elle les presse sur son ventre. Ferme les yeux. Se demande ce qu'il faut ressentir. Sa grand-mère savait. Elle devinait la présence de l'enfant dès les premières semaines rien qu'en imposant ses paumes sur le corps des femmes. Mais ce n'est pas un don qu'elle lui a transmis. Il faut qu'Ysabel se fie à ses yeux. Et même si elle peine à l'accepter, elle comprend ce qu'ils lui disent. Il n'y a pas mille façons de l'annoncer.

« Tu es grosse, ma fille.

– Non, dit Maheut.

– De plus de quatre mois, selon ce que tu nous as raconté.

– Non, répète Maheut. »

18

L'oreille collée contre la porte de la chambre, elle les entend. Même si elles parlent doucement, elle discerne les mots. Comprend ce qui l'attend.

Toutes ces prières, ces heures agenouillées, ces lectures. Ade est bien semblable à sa mère. La même voix étale. La même hypocrisie. De celle qui vous pousse à enfoncer la tête dans un oreiller pour ne pas entendre les appels de son enfant.

« Il faut la renvoyer chez elle. »

Ysabel ne répond pas. Maheut entend seulement son pas heurter le plancher. Elle n'a sur elle que sa chemise. Frissonne, réprime son souffle, n'ose bouger de peur de faire craquer à son tour le bois et qu'on l'entende.

Quatre mois. Ce n'est rien. Elle a vu une vache vêler prématurément : un paquet de sang et de chair. Son ventre est plat. Comment ce qu'il porte pourrait avoir forme humaine ? Ysabel connaît les herbes. Certaines sans aucun doute pourraient l'aider. Les servantes en parlaient lorsqu'elle était enfant. Elles riaient de la voir rougir. Sans les herbes, lui a jeté une insolente qui fut par la suite congédiée, on entendrait brailler de la cuisine aux soupentes des chambrières les bâtards de votre père !

« Elle porte l'enfant de son mari. Elle doit l'élever dans sa famille, insiste Ade.

– Il a pris Maheut contre sa volonté, intervient enfin Ysabel.

– C'était son devoir de le satisfaire puisqu'il y a eu mariage.

– Comment pouvez-vous dire une chose pareille, dame Ade ? »

La voix est cassante.

« Il s'agit d'un mariage forcé. Clandestin. Il lui a été fait violence. L'Église s'oppose à ce genre d'union, même si nos hobereaux de province peinent à l'accepter. Le consentement mutuel fonde l'union de l'homme et de la femme sous le regard de Dieu. C'est un mystère aussi profond que celui de l'incarnation.

– Son frère avait donné sa parole. Elle lui devait obéissance. Vous l'avez entendu comme moi, il s'agissait d'une alliance entre deux familles rivales. Un gage de paix. Cette union dépassait sa propre personne. Maheut s'est montrée égoïste, inconséquente.

– Il n'y a pas de paix, pas de concorde qui puisse naître d'un couple en guerre.

– C'est notre rôle d'être des pacificatrices. Notre tempérament est modelé pour cela. Adoucir les âmes, émousser les conflits. Il aurait suffi qu'elle fasse preuve d'obéissance et d'humilité pour que son époux se comporte avec bienveillance. Il avait sans doute de l'inclination pour elle.

– Il l'a montré d'une étrange façon. »

Un froissement, d'autres pas, légers, nerveux. Ade arpente à son tour la pièce. Maheut sent le bois de la porte s'échauffer sous son oreille, vibrer de son écoute tendue. Durant un long moment, les deux femmes se taisent.

« Le doigt qui porte l'anneau nuptial est traversé par la veine du cœur, murmure finalement Ysabel d'un ton apaisé. La bague ne doit pas y être enfilée par la force. Aucun amour, aucune solidarité ne peut naître de la violence… Je ne comprends pas votre attitude, Ade. Cette agitation, cette colère que vous manifestez. »

L'autre ne répond pas. Sa semelle continue de cogner, comme cogne le sang aux tempes de Maheut. Brusquement, elle s'arrête. Jette, d'une voix qui ne lui ressemble pas :

« Elle attend un enfant ! Même les filles de joie le savent : on ne conçoit un enfant que si l'on éprouve du plaisir ! »

Maheut se laisse glisser le long de la porte. Elle n'entend pas la réponse d'Ysabel.

Très loin, comme un son qui traverserait l'eau, un grincement, le claquement d'une porte. Plus rien.

Elle a soif, elle a froid, n'ose toujours pas bouger. Elle se sent aussi abandonnée qu'à son arrivée à Paris. Les deux premières nuits où, effrayée, affamée, elle a dormi dehors, dans les ruines d'une masure, couverte de hardes trouvées parmi les détritus pour se protéger du froid et des hommes qui rôdaient. Le second soir, l'un d'eux l'a frôlée. Elle a senti son odeur – il puait l'urine et le vomi – mais lui ne l'a pas vue. Au matin, elle a demandé à une femme le chemin du béguinage. Le seul lieu de la capitale dont elle ait entendu parler. Par sa mère, quelle ironie ! Lui faudra-t-il s'enfuir d'ici aussi ?

Elle sait ce qui attend dehors une fille grosse sans mari. Elle ne se laissera pas faire.

19

«Je compte sur vous pour prendre soin d'elle», a jeté Ysabel, sans un regard, avant de partir.

Cette vieille femme qui croit tout savoir et ne sait rien ! Elle vous regarde, satisfaite d'elle-même, le cœur en paix, et se permet de juger.

Ade remâche sa colère. Elle, la paix l'a fuie. Elle espérait la retrouver ici. Elle n'aspirait qu'à cela. Ce sentiment perdu depuis l'enfance, lorsqu'elle traversait la vie telle une source, à peine troublée dans son cours par des écueils aux angles longuement polis. Corps et âme accordés dans un même murmure.

Et puis il a fallu qu'on introduise chez elle cette rousse qui s'est contentée d'ouvrir les cuisses pour attendre un enfant, et qui maintenant veut s'en débarrasser. Ysabel lui a demandé d'où venait son emportement. Maheut n'en est même pas la cause. Juste un vulgaire, un grossier instrument. Le caillou tombé dans le flot, un peu plus lourd, un peu plus compact que d'autres et qui soulève la boue tapie au fond.

Ade porte ses mains à son menton, les y appuie durement. Le geste est celui de la prière. Mais ce n'est qu'un geste.

Il y avait d'abord eu des sourires. Encourageants, puis apitoyés. Des regards appuyés. Des murmures derrière son dos. Les yeux de son époux. Inquiets. Encore tendres. Puis les mois, une nouvelle année passant, de moins en moins. Coléreux. Durs, lointains.

Elle avait prié, fait des offrandes à Marie qui enfanta Jésus ; à sainte Anne, sa mère, qui après avoir souffert vingt ans d'infertilité se vit annoncer par un ange la naissance d'une fille ; à sainte Cunégonde qui, bien qu'ayant fait avec son époux, l'empereur Henri, vœu de chasteté, fabriquait des potions miraculeuses pour aider les femmes à concevoir.

Elle avait pris des bains aromatiques, appliqué sur son ventre des teintures noires et visqueuses. Accompli d'autres choses aussi, qu'elle n'avouerait pas. Se rendre à la source aux Dames pour y déposer une miche de pain et un fagot de bois avant de se baigner, nue, le froid hérissant la peau. Livrer son intimité aux mains de la guérisseuse. Et sur ses conseils, le cœur au bord des lèvres, manger de la matrice de brebis juste avant de se donner à son mari.

Bientôt, il n'aurait plus rien de l'homme attentif des débuts de leur union. Leurs accouplements alors étaient vigoureux, mais elle y trouvait du plaisir. Il n'avait désormais plus aucun de ces gestes qui la menaient au ravissement. Posait à peine ses mains sur sa peau, se couchait de tout son poids sur son corps, relevait sa chemise, enfonçait son sexe en un va-et-vient vengeur, jaillissait en elle avant de se laisser retomber sur le dos. Elle ne bougeait pas, serrait les cuisses pour garder sa semence et priait.

Ils n'en parlaient pas. Ni de ces pratiques obscènes dont ils payaient peut-être le prix.

Les mois passaient. Il la visitait chaque soir, sauf lorsque son sang coulait, ensuite quittait la chambre. Le reste du temps elle ne le voyait plus que lors des banquets où il invitait ses alliés et voisins. Sa belle-mère la regardait sévèrement. Ade avait craint qu'ils songent à la répudier. La honte de rentrer, chassée par son époux, dans sa famille.

Puis, après des mois, la trace sanglante, l'humiliation qui souillait ses cuisses, n'était plus apparue. Elle avait attendu une lunaison, deux. Ses seins s'étaient tendus, délicieusement endoloris. Elle avait demandé qu'on appelle la guérisseuse. Celle-ci lui avait conseillé de manger des fruits et du miel, elle avait dit qu'elle enfanterait un garçon.

Pour un temps, la paix était revenue.

Son époux avait enfilé à son doigt un anneau d'or orné d'un fin rubis, sa belle-mère lui avait confié un sachet d'accouchement qu'elle-même avait noué à sa cuisse tout le temps qu'elle portait son fils. « Il contient un parchemin relatant la délivrance de Marguerite d'Antioche. Il te protégera, comme il m'a protégée, contre une mort brutale. » Avalée par un dragon, Marguerite d'Antioche s'en est extraite indemne en perçant de sa croix l'échine de la bête. Mon enfant, avait songé Ade, n'aura pas besoin de violence pour sortir au jour. Le temps venu, je me ferai béante et il glissera sans souffrance. Il naîtra la peau rose et le teint frais.

Elle posait ses mains sur son ventre et le caressait en chantant. Pour que le petit n'ait pas peur dans le noir. Parfois elle le sentait si tranquille qu'elle craignait qu'il s'ennuie, alors elle le promenait dans les jardins du domaine et lui disait le nom des fleurs. D'autres fois, il s'agitait et jouait, elle riait, et son époux de même, impatient de tenir dans ses bras ce vigoureux héritier.

Chaque nuit, désormais, il se couchait près d'elle, attendait qu'elle s'endorme avant de se laisser aller au sommeil.

La chambre conjugale tendue de blanc, les cataplasmes de fenouil sur le dos et les cuisses de la toute jeune fille qui s'apprêtait à expulser la vie de ses hanches étroites. Le grand feu et la bassine pour baigner le nouveau-né. Les aiguières remplies d'eau chaude et les linges propres. Le vin pour les ventrières.

Mais l'enfant ne veut pas naître.

Il se retourne, remonte profondément en son sein. Elle crie, les entrailles déchirées.

On appelle la guérisseuse, le prêtre. L'homme introduit dans son ventre une canule, tente en vain d'ondoyer la tête de l'enfant tant qu'il vit encore. La femme tire, fortement.

Ade s'évanouit. C'est une fille. Elle ne l'a jamais vue.

20

« Laisse cela. Tu ne ferais que te rendre malade et te vider par le bas du corps. Assieds-toi près de moi, que nous parlions un peu. »

Ysabel, entrée sans bruit dans son atelier, se tient près de la porte et regarde la voleuse. Maheut sursaute, repose le flacon qu'elle a pris sur l'étagère. C'était un geste stupide, mais tout plutôt que ne pas agir. Elle se serait jetée dans l'escalier si cela avait été sans danger autre que pour l'enfant. Elle ne peut pas se permettre de rester estropiée. Comme son père le lui a appris lorsqu'ils tiraient ensemble à l'arc, avec lenteur et détermination, elle bande ses forces.

« Je ne veux pas de cet enfant.

– Le problème n'est pas ce que tu veux ou ne veux pas. Tu n'as pas le choix.

– Vous pouvez m'aider.

– Pas pour ce que tu attends de moi.

– Cela se fait ! Lorsque la femme a été forcée, cela se fait ! L'Église le pardonne.

– L'enfant vit déjà, il a une âme. Ce serait péché mortel de le tuer. Tu le sais.

– Satan l'a mis dans mon ventre !

– Écoute-moi, Maheut. Attentivement. Je t'ai assistée jusque-là et le ferai encore. Mais ce petit que tu portes, je ne lui ferai pas de mal.

– Il n'existe pas, il n'est rien !

– Il est. Un jour, il arpentera la terre et secouera ses cheveux au vent comme tu le fais. Dans ton ventre, il sent ta colère et ton amertume. Comment crois-tu qu'il naîtra ? Comment crois-tu qu'il pourra grandir ? Tu es sa mère d'ores et déjà, quoi que tu en dises. Tu es responsable de son bien-être comme ta mère l'était du tien. Elle t'a trahie, et tu t'apprêtes à faire de même. »

Un silence.

« Souviens-toi de ce que je t'ai appris, l'autre jour dans le marais. À propos de ces champignons que tu regardais avec méfiance. Ton enfant, si tu le veux, aura la senteur de la farine fraîche… »

Ysabel repense à ces derniers mots lorsque, une heure plus tard, elle traverse le quartier des fripiers pour rejoindre la rue Troussevache. Ce n'est pas l'odeur de la vie mais celle de la mort qui empuantit ces parages. Des relents de viande faisandée qui ne viennent pas seulement de la Grande Boucherie et des bêtes vidées de leurs viscères dans les rues environnantes des halles. S'y mêlent des émanations doucereuses qu'elle identifie sans peine. Elles se glissent et s'attardent dans la rue Neuve-Saint-Merri où elle chemine, poussées par une légère brise du nord depuis le cimetière des Saints-Innocents tout proche. Dans ce terrain vague, enclos de murs par le roi Philippe Auguste, sont inhumés la plupart des paroissiens de la rive droite mais aussi les défunts de l'Hôtel-Dieu, les victimes des épidémies, les inconnus de la morgue et les noyés de la Seine. Les pauvres y sont jetés les uns sur les autres, enveloppés d'un simple linceul, dans des fosses communes sans cesse ouvertes et remuées tant qu'elles ne sont pas pleines. Comme toutes ne relèvent pas de la même institution, il arrive que plusieurs soient éventrées en même temps. L'une d'elles a dû être retournée il y a peu.

Ysabel sait ce qu'on raconte à propos de la terre de ce lieu. Qu'elle a le pouvoir de dissoudre les tissus et les os. Mais à force d'y entasser des morts, on l'a saturée au point que le cimetière a pris des allures de monticule. Nul doute que la nuit cochons et chiens errants viennent, malgré la clôture, déterrer des lambeaux de cadavres. Même dans la mort, les miséreux ne peuvent reposer en paix.

La ruelle, heureusement, offre aux yeux de quoi se distraire. Elle a tellement changé depuis une dizaine d'années ! Comme tout le quartier alentour. Au sud et au nord des Innocents, à l'ombre de l'abbaye Saint-Magloire et jusqu'au-delà de l'enceinte après les portes Saint-Martin et Saint-Denis, les commerces de bouche et les ateliers de laine qui représentaient autrefois la majorité de l'activité ont cédé la place à un nouveau commerce, plus raffiné. Ce furent d'abord quelques échoppes, puis des ateliers équipés de dévidoirs, ourdissoirs, rouets à caneter et à bobiner venus d'Italie. On a peu à peu entendu bondir, entre les façades grises, l'accent chantant des marchands de Lucques, de Gênes, de Venise et Florence apportant dans leurs ballots écheveaux bruts ou étoffes précieuses. Là où les mains grossières tranchaient la viande, maniaient les cardes pour lisser la laine rugueuse, des doigts agiles se sont mis à travailler la plus précieuse des fibres. Le fil doux et brillant d'un ver venu de Chine.

Le quartier de la soie s'est épanoui dans les remugles du cimetière. Peut-être les défunts en conçoivent-ils quelque consolation…

Les femmes, en tout cas, y ont trouvé une opportunité bienvenue. Elles sont arrivées en nombre d'autres quartiers de la ville et de province, attirées par la promesse d'un métier bien rémunéré et considéré comme respectable pour leur sexe. Et parmi elles, de nombreuses béguines qui ont choisi de ne pas vivre en communauté, à l'intérieur d'un clos, en restant cependant proches les unes des autres.

Elles sont partout dans ces venelles au pavage bien entretenu, encore brillant de l'eau répandue au matin. Postées près des portes à surveiller leur étal, affairées dans leur boutique, bavardant et s'interpellant depuis leurs fenêtres à vendre, le visage ouvert et le corps plus libre qu'ailleurs.

Ysabel les caresse d'un sourire, même si son pas est plus lourd que d'ordinaire.

Celle qu'elle vient visiter rue Troussevache possède un étal qui ne peut se manquer. C'est l'un des plus grands et des mieux approvisionnés. Jeanne du Faut ne se contente pas de vendre des pièces achetées à d'autres. Elle emploie des tisserandes, des brodeuses et des crépinières à qui elle commande passementeries, rubans, couvre-chefs, aumônières, gants et ceintures. Certaines travaillent dans des maisons alentour, elle en a installé d'autres chez elle. Elle possède aussi, un peu plus loin, un atelier de fileuses à qui elle fournit de la matière brute. Et de nombreuses propriétés, qu'elle loue à des commerçants et dont elle tire des rentes.

Ysabel n'a pas vu sa vieille amie depuis des semaines, elle se sent soudain impatiente. Jeanne lui est précieuse.

La mercière garde d'elle une image qu'elles sont les seules à connaître.

Les circonstances de leur rencontre, il y a une vingtaine d'années, les ont rapprochées. Ce jour où Ysabel franchissait pour la première fois la porte du béguinage, Jeanne du Faut y entrait aussi. Deux nouvelles arrivantes, toutes deux veuves depuis peu... de quoi se lier. D'autant que durant quelques mois, il leur a fallu cohabiter dans la même maison, avant que s'en libère une autre dans l'enceinte.

Jeanne était de dix ans plus jeune qu'Ysabel, pas vraiment une enfant, mais elle n'en avait pas fini avec la fantaisie et les rires. Et elles ont ri, beaucoup ! Partagé le même lit, et parfois, dans l'obscurité de leur chambre, des confidences sur leurs époux respectifs, et le plaisir qu'ils leur avaient donné. Jeanne, qui n'en avait guère reçu, avait appris à se satisfaire seule. Après tout, avait-elle plaisanté une de ces nuits où ni l'une ni l'autre ne trouvaient le sommeil, son confesseur n'y voyait pas d'inconvénient et semblait même apprécier qu'elle lui raconte ce péché qu'il considérait comme véniel. Il faut que la femme insatisfaite expulse sa semence afin de se soulager, sermonnait-il. Sinon son excès d'humidité risque de la mener à l'adultère !

Elle a montré à Ysabel. Mis ses doigts et une fois même sa langue entre ses cuisses. Ri de son étonnement.

Mais Jeanne a fini par s'ennuyer au béguinage. Son père, décédé depuis quelques années, était négociant en tissus. Elle avait eu l'habitude de voir dans leur demeure des marchands étrangers, des artisans venus de Flandre ou d'Angleterre.

« Tu pourrais travailler aux côtés de ton frère, avait suggéré Ysabel. Et continuer de vivre parmi nous. »

Jeanne avait secoué la tête. Elle avait pris goût à ne dépendre de personne.

« La soie, c'est l'avenir, avait-elle répliqué. Regarde autour de toi. On dépense tant d'argent dans cette ville. Les courtisans, les prélats, et surtout les bourgeois de Paris, les négociants, les financiers, les échevins. Ils veulent que leur richesse se voie ! Il leur faut des vêtements qui brillent et chatoient, des cols de sergé et des capes de brocart ! »

Elle riait mais son projet était sérieusement pensé. Les métiers de la soie étaient dominés par les femmes, ils faisaient partie de ces rares activités qu'elles pouvaient exercer sans être l'épouse, la sœur ou la veuve d'un maître.

Ne dépendre de personne.

La maison de Jeanne est à double pignon. Elle a racheté il y a quelques années, pour s'agrandir, la demeure mitoyenne. Le premier étage, ouvert par deux baies en plein cintre encadrées de feuillage, s'avance par un encorbellement qui protège le rez-de-chaussée et la boutique des intempéries. Une fillette est assise sur une chaise à côté de la porte. Ysabel reconnaît Juliotte, que Jeanne du Faut a recueillie dans la rue deux hivers auparavant. La petite répond à son sourire d'une inclinaison de la tête. Elle est muette. Mais ses yeux sont vifs, intelligents.

« Avec une telle gardienne, le plus habile des voleurs ne pourrait subtiliser ne serait-ce qu'un ruban ! »

Jeanne a surgi dans le cadre de la fenêtre.

« Qu'en penses-tu ? »

Elle lève dans la lumière une pièce de brocart.

Ysabel entre dans la boutique, s'approche de son amie, les mains tendues. Jeanne a encore grossi. Les seins et les hanches comprimés dans sa robe sévère, mais d'une laine de belle qualité. Opulente. Le mot qui lui convient le mieux.

Ysabel n'a pas le temps de laisser ses yeux s'habituer à la pénombre que Jeanne lui tend le brocart. Un coupon épais, broché d'ornements de velours.

« Beau, n'est-ce pas ?

– Très beau.

– C'est un commerçant de Lucques qui me l'a apporté. Il se propose de devenir mon fournisseur. Ses produits sont chers, mais je connais quelques gentilshommes prêts à payer plus encore pour un produit de cette qualité. Il m'a dit que ses ouvriers ont été formés par les meilleurs tisserands de Constantinople. »

Un sourire.

« Bel homme qui plus est… »

Dans la boutique, les piles de coupons sont rangées sur des tréteaux. Au fond, une femme vérifie une pièce en secouant la tête. Béatrice la Grande, aide fidèle de Jeanne depuis des années.

« Que se passe-t-il, Béatrice ? demande Jeanne. Tu parais mécontente.

– Le tissu que nous a livré Basile manque de finesse. Voilà plusieurs fois que je lui en fais la remarque. Je me demande si elle utilise vraiment la soie que nous lui livrons ou si elle la remplace par une autre de moindre qualité. »

Jeanne hoche la tête.

« Laisse cela. Je vérifierai le travail et m'occuperai moi-même de ce problème. »

Puis, se tournant vers Ysabel :

« Viens, ma chère, allons bavarder un peu. En plus de son brocart, le marchand m'a laissé pour m'amadouer des fruits confits que j'aimerais goûter. »

Lorsqu'elle retourne vers le béguinage en fin de matinée, la langue encore sucrée, Ysabel marche plus légèrement. Jeanne du Faut accepte d'accueillir Maheut chez elle. En avait-elle seulement douté ?

21

Les semaines suivantes, on prépare le départ de Maheut. Aux curieuses, Ade explique que la jeune fille doit regagner sa famille. Ysabel avertit Agnès, sans pour autant lui révéler la cause du départ. Maheut, quant à elle, ne sort pas, même la nuit. Elle se sent plus souillée qu'après la nuit de ses noces. Un ver dans le fruit. Elle espère que son corps l'expulsera. Se nourrit néanmoins car elle en a fait la promesse à Ysabel. Ade était présente lors du serment. Ysabel l'a chargée une nouvelle fois de veiller sur la jeune fille jusqu'à son départ. Ade n'a rien répondu, parle encore moins qu'à l'accoutumée. Maheut se demande parfois si elle n'attend pas, elle aussi, que le ver tombe du fruit.

Il est prévu que la jeune fille gagne la rue Troussevache le premier lundi de juin, au matin. Deux des brodeuses doivent quitter ce jour-là la demeure de Jeanne du Faut pour s'installer ensemble rue Quincampoix. L'une d'elles désire ouvrir son propre atelier. Jeanne l'a encouragée et lui a offert cinq cents livres pour s'établir.

« Ce fut une bonne et fidèle compagne, a-t-elle confié à Ysabel. Il est juste qu'elle prenne son envol. »

Ainsi se nouent les solidarités dans le quartier de la soie.

Deux couches vont donc se libérer. Pas vraiment une chambre, mais un coin qu'on pourra aménager pour Maheut et son petit à naître.

Tout est arrangé.

Puis tout se complique.

Le 28 mai, durant la lecture commune lors du chapitre du soir, Perrenelle la Chanevacière s'écroule. Ysabel se précipite, relève sa tête. Le visage est défiguré par un affreux rictus. Elle colle sa joue contre la bouche de la maîtresse, sent un souffle faible sur sa peau, desserre les vêtements, ouvre la robe, frictionne vigoureusement la poitrine. Perrenelle retrouve vie, mais le rictus demeure, son corps est inerte du côté gauche, de l'épaule à la jambe. Les jours qui suivent, Ysabel les passe à son chevet. Elle glisse entre ses lèvres crispées bouillons et remèdes. Lave son corps. Recueille ses excréments. Perrenelle ne ressemble plus à une idole archaïque. Son visage est celui des folles femmes sculptées aux chapiteaux des églises. Grimaçant, horrible. Les yeux inondés de détresse.

Puis le premier dimanche après l'Ascension et avant la Pentecôte, le béguinage, déjà éprouvé par le calvaire de sa maîtresse, apprend une nouvelle glaçante. Trois semaines après avoir été déclarée relapse au couvent des Jacobins, Marguerite Porete vient d'être conduite place de Grève pour y entendre l'inquisiteur prononcer officiellement sa condamnation. Sont présents l'évêque de la ville en tant qu'autorité de justice, le prévôt de Paris en tant que bailli, un dominicain désigné par son ordre auprès de l'inquisiteur et un maître en théologie. Après avoir déclaré Marguerite coupable d'être tombée en hérésie et d'y être retombée, Guillaume rappelle que son livre a été jugé hérétique et erroné. Il ajoute qu'il doit être « exterminé et brûlé », avant d'exiger que toute personne en possédant un exemplaire le remette, sous peine d'excommunication, à lui-même ou au prieur des Dominicains de Paris avant la prochaine fête de Pierre et Paul.

À la suite de ce jugement, Guillaume en proclame deux autres. Celui de Guiard de Cressonessart, un clerc se prétendant l'Ange de Philadelphie envoyé par Dieu pour ranimer les partisans du Christ, condamné pour avoir soutenu Marguerite, avoir refusé, comme elle, de prêter serment et s'être enfermé, à son exemple, dans le silence. Et celui d'un Juif converti, retourné à sa foi « comme un chien à son vomissement », qui avait craché sur les images de la Sainte Vierge pour lui montrer son mépris. Tous trois sont livrés au bras séculier et emmenés au Châtelet.

Le lendemain, le 1er juin au matin, on conduit à nouveau Marguerite place de Grève pour y être brûlée vive. À ses côtés ne se trouve plus que le Juif. Guiard de Cressonessart, par peur des flammes, s'est rétracté. Il a déposé la ceinture de peau dont il avait entouré son corps pour le mortifier et qu'il refusait jusque-là de retirer. On a commué sa peine en réclusion perpétuelle. Laquelle est simplement synonyme d'une mort plus lente.

Ce lundi du supplice de Marguerite est le jour où Maheut doit quitter le béguinage. Ade lui a préparé un ballot de vêtements dans lequel elle a glissé deux chemises et une robe un peu usagées qu'elle ne porte plus. Elle maîtrise mal son impatience. Maheut est assise près du foyer désormais éteint et attend, les bras autour du ventre. Elle est pâle, mais ses joues arrondies, ses lèvres renflées, le galbe nouveau de ses seins et de ses hanches lui donnent un air provoquant de santé.

Ysabel, qui a prévu de conduire la jeune fille, se fait attendre. Ade s'inquiète. C'est alors qu'une petite servante frappe à sa porte. Perrenelle est au plus mal, la vieille béguine refuse de la quitter, elle risque de passer d'un instant à l'autre. Ade doit se charger d'accompagner Maheut.

La jeune femme soupire, vêt son manteau. Toutes deux sortent par le portail, tête baissée, allure contrainte, sous les yeux intrigués de Guillaumette.

Rue du Figuier, l'air est un peu frais, agité. Des bourrasques venues du fleuve s'engouffrent entre les façades des maisons. Les deux femmes cheminent en retenant d'une main leur capuchon. La place de Grève n'est pas tout à fait leur chemin, pourtant elles s'y retrouvent. Ade dira plus tard qu'elles y sont allées sur l'insistance de Maheut. La jeune fille connaissait Marguerite, avait appris la nouvelle de sa condamnation, désirait la revoir avant qu'elle meure. Ade aurait fini par céder, compatissante envers la suppliciée dont elle voulait accompagner les derniers instants de ses prières. Quelle part de curiosité chez Ade, de rancune chez Maheut, entra dans leur décision ? Ysabel ne saurait le dire.

Arrivées vers le milieu de la rue de la Tixeranderie, au lieu de poursuivre sur leur droite vers les rues de la Verrerie, puis Saint-Merri, les deux femmes se laissent guider, pousser sur la gauche par la foule, dont chacun connaît la force de persuasion, vers la très courte venelle du Mouton et la grande place, battue par les flots de la Seine, où va se tenir un spectacle que personne ne veut manquer.

Humbert, quant à lui, franchit le pont aux Changeurs. Il relève son manteau sur sa bouche et son nez avant d'emprunter l'étroit passage de la tannerie, empuanti par les peaux que traitent les mégisseurs. Il est effrayé et ne sait pourquoi. La rapidité avec laquelle tout s'est passé peut-être... Il n'a pas eu le temps de s'accoutumer à la nouvelle. Il est arrivé à Paris trois jours auparavant, a presque aussitôt appris la condamnation de Marguerite qui n'était pas encore parvenue à Valenciennes, et le voici déjà en route pour assister à son supplice. Comment raconter cela à son vieux maître ? C'est d'abord vers lui qu'est allée sa compassion. Mais à entendre le bruit de la foule, à imaginer le bûcher dressé, la femme attachée au pieu, la chair qui grille dans les flammes, son esprit a changé d'objet. Peut-être la peur vient-elle de là.

Ade, Maheut et Humbert parviennent sur la place au moment même où le silence se répand. Les vendeurs de rue et les faiseurs de tour cessent leurs harangues, les apprentis leurs chahuts, les ribaudes leurs rires. Marguerite vient de grimper sur les fagots. Les unes arrivées par le nord, l'autre arrivé par le sud, se faufilent dans la foule. Ade tente de retenir Maheut par la manche, celle-ci déterminée à s'approcher de la suppliciée. Humbert aperçoit à peine sa silhouette encapuchonnée avant de tourner son regard vers Marguerite.

Les chroniqueurs raconteront que la femme, à ses derniers moments, donna beaucoup de nobles et religieuses marques de pénitence qui touchèrent d'une pieuse compassion le cœur de nombreux assistants et leur firent répandre des larmes. Mais à cet instant,

Humbert la voit telle qu'il l'a toujours connue. Absentée en ce secret qui l'habite.

Le prévôt dépose près d'elle un exemplaire du *Miroir des âmes simples*, sans doute celui que Guillaume de Paris a soumis aux théologiens six semaines auparavant. Les coques des barques accrochées au port tapent contre le quai. Le vent a forci. La petite en pèlerine sombre qu'Humbert a remarquée se tient près du bûcher. Soudain, elle fait tomber sa coiffure, libérant des cheveux couleur de feu. Les badauds s'écartent avec un murmure. Déjà la femme qui l'accompagne a recouvert sa tête et la tire par la main. Une fraction de seconde, Humbert entrevoit son visage. Un lys ployé sur un cou fragile.

Tandis que le franciscain tourne lui aussi le dos, tête basse, honteux de fuir et pressé d'être loin, le plus loin possible, quand le bois s'enflammera, une question importune éloigne ses pensées de la scène funèbre qui se joue au centre de la place. Que peut bien faire Maheut la Rousse, en ce lieu, et sous ce vêtement de béguine ?

DEUXIÈME PARTIE

De novembre 1311 à novembre 1312

Quoi que puisse dire une Béguine,
prenez-le tous en bonne part :
tout est religion
de ce qu'on trouve dans sa vie.
Sa parole est prophétie,
si elle rit c'est pour être sociable,
si elle pleure, c'est par dévotion,
si elle dort, elle est en extase,
si elle songe, c'est une vision,
si elle ment, n'en croyez rien.

Si une Béguine se marie,
c'est là son genre de vie à elle :
ses vœux, sa profession
ne sont pas pour toute la vie.
Celle-ci pleure, celle-ci prie,
et celle-ci prendra un époux.
Tantôt elle est Marthe, tantôt Marie,
tantôt elle se garde, tantôt se marie.
Mais n'en dites rien que du bien :
sinon le roi ne le souffrirait pas.

Le Dit des Béguines
Rutebeuf (1230-1285)

1

La petite est assise sur le plancher, tout près de la lucarne. Un filet de bave coule aux commissures de ses lèvres entrouvertes. Elle lève la tête, et la main gauche, ouverte comme pour saisir l'ombre de l'oiseau qui ébouriffe ses ailes sur le pignon. Ses yeux sont écarquillés, son souffle suspendu.

Les yeux, la seule chose qu'elle ait d'elle… Bien fendus, légèrement étirés vers les tempes. Verts. Pailletés de bronze et d'or. Pour le reste, le visage rond et joufflu des tout-petits dont on ne sait encore quelle physionomie va éclore. Quant aux cheveux, ils n'ont de roux que leurs reflets, comme en ce moment où le soleil porte dans la chambre, avec l'ombre de l'oiseau, un rayon de lumière. Dessous un châtain qui fonce tandis qu'elle grandit. Peut-être, comme son père, sera-t-elle noire de poil.

La fillette a dû réussir à s'extraire seule du petit lit où Maheut la fait dormir, peu encline à sentir sa peau contre la sienne durant la nuit. Au moins, se dit la jeune femme, en repliant une jambe frissonnante sous la couverture, est-elle calme. Elle ne me dérange pas à tout propos. De l'autre côté de la soupente, Juliotte gémit et se blottit contre Ameline, la brodeuse avec qui elle partage sa couche. La pièce est glaciale. L'automne déjà revenu. Si odorant, si vivant dans les bois où Maheut galopait naguère, si triste dans cette grande cité où le dehors n'offre que froid, pénombre et fange.

Heureusement, malgré l'enfant, les jours sont plus légers ici que dans la demeure d'Ade. Plus joyeux. Elles sont quatre filles actuellement à habiter la maison de la soie, avec Thomasse, la petite servante qui dort dans un cabinet adjacent à la chambre de Jeanne du Faut. Mais chaque jour, des brodeuses et Béatrice la Grande, la responsable de la boutique, les rejoignent. On travaille beaucoup dans ce logis. Mais on rit aussi, on chante.

Jeanne du Faut est exigeante, en même temps que juste. Généreuse. Il y a également en elle autre chose, que Maheut peine à définir. Elle lui fait parfois penser à ce chat qu'avait recueilli le régisseur de son père pour tuer les rats et les souris dans la grange. Un animal précis, rapide. Bondissant. Puis soudainement s'enroulant sur lui-même, le regard vague, repus. Parfois, de même, Jeanne se pelotonne devant le foyer de son salon, ramasse ses formes généreuses, ses bras ronds, ses hanches opulentes, ses cuisses comme deux colonnes sous les jupes, enfonce sa tête dans les épaules, s'enveloppe dans sa chair, masse inerte et rayonnante.

Sa maison est comme elle, efficace et vivante, mais animée de courants plus sourds et profonds, de désirs tus, de plaisirs goûtés. Maheut a beau se tenir en retrait, peu concernée par les bavardages des autres femmes, elle est sensible à cette atmosphère, son corps s'en nourrit malgré elle, retrouve des frémissements oubliés.

Juliotte gémit de nouveau. Maheut voit sa tête ébouriffée émerger. La muette ouvre un œil, s'étonne de la lumière, aperçoit la petite. Déjà, en chemise, elle est debout, court pieds nus sur le plancher, attrape l'enfant presque nue, l'entoure de ses bras, la porte au chaud, avec elle, sous l'édredon.

Un grognement de reproche.

Maheut sourit. De Juliotte elle ne craint rien. Aucun de ses regards ne juge vraiment. Si elle pouvait parler, ses mots seraient du miel. Mais elle n'a plus de langue.

Personne ne sait ce qui lui est arrivé. Ameline dit qu'on la lui a arrachée, qu'elle-même a regardé dans sa bouche durant son sommeil et qu'il n'y avait plus au fond qu'un bout de viande racorni. Mais Ameline raconte beaucoup d'histoires. Ce qui est sûr, c'est que dame Jeanne a trouvé Juliotte – un nom qu'elle lui a donné, car personne ne sait celui dont on l'a baptisée – un matin, au pied de sa porte, affamée, moitié morte de froid, et qu'elle l'a recueillie. Cette expérience-là, Maheut en garde la mémoire dans son propre corps.

Juliotte, avec son silence, est devenue son amie. Plus encore peut-être que Jeanne du Faut, elle l'étonne. La petite n'a pas de mots, mais des yeux vifs, une oreille fine, des mains agiles. Elle surveille l'étal comme personne, et chacun dans le quartier le sait. Les voleurs se passent le mot, la petite cloche qu'elle agite au moindre incident, ameutant les femmes alentour, est connue jusque dans les tavernes près des remparts, où ils se retrouvent. Mais ce n'est pas son seul ouvrage. Juliotte prend soin de tout. Elle répand sur les sols des herbes odorantes été comme hiver. Lorsque le temps est sec, elle expose au soleil les draps et les couvertures pour en chasser la vermine, lorsqu'il est humide, elle fait sécher au feu les lumignons des lampes à suif. Enduit de miel l'intérieur de pots pour y capturer les mouches, fabrique des tartelettes de fromage frit avec de la poudre d'aconit pour empoisonner les rats et les souris du cellier. Redonne du goût au vin éventé en y trempant du surmontain et de la graine de paradis, détache les robes de ses compagnes avec du pissat mélangé de fiel de bœuf et les pièces de soie avec du verjus sans qu'elles perdent leurs couleurs.

Mais ce qu'elle préfère, c'est aider à la cuisine. Elle ne peut pas goûter les mets avec sa bouche, elle le fait avec son nez. Yeux fermés au-dessus du pot.

Personne ne sait d'où elle tient son savoir. Juliotte observe, reproduit, invente. Ne demande rien, donne avec légèreté. Traite, depuis son arrivée, Maheut comme une sœur. Elle était là, le jour de son accouchement, faisant chauffer l'eau, assistant Ysabel appelée la veille, lorsque les douleurs ont commencé. Toutes ces heures, alors que hurlante, suante, Maheut tentait d'expulser l'étrangère de son ventre, Juliotte lui rafraîchissait le front d'un linge, massait ses bras et ses jambes, ses flancs, glissait des potions amères et réconfortantes entre ses lèvres. Maheut sait qu'elle peut compter sur elle pour s'occuper de la petite.

La muette, la rouquine et la bâtarde – ou peu s'en faut. Brillant attelage !

Dans le lit, cachée sous l'édredon, l'enfant rit, et Juliotte avec elle. Couinements aigus, gargouillis. Venu du rez-de-chaussée, le grincement de la fenêtre à vendre que l'on rabat.

Il est plus que temps de se lever. Jeanne du Faut a permis à ses filles de paresser un peu ce matin. Les deux jours précédents, avec une commande importante à préparer et des invités à la maison, elles ont travaillé plus que leurs heures. Mais à voir la lumière, non seulement la boutique ouvre, mais les brodeuses vont bientôt arriver. Il y a aussi ce marchand de Lucques, dont la maîtresse attend la visite et que Maheut est curieuse de rencontrer. Elle aime l'accent des Italiens, leur voix forte, leurs grands gestes, les sucreries qu'ils offrent à chacune. Parfois elle s'amuse à répéter dans sa tête ces mots étranges et chantants qu'ils échangent entre eux tandis qu'elle les regarde ouvrir leurs coffres et défaire leurs ballots.

La maîtresse, qui l'a présentée à sa maison et à ses connaissances comme une parente lointaine d'Ysabel, veuve depuis peu, a renoncé à faire d'elle une brodeuse. Entre les doigts de la jeune fille, courts et solides comme ceux d'un garçonnet, le fil brillant se ternit, s'emmêle, les points s'embrouillent. On l'emploie désormais à la boutique pour assister Béatrice la Grande. Tandis que celle-ci gère les travaux commandés à l'extérieur, distribue les écheveaux, contrôle l'ouvrage, Maheut trie, range, sort les coupons dont ont besoin les ouvrières, les pièces que demandent les clients. Elle doit aussi tenir les lieux propres.

« L'étal est un écrin, dit Jeanne. Il donne la valeur de ce qu'on y présente. »

Maheut enfile sa robe, lave son visage et ses mains à l'eau froide, serre ses cheveux jusqu'à la racine dans un grand carré de toile, noircit légèrement ses sourcils en y passant un doigt frotté à du charbon de bois. Elle glisse sur l'échelle qui mène à l'étage où se trouve le salon de la maîtresse et sa chambre, ainsi que l'atelier des brodeuses à qui Jeanne a laissé une baie sur la rue pour qu'elles profitent de la lumière du jour. De là, un escalier de bois, dont les marches en hélice s'accrochent à un madrier taillé d'un seul tenant dans le tronc d'un hêtre, descend à la boutique. Le volet est déjà levé, la rue y engouffre ses odeurs et ses sons, le claquement des pas sur les pavés, le martèlement de sabots, les voix des vendeuses qui s'interpellent.

Là-haut, dans la soupente, Juliotte caresse les cheveux de l'enfant, soudainement silencieuse, et dépose un baiser sur la petite main qui de nouveau se tend, ouverte, vers la fenêtre.

2

Ysabel s'agite sur son siège. Sur sa droite, elle entrevoit le visage de Jeanne la Bricharde. La maîtresse a pris cet air distant avec lequel elle repousse les importuns.

Derrière le pupitre, poussant vers les aigus sa voix juvénile, le clerc poursuit son prêche.

« Les bonnes épouses du Christ, dit-il, vivent totalement cloîtrées. Celles qui ne le sont pas doivent se consacrer entièrement à lui pour lui prouver qu'elles sont dignes de son amour. »

Autour de sa tonsure, ses cheveux filasses ont perdu le pli soigné qu'ils avaient à son arrivée. Une mèche a glissé sur sa tempe. Le visage est long, aussi sec et noueux que le corps – un arbre mort, déjà, à cet âge… –, mais comme celui d'un homme bien en chair, au tempérament chaud, il se mouille sous l'effort.

Au début, il était seulement ennuyeux, déroulant avec application les divisions du *sermo modernus*, disséquant à l'envi les citations bibliques et les *exempla*, savourant longuement la vie d'ascèse de la bienheureuse Marie d'Oignies qui, malgré son mariage, s'était retirée dans un ermitage et avait reçu en retour visions et extases mystiques. Maintenant qu'il en arrive aux conclusions, il devient déplaisant – et à voir l'expression de la Bricharde, songe Ysabel, je ne suis pas la seule à le penser.

Depuis qu'elle est entrée au béguinage, l'intendante a eu l'occasion d'entendre des dizaines de sermons dans la petite chapelle. Et nombre de discussions théologiques, de commentaires, de lectures. Les béguines en sont friandes, la nouvelle maîtresse, élue après la mort de Perrenelle, particulièrement. Contrairement à la Chanevacière, la Bricharde est une femme lettrée, qui déchiffre et écrit parfaitement le latin. Issue d'une famille de la grande bourgeoisie liée à la cour – son père et son frère sont au service des banquiers du souverain, sa tante Isabelle de Tremblay fournit en vêtements de luxe la maison royale –, elle a reçu la meilleure des éducations, grâce à des professeurs chèrement rétribués pour l'initier aux subtilités de la pensée. Elle invite régulièrement à la chaire de la chapelle des membres de l'Université – celui-là vient de la Sorbonne –, des dominicains ou des franciscains, et même des prêtres séculiers. De nombreux clercs aussi la sollicitent, l'auditoire des béguines étant réputé auprès de ceux qui désirent s'entraîner à l'art du sermon.

Il faut dire qu'on n'a jamais tant prêché à Paris que ces dernières décennies, ni tant appris à le faire. Les mutations du temps ont transformé les villes en d'immenses fourmilières, actives, affairées, engrangeant les biens et les bras, attirant des populations nouvelles par la promesse d'un travail. Les autorités religieuses se sont soudain trouvées impuissantes face aux gueux, aux miséreux qui œuvraient sur le pavé, dans les ports, les ateliers et les tavernes – les portefaix des halles, les apprentis bouchers et tanneurs, les ribaudes du bordel Baillehoe, de l'Abreuvoir de Paris ou de la rue Tiron. Mouvants, insaisissables, bien différents des anciens serfs et des paysans plantés dans la glèbe, soumis à leur seigneur et à leur prêtre de naissance à trépas. Comment lutter ? Engluée dans son décorum et une langue étrangère à la plupart des fidèles, l'Église s'est laissé déborder par des laïcs, de plus en plus nombreux, qui ont commencé à sermonner dans les rues, haranguer la foule en langue vulgaire, professant parfois des idées hérétiques. Elle a décidé de réagir en formant des prédicants aguerris.

Ysabel sourit. Tous ces jeunes gens accourus dans la capitale pour s'instruire auprès de grands maîtres ! Résolus à maîtriser parfaitement le texte biblique de façon à redresser les erreurs théologiques des prêcheurs « non autorisés », à s'entraîner en latin, mais aussi dans le parler du peuple. On leur fournit des manuels pour les soutenir et les guider, on les exhorte à utiliser des épisodes de la vie des saints et des martyrs mais aussi des histoires amusantes, personnelles…

Je suis bien sévère, soupire la vieille béguine. Mais ce maladroit, imbu de lui-même, l'exaspère. Il déroule chaque point de son discours de la même manière, incapable d'alterner gravité et légèreté, de ménager des pauses, de jouer avec les rythmes et les rimes. Ysabel essaie de concentrer son attention sur la mèche grasse qui lui balaie le haut de l'oreille. Il sent son frottement, tente d'une main hésitante de lui redonner forme et dignité, elle se relâche aussitôt. Cette gestuelle cocasse ne suffit pas à alléger son propos.

« Lorsque le Christ décide de s'adresser de façon personnelle à des femmes non cloîtrées, il réclame leur totale attention. Une demande dont les béguines doivent se souvenir. Il leur faut chasser toute distraction de leur vie. »

Le clerc lève un doigt autoritaire. La Bricharde ne bronche pas. Son corps est aussi tendu que son visage.

Sait-il seulement cet arbre mort, s'exaspère Ysabel, que le fondateur de son école est venu bien avant lui prêcher dans cette chapelle ? Avec un autre talent, et d'autres mots.

Robert de Sorbon a si bien défendu leurs sœurs ! La petite bibliothèque du béguinage a conservé une copie de chacun des sermons qu'il a tenus ici. Au rebours d'autres clercs tel Ranulph de La Houblonnière qui exprimait sous les voûtes robustes de cette même chapelle son inquiétude que l'habit de béguine ne serve à cacher des comportements contraires à la religion, il les donnait en modèle. *Benignae*, c'est ainsi qu'il les appelait – les « bienfaisantes ». Faisant de leur nom un synonyme de bonté et d'humilité, et de leur Ordre celui de l'amour.

« Où que vous alliez, poursuit le clerc, que ce soit dans une église écouter un sermon, ou à l'extérieur, en public, vous devez faire tout ce qui est nécessaire pour honorer votre divin amour, et aspirer au plus vite à un moment de solitude pour communiquer avec lui, car c'est dans la solitude que le Christ révèle ses secrets. Croyez-vous que lorsque vous passez votre journée en ville, l'esprit de Dieu descendra sur vous ? Certainement non ! Mais il le fera si vous vous agenouillez devant un autel, une image de la Croix ou de la Vierge Marie ou si, près de votre lit, vous vous prosternez jusqu'au sol. »

Ysabel soupire. Elle sait quels sentiments animent le prêcheur. Depuis qu'elles ont commencé à paraître au cœur des grandes cités, toujours plus visibles dans leur solitude, ces sœurs béguines sont accompagnées d'une odeur de soufre. Moquées, soupçonnées d'hypocrisie, accusées de changer de statut à leur convenance. La vieille femme n'a pas oublié le cruel *Dit des Béguines* de Rutebeuf, que certains chantent encore : « Tantôt elle est Marthe, tantôt elle est Marie / tantôt elle se garde, tantôt elle se marie. » Les plaintes du franciscain Gilbert de Tournai proclamant qu'on ne savait, à cause de leur mode de vie, comment les situer, s'il fallait les appeler séculières ou moniales.

À la veille du second concile de Lyon, pour lequel le pape avait donné ordre aux évêques de préparer des mémoires sur les abus qu'ils trouvaient à réformer dans les diocèses, Gilbert avait rédigé un rapport accusant les béguines d'oisiveté, et pire encore de produire des traductions erronées de la Bible dont elles faisaient ensuite la lecture. Leur reprochant, plus que la liberté de leur statut, celle de leur pensée. Lors du même concile, l'évêque Bruno d'Olomouc les avait déclarées coupables d'un double refus d'obéissance, au prêtre et à l'époux. L'homme qui parle devant elles est bien leur héritier.

Le clerc essuie de sa manche la sueur sur son front, regarde l'assemblée des femmes, semble attendre. Qu'espère-t-il en retour d'un tel discours ? Ysabel ne saurait répondre. Hormis certaines, elle ignore quel effet il peut produire sur ses compagnes. Agnès, dont l'austérité semble s'être encore renforcée au contact de frère Geoffroy, son cousin, s'en est sans doute délectée. Ade... Peut-être se reconnaît-elle dans cet idéal de solitude prôné par l'ecclésiastique. Mais qu'en penserait son amie Jeanne du Faut ? Elle qui ne fait pas, selon les mots du prêcheur, que « passer en ville », mais y vit, qui prie mais travaille sans doute plus encore, dévouée au Christ mais aussi à sa boutique et aux femmes qu'elle y emploie. Plus d'une fois, Ysabel l'a soupçonnée d'user de ce statut de béguine pour conserver la liberté à laquelle elle tient tant. Mais toutes n'en profitent-elles pas, d'une manière ou d'une autre ? Qui pourrait lui en faire reproche ?

Jeanne offre du travail à ses compagnes, parfois le gîte. Elle les protège, sans l'aide de la clôture qui abrite le grand béguinage, ni le soutien royal, sans l'argent de riches donateurs, grâce à sa fortune propre et à son énergie. Celles qui vivent hors de l'enceinte sont exposées depuis le supplice de Marguerite Porete. Leur attitude, leur vêture scrutées. Malgré cela, la mercière continue d'héberger Maheut et sa petite.

Ysabel courbe la tête sur son col. Ses pensées s'échappent. Les traits de son visage, qu'elle laisse libres dans la pénombre de la chapelle, suivent les mouvements de son esprit. Elle sourit. Soupire.

La fillette lui manque. Ses joues tendres, son regard rêveur... Douce, attachante. Elle pousse pourtant comme une plante sans racines aux côtés d'une mère qui ne la voit pas, laisse d'autres la nourrir et la soigner. Mais comment pourrait-il en être autrement ? Entre elles deux n'a existé que violence, de la conception à la naissance.

Si jeunes, si étroites. C'est péché d'engrosser des filles de cet âge.

Les épaules du bébé étaient coincées. Jeanne du Faut hésitait à appeler une sage-femme. Trop de rumeurs circulaient sur les béguines – d'affreuses histoires d'enfants illégitimes dont elles rompaient le cou ou qu'elles noyaient à la naissance.

Jusque-là, Ysabel n'avait accouché qu'une femme, une servante, au domaine de son dernier époux. La matrone était arrivée trop tard, le bébé sortait déjà, avec des flots de liquide, alors que la fille se trouvait encore debout à la cuisine. Tout avait été facile. Le petit garçon avait glissé tel un poisson qu'on tire de la rivière.

Maheut, elle, hurlait depuis des heures.

Ysabel a retiré le haut de sa robe, l'a nouée autour de ses hanches, en chemise elle a lavé ses bras et ses mains au savon, les a essuyés d'un linge propre comme le faisait sa grand-mère. Et comme maintenant, dans la chapelle emplie des aigreurs d'un clerc sans virilité, elle a fermé les yeux. Elle a posé les mains sur le ventre de la parturiente, glissé les doigts dans le con distendu, se laissant guider par leur perspicacité, enveloppé de ses paumes la tête minuscule, s'interdisant de forcer sa venue malgré les hurlements de Maheut, les a enfoncées encore plus loin dans la chair, les humeurs et le sang, fait pivoter le corps glissant du tout-petit, l'a accompagné au rythme des poussées désespérées de la jeune mère que Jeanne du Faut, aidée de la petite muette, immobilisait, encourageait, épongeait de ses liquides, tout en préparant un linge propre et des couvertures pour recevoir le nouveau-né.

Leonor. C'est son nom. Celui que portait la grand-mère d'Ysabel. Un prêtre, ami de la maison, est venu baptiser la fillette aussitôt née. Elle était parfaite, mais si petite, le souffle fragile. Ysabel a proposé d'être sa première marraine. A demandé qu'Ade soit la seconde, pour le cas où elle-même ne pourrait pas assumer cette tâche le temps qu'il faudrait. Ade venue avec elle, qui durant l'accouchement s'était tenue raide contre le mur. Aussi blanche et inutile qu'un spectre.

Ysabel sent une pression sur son bras. La Bricharde pose la main au creux de son coude. La vieille béguine ouvre les yeux. Elle est souvent fatiguée ces derniers temps, les unes et les autres l'ont remarqué. Sans doute s'en inquiètent-elles, mais ce n'est que la vieillesse qui réclame son dû et, plus étrangement, brouille peu à peu les frontières du temps, laissant émerger dans le présent les images du passé. Il suffit d'un mot, d'un éclat de lumière, du contour d'un visage pour qu'elles se manifestent. Comme si elles n'étaient pas loin derrière elle, mais tout autour, invisibles et pourtant capables de se manifester pour peu qu'elles trouvent une faille.

Un bruissement. Le frottement des robes. Le chœur se rassemble. Entame le chant de la communion. Les modulations familières gomment de leurs spirales l'écho rugueux du prêche.

Aujourd'hui, j'ai trop à faire, songe encore Ysabel, mais demain j'irai rendre visite à la petite.

Une heure plus tard, alors que la béguine a déjà rejoint son herboristerie, le jeune clerc de la Sorbonne traverse la cour du clos, serré dans son manteau, sans avoir obtenu de la Bricharde l'invitation à dîner qu'il espérait sans doute. S'il est d'humeur bilieuse, cela ne se lit pas sur son visage, crispé de la même expression farouche qu'il arborait durant son discours. Comme il approche du grand portail, quelqu'un fait cogner le heurtoir de la rue. Guillaumette pousse le battant de bois, se met en retrait. Le sermonneur en profite pour franchir le seuil, sa silhouette écrasée par celle, imposante, de l'homme vêtu de sombre qui entre tandis que lui sort.

3

Il est grand, les jambes longues, les épaules larges. Un visage mat où le poil, rasé du matin, repousse déjà, noircit le menton. L'œil hautain. Les pommettes hautes. Les joues creusées. Il évolue à grands pas, comme un homme qui parcourt la campagne. La cape vole, la robe dessous se soulève, les nœuds de la corde qui resserre les plis sur les hanches et révèle leur étroitesse battent vigoureusement l'aine.

Un chevalier en habit de franciscain.

La Bricharde l'a jaugé. Séduite, méfiante. Il n'a pas voulu s'asseoir. Avale d'un trait le verre qu'elle lui a servi. Se prête au jeu de la conversation avec une amabilité réticente. Semble tout à la fois pressé et inquiet.

« Je n'ai jamais rencontré Jean de Querayn, mais je connais sa réputation. Comment se porte-t-il ? »

La voix de Jeanne s'est légèrement modifiée. Plus sèche. L'homme y semble sensible. Il redresse les épaules, soupire, sourit. Finit par s'asseoir sur le siège qu'elle lui présente face à elle.

« Frère Jean a le cœur fatigué. Il ne quitte presque plus sa couche depuis des semaines.

– J'en suis désolée. Peut-il néanmoins poursuivre ses travaux ?

– Il s'est replongé assidûment dans le Nouveau Testament. Je crois qu'il y trouve de nouvelles sources de réflexion. »

La Bricharde incline la tête.

« Comme nous tous… Il est très aimable de vous avoir envoyé me porter ses vœux.

– Je devais venir à Paris pour les affaires de ma communauté. Il a jugé bon que je salue la nouvelle maîtresse du béguinage.

– Serez-vous longtemps dans la capitale ?

– Quelques semaines. Mon maître s'inquiète de ne plus pouvoir m'accompagner dans ma formation à cause de son état. Il désire que je la parachève auprès des maîtres des Cordeliers. Le prieur de notre couvent l'a suivi dans cette idée.

– Sans doute pense-t-il que vous ferez un bon prêcheur. Les Franciscains ont besoin de ce genre de talent. C'est un honneur pour vous.

– Frère Jean a également pensé que je pourrais tirer quelque bénéfice de ma visite parmi vous. Il est persuadé… »

Humbert ponctue ses mots d'un léger sourire :

« … il est persuadé, comme l'était son grand inspirateur, Jean de Vitry, qu'on ne peut devenir un prédicateur talentueux si l'on ne prend pas exemple des béguines. »

La maîtresse acquiesce.

« Sans avoir prononcé de vœux, nous suivons un chemin proche de celui des frères mendiants. On m'a dit que votre maître fréquentait le béguinage de Valenciennes.

– Il aimait s'y rendre.

– On m'a aussi dit qu'il connaissait cette béguine qui a été brûlée en place de Grève au printemps dernier. Une femme de votre cité… »

Humbert se penche, appuie les avant-bras sur ses cuisses. La conversation est en train de changer de tournure.

« … Marguerite Porete.

– Il la connaissait. »

La Bricharde s'avance à son tour.

« Étaient-ils amis ?

– Je ne dirais pas cela.

– S'intéressait-il à ses écrits ? Les a-t-il lus ?

– Oui, il les a lus.

– Et vous ? »

Tout à fait immobile à présent, Humbert cherche à comprendre où elle veut en venir.

« Je les ai lus », finit-il par répondre.

Puis :

« Pardonnez-moi si je me montre impertinent, mais pourquoi ces questions ?

– Nous suivons ce qui se passe dans le monde. Je sais que Jean de Querayn a connu quelques difficultés pour le soutien qu'il a apporté à cette béguine. »

C'est donc cela. La Bricharde est bien informée. Les ennuis faits au vieux maître ont reçu peu de publicité. L'inquisiteur de Beauvais l'a convoqué, mais frère Jean était trop affaibli pour se déplacer. Le prieur a entrepris le voyage à sa place, obtenu son pardon à condition qu'il cesse d'écrire et ne se fasse plus entendre à l'extérieur du couvent.

« C'est un homme âgé. Il n'a plus grand-chose à craindre, j'imagine, poursuit Jeanne. Nos compagnes sont davantage exposées. La condamnation de Marguerite a rejailli sur nous toutes.

– Je n'étais pas présent lorsque l'inquisiteur a prononcé en public la sentence. Mais on m'a dit qu'il ne l'avait jamais qualifiée explicitement de béguine afin, justement, de ne pas jeter l'opprobre sur vous. Il sait que le roi protège votre institution.

– Philippe protège le béguinage par dévotion envers son ancêtre, Louis le Saint. Mais pour combien de temps encore ?

– Vous ne devriez pas vous inquiéter… Quant à moi, je ne suis pas là pour prêcher les idées de Marguerite, si c'est ce que vous craignez. J'ai lu *Le Miroir des âmes simples et anéanties*. Mais à l'inverse de mon maître, je n'adhère pas à sa pensée. À nouveau, je suis simplement venu vous saluer en son nom. Et aussi, comme je vous l'ai dit tout à l'heure, parce que je suis à la recherche d'une jeune fille de notre pays qui a pris l'habit de béguine à Paris, et dont la famille voudrait avoir des nouvelles.

– Je vous entends bien mon frère. Laissons donc là ce sujet. »

La Bricharde se lève, rassemblant sa robe autour d'elle. C'est une femme élégante dans son austérité. Elle doit avoir une cinquantaine d'années, mais son visage est lisse sous le voile et la guimpe qui l'encadrent. Un peu hautain.

« Rappelez-moi seulement le nom de cette jeune fille avant que nous commencions notre visite.

– Maheut la Rousse. »

La maîtresse fronce les sourcils.

« Cela ne m'évoque rien.

– Elle n'a peut-être fait que passer dans votre maison. Son frère s'inquiète, il n'a pas reçu de lettre de sa part depuis des mois, et sa mère se trouve au plus mal.

– Dame Ysabel pourra peut-être vous renseigner. Elle est parmi les plus anciennes de notre communauté. Par ailleurs, je sais qu'elle connaît beaucoup de nos sœurs en ville. »

Humbert n'est jamais entré que dans le béguinage de Valenciennes. La Bricharde remarque son étonnement devant la beauté sans ostentation des bâtiments qu'il découvre à sa suite. Elle lui présente tour à tour la vaste salle commune lambrissée de chêne où se tiennent les chapitres, la chapelle, modeste mais dont le chœur est fleuri, illuminé de cierges, et même le potager avec ses énormes courges et ses rangs de poireaux bien alignés.

Ordre et propreté. N'étaient les maisons qui bordent la cour intérieure, il pourrait se croire dans un monastère. La vie cependant y est moins contrainte. Deux femmes passent en bavardant, panier sous le bras, la tête simplement enveloppée d'un linge blanc; une autre, vêtue d'une cape bordée de fourrure, entre dans une belle demeure à deux étages; le portail s'ouvre à plusieurs reprises sur des silhouettes pressées. La messe terminée, les béguines vaquent à leurs activités.

En lui offrant une visite si consciencieuse, la Bricharde, il le comprend, cherche à lui montrer bien plus que la bonne tenue des lieux. Sans doute, ici comme ailleurs, y a-t-il des petitesses, des conflits, des pensées pécheresses. Mais l'air semble animé d'une qualité particulière. Circulant avec harmonie et malgré tout vigueur. Les béguines de Valenciennes, pauvres âmes engoncées dans leurs mornes règles, sont loin d'avoir atteint une telle perfection. Il comprend d'autant mieux la vigilance avec laquelle la maîtresse protège son enclos. Informée comme elle paraît l'être, elle doit suivre avec anxiété les nouvelles. Particulièrement celles en provenance de Vienne.

Peu de choses ont filtré jusque-là du concile organisé dans la ville rhodanienne par le pape après des mois d'atermoiements. Le sujet principal en est l'ordre du Temple, dont la dissolution est demandée par Philippe le Bel – on raconte que fin octobre des centaines de frères ont surgi autour de la ville, se déclarant prêts à réfuter les accusations, et que les prélats sont toujours plus nombreux à leur apporter leur soutien. Mais à côté de cette question centrale, d'autres doivent être abordées. Clément V espère lancer une nouvelle croisade pour libérer Jérusalem. Les autres, quant à eux, réclament une réforme de l'Église. Les évêques ont réuni dans leurs provinces des cahiers de doléances et la liste, de l'abus de pouvoir et de richesse à l'arrogance, de la simonie à la débauche, de l'absentéisme à l'ignorance, en est longue. Le statut des béguines a été intégré dans les points à discuter.

Depuis la condamnation pour hérésie de Marguerite Porete, les vieilles querelles se sont réveillées autour de ces femmes au statut informel. Du soupçon, ou de l'inquiétude face à la liberté des pieuses laïques, il semble que l'on soit passé à l'accusation. Les prélats des contrées germaniques, où elles sont particulièrement nombreuses, se sont toujours montrés les plus acharnés à vouloir les faire rentrer dans le rang. Personne n'a oublié qu'il y a sept ans, à Metz, une béguine a été accusée de fausses prophéties. On l'a torturée, on lui a brûlé la plante des pieds avant de la jeter en prison.

À Colmar et à Bâle, d'autres ont été accusées d'hérésie. Les évêques de l'Est, qui s'efforcent depuis des années d'assujettir les femmes isolées à l'autorité des curés de paroisses, renforcent à présent le contrôle des béguinages, soumettant les opinions des candidates à un strict interrogatoire avant qu'elles soient autorisées à y entrer. Leur forte influence au sein du concile fait craindre le pire.

« Ils parlent de secte ! Ils emploient pour qualifier ces saintes femmes le même vocabulaire que pour les hérétiques ! »

Humbert n'a pas oublié l'emportement de frère Jean lors de leur dernière conversation. Le vieil homme ne s'est pas remis de la mort de Marguerite. À son retour de Paris, Humbert avait dû raconter et raconter encore ce qu'il avait vu place de Grève. À force de répétitions, face à ce vieil homme larmoyant qui, sous le choc, lui paraissait pour la première fois pathétique – un sentiment fort déroutant –, son récit avait peu à peu glissé vers des formules qui relevaient plus de l'hagiographie que de la réalité. Droite dans sa tunique blanche, digne et sereine : telle est l'image que Jean garde de son amie. Les violences de ce monde ont épargné le vieil homme, il ne connaît pas l'odeur de la chair qui brûle.

Le temps passant, son chagrin s'est amoindri, mais son obsession pour la dévotion de Marguerite et ses semblables semble s'être renforcée. Cela inquiète Humbert. Il observe chez son maître la même obstination qui a mené Marguerite au bûcher. La menace d'un procès ne lui a donc pas suffi ? Humbert se souvient d'avoir réagi de façon peu amène à ses critiques contre les évêques germaniques.

« On ne peut pas tout accepter au nom d'une foi qui se voudrait inspirée directement par le Christ, avait-il répliqué. Vous connaissez les rumeurs : dans l'Est, de toutes jeunes filles errent dans les rues et font scandale. D'autres agressent les passants, les interpellent par de bruyants cantilènes, mendient des aumônes. »

Le vieil homme lui avait lancé un regard déçu.

« Oui, c'est ce qu'on raconte... On dit aussi qu'elles frayent avec des hommes aussi pervertis qu'elles. Des bégards. Qu'ils copulent et prêchent dans des cavernes ! Mais tout cela n'est que prétexte et vilenie. Je crois surtout que les clercs n'acceptent pas qu'il y ait parmi les béguines des personnalités cultivées, lesquelles s'emparent des écritures et de la prédication. Après tout, c'est là que réside leur pouvoir ! Marguerite n'a pas été suppliciée pour perversion. Ne l'oublie jamais. Elle est la première femme à avoir été brûlée pour un livre. »

Un souffle glacial gifle le visage d'Humbert. À ses côtés, la Bricharde s'est arrêtée. Il remarque son regard attentif, se reprend. Ils se trouvent devant la porte d'un grand bâtiment tout en longueur, près de la chapelle. L'hôpital.

En parcourant la salle commune où se succèdent les lits des malades, avec entre chacun un espace suffisamment large pour permettre l'intimité, il se dit que l'hospice est à la hauteur des autres bâtiments du béguinage. Il ne pue pas la misère habituelle en ces lieux. On y respire même une odeur agréable, mélange d'écorce et d'herbes brûlées. Une dizaine de patientes reposent sous les draps blancs et les chaudes couvertures de laine. Certaines soulèvent la tête en voyant passer le franciscain. L'une tend la main vers lui, mais il fait mine de l'ignorer. Plus loin, au pied d'un lit, une femme est assise. Elle se retourne en entendant leurs pas, puis se lève lourdement, vient à leur rencontre avec un sourire.

Ce doit être la béguine dont lui a parlé la Bricharde. Une vieille au corps râblé, à la peau épaisse de celles qui vivent dehors. Sa robe dégage une odeur étrange, sauge et camphre mêlés, tandis qu'elle s'approche. Un bref instant, Humbert a l'impression de tomber en lui-même. Un décrochement, comme cela arrive parfois à l'instant où l'on sombre dans le sommeil. Pour la première fois depuis des années, il vient de penser à sa mère.

Ysabel, quant à elle, admire sa prestance vigoureuse. S'étonne de l'habit qui semble si mal lui convenir.

« Dame Ysabel, dit la Bricharde, je vous présente frère Humbert, venu nous rendre visite depuis Valenciennes. »

Derrière la vieille femme, une autre béguine se faufile, qu'Humbert n'avait pas aperçue. Le visage ingrat. L'air avide.

« Et dame Agnès, qui l'assiste.

– Votre hôpital est fort bien tenu, déclare Humbert.

– Merci. L'automne est pour l'instant plus clément que l'an passé. Nous avons peu de malades. »

Ysabel tourne la tête vers le lit au pied duquel elle se tenait.

« Il n'y a que Margot qui aille vraiment mal. Sa mère nous a amené cette pauvre fille il y a deux jours, mais elle a trop attendu. Je crains qu'elle ne passe pas la nuit. »

Une silhouette menue soulève à peine la couverture.

« De quoi souffre-t-elle ?

– Le cœur. Je la connais depuis qu'elle est petite, elle a toujours été fragile. Il lui fallait du repos, mais ses parents ont encore quatre enfants en bas âge. Elle a loué ses bras à un cardeur de laine. »

La Bricharde se tourne vers Humbert, attendant un commentaire, mais il demeure silencieux.

« Dame Ysabel, poursuit-elle, frère Humbert m'a demandé si nous avions parmi nous une jeune fille venue de la région de Valenciennes. »

Ysabel lève les sourcils.

« Valenciennes ? Je ne vois pas. Il y a bien Tiphaine, mais vous avez parlé de jeune fille. Et elle ne l'est plus depuis bien longtemps.

– Dix-sept ans environ. Rousse », intervient Humbert.

Ysabel ne fait que sourire plus largement.

« Rousse ? »

Un temps. Elle esquisse une moue.

« Non vraiment, je ne vois pas… Voulez-vous poursuivre la visite de l'hôpital ? »

Quelques minutes plus tard, la Bricharde et le franciscain sont de retour dans la cour. Humbert n'a accordé qu'un regard distrait à la salle des étuves et à l'infirmerie. Il a le sentiment désagréable qu'on s'est moqué de lui. La vieille avait l'air sincère. Mais ce regard qu'elle a posé sur lui, des yeux qui captent mais ne révèlent rien… Et puis la réaction de l'autre derrière elle, son petit sursaut étonné. Il en a assez de visiter chaque salle et chaque couloir de l'enclos, il n'aspire plus qu'à tourner les talons et retourner au couvent des Cordeliers.

La maîtresse fait mine de ne pas remarquer son mutisme. Elle se dirige vers une maison d'allure modeste, à proximité de la chapelle. Pousse la porte. Résigné, Humbert grimpe derrière elle un escalier étroit, entre à sa suite dans une vaste pièce, cligne des yeux. L'endroit est baigné de lumière. La fenêtre, ouverte vers l'est, laisse filtrer la clarté blanche de cette fin de matinée. Devant l'embrasure, dessinée par le contre-jour, une femme se tient assise derrière un lutrin sur lequel est posé, ouvert, un épais volume. Face à elle, une dizaine de gamines accroupies sur des petits bancs se partagent des psautiers. Un peu à l'écart, une jeune fille trace des lettres avec un stylet de métal sur une tablette de bois couverte de cire.

« Qui peut me réciter les lettres que nous avons apprises hier ? »

La leçon vient de commencer. Une petite se retourne, distraite par le pas des visiteurs.

La femme dont Humbert ne distingue pas les traits incline la tête vers eux en signe de salut, puis interpelle fermement la curieuse.

« Maria, je t'écoute. »

Mais l'autre a reconnu la Bricharde accompagnée d'un homme en habit de franciscain. Elle reste muette de saisissement.

« Pardonnez-nous de vous interrompre, dame Ade, déclare la maîtresse en s'avançant. Je fais visiter notre maison à ce frère venu de Valenciennes, et je ne pouvais oublier l'école. »

Humbert s'avance pour saluer son interlocutrice. Marque aussitôt un arrêt, saisi par les traits qui se révèlent à lui. Elle est belle, d'une beauté qu'il n'aurait jamais imaginé voir dans un béguinage. Le front haut, la bouche fine, le visage d'un ovale parfait qui s'incline, pour le saluer, sur une longue guimpe blanche. Un lys.

C'est à cette fleur qu'il l'a comparée autrefois. Car il l'a déjà vue – une telle splendeur ne s'oublie pas. Et il se souvient exactement où.

« J'essaie de leur enseigner la lecture à la manière dont on me l'a apprise », dit la jeune femme avec un sourire d'excuse.

La voix est douce mais peu mélodieuse.

« Trois ou quatre lettres par jour, le dernier jour étant réservé à la récitation complète de l'alphabet.

– Apprendre les lettres comme Dieu a créé le monde, commente Humbert.

– Oui... Mais toutes ne savent pas maintenir leur attention.

– Il y faut de la patience, dame Ade. Dieu lui-même en fait preuve avec nous », intervient Jeanne.

La jeune femme incline la tête.

Gracieuse et froide, songe Humbert. Un lys, oui. Noble fleur. Même si lui préfère celles des champs.

Il approche du lutrin.

« Me permettez-vous de regarder votre livre. Il semble de belle facture. »

Ade s'écarte d'un pas.

Le volume est fait d'épaisses pages de vélin cousues sur nerf de cuir et chemisées de satin bleu. Les psaumes y sont répartis à la manière habituelle, huit groupes en fonction des heures des offices et des jours de la semaine. Chaque texte introductif est orné d'une miniature historiée représentant des scènes de l'Ancien et du Nouveau Testament : David jouant du psaltérion, la Vierge miraculeuse, la Vierge à l'Enfant... Un véritable trésor.

« Vient-il de la bibliothèque du béguinage ?

– Non, souffle la jeune femme. C'est un cadeau de ma belle-sœur... La jeune épouse de mon frère. »

Ses joues ont rosi. Elle est gênée par la proximité de l'homme. Mais Humbert ne s'éloigne pas. Au contraire, il s'approche un peu plus.

« Il est magnifique. Savez-vous où il a été fabriqué ?
– En Champagne.
– Est-ce là que vit votre famille ?
– C'est là, oui. »

La jeune fille qui s'entraîne à l'écriture a suspendu son geste. Elle les observe intensément. Humbert sent son regard sur lui. Ade, sans doute aussi, qui la présente avec empressement.

« Clémence de Crété. Elle a rejoint le béguinage ce printemps pour parfaire son éducation. »

Clémence esquisse une révérence, mais Humbert répond à peine à son salut. Concentré sur la voix d'Ade.

Son accent atteste ses propos. Elle vient de Champagne, pas du Hainaut. Pourtant, il en est sûr, c'est bien elle. La femme qu'il a vue sur la place de Grève ce jour du supplice de Marguerite Porete, tirant par le bras la Rousse.

4

Lorsqu'il quitte la rue des Béguines, Humbert laisse derrière lui des âmes soucieuses.

La maîtresse s'interroge sur la visite du franciscain. Elle ne croit guère à l'explication qu'il lui a servie. Ces supposées salutations de la part d'un vieil érudit de Valenciennes qu'elle n'a jamais eu l'occasion de rencontrer… Quant à la quête d'une rousse perdue sous l'habit de béguine, elle ne sait qu'en penser. L'homme est intelligent. Malaisé à percer. Aurait-il une mission moins avouable que celle dont il s'est prétendu chargé ?

Agnès est submergée de surprise et d'indignation. Elle a entendu Ysabel proférer un mensonge. À la face d'un frère ! Sans se troubler de la moindre façon ! Doit-elle en parler à la maîtresse ? À Geoffroy ? Mais pour dire quoi ? Maheut a quitté le béguinage depuis plus d'un an, elle ne sait où elle est. Ysabel lui a simplement indiqué qu'elle avait trouvé une autre communauté pour l'accueillir, loin de Paris.

Peut-être vaut-il mieux qu'elle se taise. Ysabel a indéniablement décliné ces derniers mois. De plus en plus souvent, Agnès la trouve endormie au chevet d'une patiente. Il y a aussi cette sollicitude exagérée qu'elle témoigne désormais à certaines. Un soir, alors que chacune s'était retirée et que les malades s'endormaient

– elle-même s'assurant que tout était en ordre avant de regagner sa chambre –, elle a vu l'intendante se glisser dans le dortoir et, à la lumière d'une lampe à huile, enduire longuement d'un onguent le sexe d'une fille qu'on leur avait amenée moitié mourante, le ventre déchiré par les assauts des hommes. Une fille de joie.

Son cousin trouve dangereux le soin que prennent les béguines des malades et des morts. Parmi elles de très jeunes femmes sont amenées à une dangereuse proximité avec la chair. Plus d'une fois, maintenant qu'ils se connaissent mieux, elle l'a entendu s'inquiéter de la liberté que le prieur jacobin laisse à la maîtresse du clos, suggérant même à sa parente de se retirer dans une communauté moins permissive. Il en existe quelques-unes à Paris, telles les Haudriettes ou les bonnes femmes de Sainte-Avoye, où elle pourrait être acceptée malgré son statut d'épouse. Mais Agnès nourrit d'autres projets. Elle lui a néanmoins promis d'être vigilante.

Clémence aussi s'inquiète. Elle ne saurait dire pourquoi. Cet homme si grand, si large d'épaules. La façon qu'il a eue d'approcher Ade. Comme l'ombre d'un arbre efface l'herbe légère. Ade dont elle aimerait tant se faire une amie. La première fois qu'elle a vu la jeune femme, celle-ci appliquait un linge imbibé de bardane sur la peau enflammée de sa mère. Elle n'a compris que sa douceur. Jamais elle n'aurait imaginé que le chemin de son cœur serait si âpre.

Ysabel qui, de toutes, devrait se montrer la plus troublée est simplement retournée près de Margot dont le souffle s'éteint peu à peu. Ni le père de la petite ni sa mère ne sont venus lui rendre visite depuis qu'elle est là. La béguine comprend, excuse. Mais elle, elle se doit d'être présente. Quant au mensonge qu'elle a servi au franciscain, Dieu le lui pardonnera.

Le visiteur lui a semblé peu enclin à la bienveillance. Il a en lui quelque chose de pesant et de noir dont elle ne connaît pas la source mais sent la puissance. Pas question qu'elle le laisse approcher de Maheut et de son enfant. Quoi qu'il en soit, se rassure-t-elle, en relevant l'oreiller sous la tête de sa patiente, il y a peu de chance qu'il la retrouve là où elle se cache. Et une fois accomplis les devoirs de son couvent, il rentrera à Valenciennes.

Ysabel se trompe, mais son attention est ailleurs. Les yeux concentrés sur le visage aux cernes immenses, les mains posées sur le front glacé, elle respire doucement pour accompagner la mourante, guider, libérer ses poumons, son cœur compressé, et l'âme qui s'y loge.

Dans sa chambre, agenouillée au pied de son lit, Ade prie.

C'est à elle que songe Humbert en remontant la rue de la Verrerie. Le franciscain a renoncé à retourner directement chez les Cordeliers. La journée est avancée, mais il lui reste tant à faire. À la sortie du béguinage, il s'est arrêté pour acheter un pâté chaud à une vendeuse ambulante, l'a avalé en contemplant le spectacle du fleuve, puis a repris sa route, la bouche encore salivante de la graisse qui imbibait la pâte et la viande.

Tout en marchant, il se demande si la jeune femme l'a reconnu. Sans doute pas. Ce jour-là, sur la place de Grève, lui a seulement pu entrevoir son visage comme elle se retournait pour tirer Maheut loin du bûcher. Elle ne prêtait attention qu'à sa compagne, craignant que son flamboyant dévoilement n'attire l'attention.

Que pouvait faire une dame de sa qualité en un tel lieu et en une telle compagnie ? Voilà ce qu'il ne comprend toujours pas. Il a jaugé Ade d'un coup d'œil. Et ce qu'il a observé dénote avec les circonstances de leur première rencontre.

Sur sa droite, la façade de l'église Saint-Merri se dore du soleil couchant. S'extrayant de la foule des acheteurs interpellés par les crépiniers qui tiennent boutique autour de l'édifice, Humbert s'arrête un moment au pied du porche. Il lui faut réfléchir à ce qu'il va entreprendre maintenant. Son esprit est aussi pesant que son corps, ses pensées sont confuses. Voilà ce qui arrive lorsqu'on vous oblige à suivre en même temps plusieurs chemins. Si au moins il avait trouvé la fille ! Mais il s'est montré naïf en imaginant qu'elle se cacherait dans le clos royal. Y est-elle passée ? C'est ce que laisse supposer sa proximité avec Ade et l'attitude ambiguë de la vieille intendante de l'hôpital. Mais elle se cache sans doute maintenant dans un lieu plus discret. Il va falloir frapper aux portes des dizaines de béguinages que compte la ville. Sans même être sûr qu'elle soit demeurée à Paris.

Les mains croisées sur le ventre, la tête baissée, l'attitude d'Humbert est celle d'un orant, mais sa semelle frappe le pavé. À travers la capuche de laine, il sent le soleil chauffer sa nuque. Il bascule sur ses hanches comme il a appris à le faire au cours des longues heures de prière passées debout, étire son dos, éprouvant la souplesse de son corps, sentant les muscles rouler sur les os. Respire profondément. Il ne sert à rien de se laisser aller à la frustration. Après tout, il ne peut s'en prendre qu'à lui-même.

Lorsqu'à son retour de Paris, il avait parlé à frère Jean de Maheut, aperçue place de Grève en habit de béguine, celui-ci s'était montré aussi étonné que lui. Le vieux franciscain connaît bien la mère de la Rousse, rencontrée grâce à Marguerite. Il joue auprès d'elle le rôle de guide spirituel. Quand sa fille s'est enfuie, jetant le déshonneur sur sa famille, la femme est venue lui demander assistance. Mais pourquoi Humbert a-t-il accepté cette mission en plus de l'autre, absurde et dangereuse, que lui a confiée son maître ?

« Si notre famille avait eu quelque argent, nous t'aurions fait chevalier, mon fils. »

Une phrase de sa mère. Une épine plantée dans son cœur.

« Il n'y aurait pas eu plus noble vassal au service de son suzerain. Plus courageux, plus fidèle et dévoué. »

Dévoué il l'est. Mais son suzerain n'est qu'un vieux frère, têtu et imprudent.

Odeur de triperies faisandées, rigoles de sang noirâtre dans le caniveau. L'après-midi est avancé, les boutiquiers des halles vont bientôt fermer, la frénésie des dernières transactions, des ultimes harangues avant le remballage, enfle d'un étal à l'autre. Humbert sait désormais où il lui faut aller.

À l'embouchure de la rue Pirouette, la tour du grand pilori a l'allure glaçante d'un clocher aux baies évidées, fendu d'une grande roue suspendue à l'horizontale. Le franciscain est soulagé de voir qu'aucun condamné n'y est exposé. Un homme a posé son chariot contre la bâtisse et décharge deux carcasses couvertes de mouches luisantes.

Il marche vers le nord, atteint les remparts dans la bousculade des attelages qui s'empressent de quitter la ville et de ceux qui en forcent l'entrée avant qu'elle ferme, passe l'enceinte à hauteur de l'hôtel d'Artois. La rue continue de l'autre côté, plus large, mais d'une saleté repoussante, bordée de masures écroulées et de nombreuses tavernes. Les hommes qui y pénètrent, la tête rentrée dans les épaules, ne viennent pas seulement boire le vin aigri qu'on y sert. C'est ici le quartier de tous les trafics. On y trouve des receleurs, des complices pour un vol, des commanditaires pour un crime, des fillettes à bon prix, et même des garçons.

Un gamin assis près de sa porte le suit des yeux. Humbert s'arrête, hésite à demander la direction à suivre. Mais il vaut mieux qu'il se fie aux repères inscrits dans sa mémoire. Il reprend son chemin. Le paquet qu'il porte sous sa robe à même la peau lui heurte le flanc et alourdit chacun de ses pas.

5

La petite au cœur fragile meurt à l'heure de complies. Toute à sa tâche de l'accompagner, Ysabel n'a pas vu le temps passer. La nuit tombée – « au plus tard lorsqu'on ne peut distinguer un sou tournoi d'un sou parisis », dit le règlement –, le béguinage a fermé ses portes. Il est bien trop tard pour se rendre auprès de Maheut afin de l'avertir qu'un homme la cherche. Elle s'en chargera demain.

Dans la maison de la soie, personne donc ne sent rôder le danger. Et c'est pour d'autres raisons que Maheut peine à trouver le sommeil. Au début de la nuit, Thomasse, la petite servante, a quitté le cabinet où elle se repose habituellement près de sa maîtresse pour rejoindre la chambre des filles sous les toits. Cela arrive parfois, lorsque dame du Faut reçoit à souper et que la soirée se prolonge. La gamine est arrivée à pas pressés, s'est glissée dans le lit commun, serrée contre Ameline. Toutes deux ont gloussé, chuchoté – suffisamment fort pour que Maheut les entende –, jusqu'à ce que Juliotte, d'un feulement menaçant, les fasse taire.

À présent, Maheut demeure seule éveillée dans la chambre. Elle se demande que penser des allusions d'Ameline. Ce n'est pas la première fois qu'elle l'entend tenir de tels propos. Mais Ameline est stupide.

À se demander comment une créature aussi triviale est capable de réaliser des broderies d'une telle délicatesse. Penchée sur son ouvrage, près de la baie de l'atelier, les doigts piquant l'aiguille et tirant le fil, elle paraît presque gracieuse. Qu'elle ouvre la bouche, l'illusion disparaît !

Maheut roule sur le dos, enfouie jusqu'au menton sous l'édredon. Habituellement les commérages des filles de la maison l'indiffèrent, mais ce soir, elle se sent fiévreuse. Dans son petit lit, Leonor semble insensible à l'agitation de sa mère. C'en est parfois effrayant cette façon totalement silencieuse qu'elle a de dormir. Sans aucun des grognements, ronflements, claquements de langue ou petits cris dont sont coutumiers les enfants. Maheut la couche, Leonor pose ses bras le long du corps, la regarde, puis ferme les yeux. C'est tout.

Ameline, continue-t-elle de ruminer, se comporte comme une de ces bêtes en rut que l'intendant de son père calmait à coups de seau d'eau. Dès qu'un homme se présente, elle tremble et rougit. Les questions maladroites qu'elle lui a posées à son arrivée sur le ceci et le cela de son expérience d'épousée. Si elle savait...

Maheut bascule sur le côté, les cuisses serrées, en chien de fusil. Mais ce n'est qu'une habitude, plus vraiment un élan apeuré de son corps. Elle a oublié l'odeur de Guillebert, pourtant demeurée longtemps tapie au creux de ses narines comme un reptile au fond de son nid. Lui reste encore le souvenir de mains dures sur sa peau et de la déchirure dans son ventre, mais ce sont des sensations distantes. La peur s'est apaisée, la colère aussi. Reste un autre sentiment qu'elle peine à définir.

Un rire monte depuis la chambre à l'étage inférieur. Maheut reconnaît celui de Jeanne du Faut, immédiatement suivi d'un autre, plus doux, qu'elle a souvent entendu. Marie Osanne, l'autre mercière de la rue Troussevache. Son commerce est le seul à rivaliser avec celui de Jeanne. Depuis des années, les deux femmes tiennent boutique côte à côte. Voisines, concurrentes, a pensé Maheut lorsqu'elle s'est installée dans la maison de la soie. Amies, a-t-elle rapidement constaté... Rien d'étrange à cela. Toutes deux sont béguines. Pourtant, se dit encore Maheut, il y a plus entre elles que communauté d'esprit et de vie. Ces regards qu'elles échangent, ces visites si fréquentes qu'elles se rendent... Si tardives.

Maheut sait ce que raconte Ameline. Elle ne fait que reprendre – comme si elles avaient besoin d'être amplifiées – les rumeurs habituelles. Des femmes qui vivent entre elles, sans le contrôle d'un homme... une condition trouble, propice à la sensualité, aux relations illicites. La bêtise des moutons qui hurlent avec les loups !

La fièvre de Maheut empire, mais en réalité c'est elle-même qui l'alimente. Car tourmentée par quelque démon, la jeune femme ne peut s'empêcher d'imaginer la brune, à la chair gourmande, et la blonde, à la taille déliée, roulant ensemble au creux d'une couche préservée des indiscrétions de Thomasse et fourrant leurs doigts l'une dans le con de l'autre comme elle le faisait pour elle-même, enfant, avant d'apprendre que ce ravissement était péché.

Ses mamelons lui font mal. Son ventre palpite. Elle se tourne et se tourne de nouveau. Rouvre les yeux sans savoir si elle a dormi. Les ombres déjà s'allègent dans la soupente, ce sera bientôt le matin. Mon Dieu, se demande-t-elle enfin, deviendrais-je comme Ameline, la chair aussi faible que la plus bête des bêtes de la basse-cour ? Ysabel, qui saurait de quoi il retourne, lui répondrait sûrement : Ne t'inquiète pas, ce n'est pas tourment mais plaisir. Et la vieille béguine serait heureuse. Car de tels tourments signifient que Maheut commence à guérir.

6

La vieille béguine non plus n'a pas dormi. Jusqu'à prime, elle est demeurée près de la défunte. Sa mort a été douce, dit-elle à la Bricharde venue se recueillir devant le corps de l'enfant. L'image du franciscain a quitté son esprit durant ces heures passées à la veiller, se remémorant les instants partagés, comme il convient de le faire. La petite, menée à elle alors qu'elle avait deux ans, les parents effrayés par ses syncopes que leurs voisins voyaient comme une intrusion du Malin. Ses visites régulières ensuite. Plus grande, Margot venait seule, elle parlait peu, mais aimait s'attarder dans la cuisine, regarder l'herboriste préparer ses élixirs. Elle y recevait toujours, en plus de ses remèdes, un bol de bouillon où trempait une épaisse tranche de pain.

L'aube pointe lorsque Ysabel quitte enfin l'hôpital, laissant la dépouille aux mains expertes de ses compagnes. Mais au lieu de regagner directement la maison de la soie, elle passe la poterne aménagée dans les remparts à l'arrière du béguinage.

Les femmes du clos empruntent rarement ce passage. Il débouche sur le quartier Saint-Paul, un labyrinthe de ruelles surpeuplées où s'entassent foulons, tonneliers, plâtriers, porteurs et autres manœuvriers qui louent leurs bras sur le port. Il faut à la béguine quelque temps pour retrouver le logis au fond d'une impasse boueuse. Fait de moellons et de planches, coincé entre d'autres bouges semblables, il est minuscule, l'intérieur fuligineux, aussi noir et puant que fumier de tourbe. Le père est déjà parti chercher du travail, la mère aussi. Une fillette descend, pieds nus, l'échelle de l'entresol, un bébé dans les bras. Elle accueille la mort de sa sœur avec résignation, promet de transmettre la nouvelle. Le béguinage, se dit Ysabel, devra sans doute prendre à sa charge les funérailles. Ce ne sera pas la première fois.

Après avoir accompli cette dernière tâche, et seulement alors, Ysabel laisse la silhouette sombre du franciscain se présenter à son esprit. Et l'urgence des vivants s'imposer face aux devoirs dus aux morts.

Quelques instants plus tard, Ade se trouve à ses côtés lorsqu'elle se met en chemin vers la rue Troussevache. La jeune femme, qui semble prendre au sérieux son rôle de marraine, a pour habitude de l'accompagner dès qu'elle le peut à la maison de la soie. Mais ce matin, elle a d'autres motifs que l'instruction de sa filleule : Ysabel l'a informée des recherches menées par Humbert. Ade tient le bras de la vieille béguine ; à la pression de sa main, cette dernière la sent inquiète. Elle-même se questionne sur le franciscain. Est-il vraiment lié à la famille de Maheut comme il le prétend ? Avant d'avertir la Rousse, si impulsive, elle se demande si elle ne devrait pas prendre l'avis de Jeanne.

Lorsqu'elle entre dans la boutique à la suite d'Ade, Ysabel comprend pourtant qu'il va encore falloir différer le moment de converser avec son amie. Si la mercière, comme tous les matins, se trouve bien à son étal, au rez-de-chaussée, un homme se tient près d'elle.

« Ade, Ysabel, quelle surprise ! »

Jeanne a le teint frais, la mine joyeuse. Elle embrasse la plus jeune des visiteuses, attrape l'autre par la main.

« Viens, viens donc que je te présente maître Giacomo ! Maître Giacomo, mon amie, dame Ysabel. »

L'homme s'incline. Il n'est pas très grand, pourtant bien découplé, le costume de belle étoffe soulignant la vigueur du corps, le pourpoint ajusté, la taille cintrée d'une lourde ceinture ornée d'émail, les chausses hautes. Mat de peau, noir de cheveux.

« C'est lui qui me vend ces brocarts que je t'ai montrés.

– Dame du Faut est une cliente exigeante, mais elle connaît la qualité des choses. »

L'homme parle un français appliqué et mélodieux à la manière des négociants italiens. La voix est grave, prise au fond de la gorge.

« Je crois deviner que vous êtes le marchand de Lucques dont m'a souvent parlé Jeanne », demande Ysabel.

L'autre se contente de sourire.

« Maître Giacomo a décidé de demeurer à Paris quelques mois, intervient Jeanne. Il est logé tout à côté, chez son cousin, rue de la Buffeterie. »

La rue des Lombards, songe Ysabel. C'est ainsi qu'on appelle les banquiers italiens. Sans doute le cousin de Giacomo en fait-il partie. Jeanne est maligne. Il est toujours bon de se trouver des alliés parmi les prêteurs. Leur situation est moins prospère qu'elle ne l'était lorsque deux d'entre eux, Biche et Mouche, alimentaient le trésor du roi. Avec la guerre de Flandre, la situation financière du royaume ne cesse d'empirer, et, en pleine crise monétaire, ils sont maintenant regardés avec suspicion. Mais encore une fois les Juifs ont été les premiers boucs émissaires. Il y a cinq ans, Le Bel, à l'image de Louis son ancêtre et de Philippe Auguste avant lui, avait ordonné qu'ils soient chassés du royaume. L'expulsion avait connu une ampleur inédite : des dizaines de milliers d'hommes et de femmes arrêtés sur tout le territoire, leurs biens confisqués et vendus, leurs titres de créance récupérés par les agents de l'État. Le souverain a réitéré l'opération ce mois d'août, après avoir accusé les déicides d'extorsions frauduleuses et de crimes si affreux « qu'ils ne se peuvent nommer ».

Chacun, cependant, dans le royaume a besoin de prêt, les bourgeois, les nobles, mais aussi les petits artisans et les paysans, toujours plus accablés d'impôts. Alors les Lombards, demeurés seuls sur la place, continuent de pratiquer, comme ils l'ont toujours fait et plus encore, des taux d'usure prohibitifs. Tandis que le roi poursuit ses petites manipulations. Frappant d'un côté des pièces contenant de moins en moins d'argent, des pièces noires qu'on appelle les « bourgeois ». Et de l'autre, des pièces d'or, les « agnels », rares et inaccessibles, sur lesquelles il a fait figurer un agneau pascal, portant croix à longue hampe à la manière de saint Louis, afin de rassurer le peuple sur la stabilité et l'honnêteté du royaume.

Tout cela finira mal, songe Ysabel. Mais durant ce temps, le commerce continue. Giacomo en est la preuve vivante.

« Les broderies et les tapisseries du Nord sont recherchées dans mon pays, explique le négociant. Je vais prendre le temps de trouver de nouveaux fournisseurs pour rapporter de quoi satisfaire mes clients italiens.

Dame du Faut connaît chacun ici, elle m'a proposé son aide. »

L'homme plante sans détour ses yeux dans ceux de son interlocutrice. Il a des prunelles singulières, cerclées de marine, le regard pétillant et gourmand. La maîtresse de maison semble s'y être perdue. Maheut aussi, qui se tient tout près et présente un visage animé, de cette beauté étrange qu'il prend parfois malgré le carré de toile qui lui serre le front.

« Regarde ! reprend la mercière, regarde ces merveilles que Giacomo m'a apportées !

– Merveilles, cela est vrai », répond Ysabel.

Sur l'étal, l'étoffe de soie brille sourdement. La chaîne et la trame de fond sont entièrement de fil d'or. Le décor floral entremêle bourgeons, lys, roses et feuilles de cresson en un nuancier de couleurs précieuses, qui joue sur les dominantes du safran et du bordeaux. La vieille béguine s'approche, s'attarde à son tour. Profite de la légèreté de l'instant. Se dit qu'il sera toujours temps, après le départ du marchand, de parler du franciscain.

Elle n'y a pas prêté attention, mais durant ce temps où chacune était absorbée par le visiteur, Ade a quitté la pièce, discrètement s'est glissée dans l'escalier qui mène à l'étage.

L'enfant se trouve dans l'atelier des brodeuses. Assise sur le plancher de bois, les jambes écartées devant elle, les paumes posées au sol pour se tenir en équilibre, elle est tournée vers Ameline. Ade ne la voit que de dos.

La jeune femme esquisse un pas. Leonor se redresse, soulève légèrement la main droite sur le côté, incline la tête comme un animal qui perçoit un bruit. Ade avance encore, très doucement, tenant sa robe pour ne pas qu'elle bruisse. La petite main ploie, comme une plume gonflée par la brise, la tête se couche avec tendresse sur l'épaule…

Quelques instants plus tard, alors que Juliotte passe la tête par la porte, elle surprend cette scène : l'enfant et sa marraine assises dans l'embrasure de la fenêtre, un ruban de soie tendu entre leurs doigts qu'elles jouent à faire ondoyer au gré de la lumière.

7

Deux semaines d'attente pour ce résultat… Découragé, Humbert examine le dernier feuillet du parchemin. La réglure est imprécise, le tracé des lettres irrégulier, la ponctuation aléatoire. Un travail grossier de débutant. Mais ce n'est pas le plus grave. Il lui a suffi de parcourir quelques paragraphes pour découvrir les faiblesses de la traduction latine. Les abréviations sont légion, souvent fautives, des mots manquent, le résultat en devient difficilement lisible. L'homme qui se tient face à lui dans la minuscule soupente où il l'a reçu et où il vit, dort, travaille – si mal –, garde la tête baissée, une moue indéfinissable aux lèvres.

Jamais je n'aurais dû lui confier cette tâche, songe Humbert. Comment ai-je pu me montrer si peu judicieux ? Bérard n'est plus que l'ombre de lui-même. L'autre soir, lorsqu'il l'a revu, Humbert était si heureux de le retrouver dans le quartier où il l'avait laissé des années auparavant qu'il a refusé l'évidence. Le corps maigre, les mains osseuses, le cheveu rare… Il n'a voulu y voir que la fatigue des heures passées sur l'écritoire dans cette pièce sans lumière.

Et puis quel autre choix s'offrait à lui ? Il pouvait difficilement s'adresser aux libraires du quartier Saint-Séverin ou de la rue Neuve-Notre-Dame. Trop risqué.

Tous sont inféodés à l'Université, ne reproduisent et diffusent que les ouvrages au programme des études. Parmi eux, il a pourtant conservé des connaissances, sinon des amis. Lorsqu'il étudiait à la Sorbonne, comme beaucoup de jeunes gens désargentés des facultés des arts, ou de boursiers vivotant chichement dans des collèges mal pourvus, il s'est brisé les côtes, endolori les reins pour gagner quelques deniers en copiant à la chaîne des livrets. De quoi s'offrir des ouvrages d'occasion pour ses propres études auprès de ses fournisseurs de copie.

C'est dans ce milieu qu'il a rencontré Bérard. L'homme était l'un des écrivains les plus habiles et les plus instruits de la place. Il avait quitté l'Université, las des débats stériles qu'il y entendait. Ces histoires sans fin autour de l'Eucharistie, se moquait-il. Tu en penses quoi, toi : est-ce une panification du Christ ou une christianisation du pain ? Il semblait surtout avide de profiter de sa jeunesse. Humbert aimait son esprit rebelle, loin de ces suspicions, de ces prétentions auxquelles lui-même se soumettait trop souvent. Il l'avait suivi dans quelques tavernes, souvent aussi dans cette bien nommée rue Tire-Vit où Bérard avait ses habitudes, et finalement non loin de laquelle il s'était installé lorsque sa famille, avertie de ses écarts, lui avait coupé les vivres.

« Jeunesse passe… et je trépasse. »

Un moment, dans le rire aigrelet qui ponctue la blague, Humbert retrouve le compagnon d'autrefois.

« Que t'est-il arrivé ?

– Le vin… les filles. Elles ont tiré toute ma force. Tu verrais ce que j'ai entre les jambes ! Un vermisseau sans plus aucun frétillement. »

Bérard lève ses manches, dévoile des bras constellés de taches cuivrées.

« Et puis il y a ça. J'ai les mêmes sur le crâne, des bourses pleines de liquide. Quand elles crèvent, il reste une cicatrice, les cheveux ne repoussent plus. Parfois j'ai l'impression qu'elles me rongent le cerveau.

– Tu te fais soigner ?

– J'ai consulté un médecin de mes connaissances. Il a déjà vu ces marques sur des soldats revenus de Terre sainte... De Terre sainte, tu imagines ! »

Ce petit rire de nouveau.

« Il ne sait pas ce que c'est. Personne ne le sait. À part que ça finit mal. »

Bérard secoue ses épaules pointues.

« Écoute... Je t'ai fait perdre ton temps et je te prie de m'excuser. Mais j'avais trop besoin d'argent. Et puis, ce texte ! Quelle intelligence, quelle impertinence ! Je ne t'aurais pas imaginé t'exposer pour de tels écrits.

– Je le fais pour un ami.

– Un ami ? Tu n'en avais guère quand nous nous fréquentions. J'aurais voulu t'aider, mais comme tu vois... »

Un silence. Bérard essuie ses yeux chassieux d'un revers de manche.

« Il te faut mieux qu'un copiste, un clerc plus érudit que la moyenne pour le transcrire en latin. Pourquoi ne t'en charges-tu pas toi-même ? Tu étais doué, je me souviens. »

Humbert préfère ne pas répondre. L'autre soupire, laisse retomber la tête sur sa poitrine creuse. Un charognard efflanqué. Le franciscain saisit avec brusquerie le manuscrit posé sur le lutrin, l'enveloppe dans une peau de cuir.

« Tu dois me payer. »

Bérard n'a pas levé la tête. Le menton dans le cou, les yeux sur le ventre, il parle sous lui-même.

« Comment cela ?

– Tu dois me payer. J'ai tout de même travaillé... Et j'ai usé du bon parchemin. »

Humbert lève la main pour qu'il se taise. La peau n'est pas neuve, elle a été grattée, mal grattée, les lettres paraissent en transparence sous les gribouillis de Bérard. Mais il ne supporte pas l'image que lui renvoie l'homme. Alors, il pose sur la table quelques sous pris dans la bourse que lui a confiée frère Jean et quitte brusquement la pièce, le palimpseste fourré avec le livre de Marguerite dans le sac où il le tient serré depuis son départ de Valenciennes.

Que faire ? À qui s'adresser maintenant ? Bérard a raison. Il lui faut un copiste instruit pour ce travail. Mais sa fréquentation de l'Université est trop ancienne. Il ne saurait où chercher, à qui se fier. Il a conscience de ce qu'il risque en cas de dénonciation.

Ironiquement, Marguerite, pour laquelle il se met en danger, est un empêchement à la tâche qu'il doit accomplir. Car depuis son exécution, les temps sont plus que jamais à la suspicion. Pas seulement envers les béguines, les Franciscains eux-mêmes sont menacés.

Les relations de l'ordre mendiant avec le clergé séculier ont toujours été tendues. Jaloux de leurs prérogatives, les prêtres n'ont de cesse de reprocher aux ordres mineurs de détourner les revenus et les âmes de l'Église. Les béguines sont un des objets de leur courroux. À cause d'un idéal apostolique partagé, elles ont permis aux Franciscains d'asseoir leur influence en milieu laïque. Les prêtres accusent les frères de leur administrer certains sacrements et de les inciter à choisir d'être inhumées dans leurs cimetières, détournant les quêtes et les droits de sépulture. Pis, certains laissent à présent entendre que tant de proximité cache certainement des relations coupables.

Les faveurs royales ont longtemps protégé les uns et les autres. Mais à chaque instant ces femmes inclassables, ni épouses ni nonnes, ni totalement contemplatives ni totalement actives, ces femmes mi-chair mi-poisson, peuvent compromettre l'Ordre. Et voilà que la condamnation de Marguerite Porete, suivie de la mise en cause du statut de béguine au concile de Vienne, libère les langues les plus perfides.

C'est pourquoi mon maître a préféré que je ne me charge pas moi-même du manuscrit.

Oui, voilà ce qu'il aurait pu répondre à Bérard. Mais est-ce la vérité ?

Humbert débouche dans l'étroit boyau sur lequel donne le taudis. Il se déplace prudemment. Des jours de pluie glacée ont transformé le sol en un cloaque glissant. Le temps, la tristesse de la lumière l'accablent autant que ce sentiment de culpabilité dont il ne peut se défaire.

Lorsque frère Jean a sorti le manuscrit de dessous sa paillasse, il ne l'a même pas laissé parler. Il a protesté, s'est levé, serait parti s'il n'avait pas eu face à lui un vieil homme décharné, si faible à présent qu'il ne peut plus quitter sa couche et qu'on doit torcher comme un enfant. Son esprit aussi s'amenuise. De plus en plus souvent, il paraît absent. Comme parti profond en lui-même, ou ailleurs, dans un lieu qu'Humbert ne peut imaginer, sans plus aucune envie de communiquer avec le monde sensible.

Cependant, frère Jean n'avait pas oublié son projet. Il possédait peut-être le seul exemplaire encore existant du *Miroir des âmes simples et anéanties.* Marguerite l'avait rédigé en langue vulgaire pour qu'il soit accessible à tous, mais cette langue n'était compréhensible que dans les terres du Nord, d'où il était banni. Le texte risquait de disparaître. En latin, il pourrait être envoyé vers des régions plus accueillantes, des communautés sensibles à son message, qui le conserveraient et le transmettraient.

« Il est trop tôt, frère Jean. C'est risqué.

– Il n'est si tôt, et tu le sais. Il ne me reste plus beaucoup de temps pour accomplir ma promesse.

– Pourquoi tant d'obstination ? L'inquisiteur a menacé quiconque possède ou fait circuler le *Miroir.* Vous savez ce que cela veut dire. Le danger que nous courons.

– Tu ne comprends pas, je le sais. Mais je te supplie de le faire pour moi. Tu seras les jambes que je n'ai plus, les yeux qui me manquent. Je ne peux t'obliger à rien. Accepte seulement si tu penses me le devoir. »

Et bien sûr, Humbert a pensé qu'il le lui devait.

Dans la rue Tire-Vit, une fillette l'interpelle, appuyée à la porte de sa masure. Elle est jeune encore, presque une enfant, les seins serrés dans une robe rouge dont les aiguillettes délacées laissent entrevoir la peau. Mais l'excitation éprouvée il y a quelques jours de se retrouver en ces lieux où sa jeunesse fut ardente s'est dissoute. Il n'est plus celui qu'il fut, autrement qu'en songe.

Il me faut réfléchir, se dit Humbert alors qu'il débouche dans la bruyante artère que la Grande rue Saint-Denis trace à travers la cité. Il doit exister dans la ville d'autres clercs qui accepteront l'ouvrage. Paris est un ventre où tout se digère. Même un manuscrit hérétique. Peut-être devrait-il retourner près de Bérard ? Malgré sa déchéance, l'homme a sans doute conservé des relations dans le milieu des copistes. Il pourrait le guider contre quelques sous supplémentaires. Mais pas maintenant. À l'idée de se retrouver dans la soupente, Humbert sent son corps se révulser.

Il vaut mieux qu'il se concentre sur cette autre demande que lui a faite frère Jean. De moindre importance, mais s'il pouvait au moins lui apporter cette satisfaction ! Il n'y a pas mis beaucoup d'énergie. Depuis son échec au béguinage royal, il a continué de chercher la Rousse avec peu d'entrain et moins encore d'efficacité. Il a visité la petite institution proche du couvent des Cordeliers dont il connaissait la maîtresse. Celle-ci n'a pu l'aider, mais a promis de se renseigner. Il a également frappé à la porte des autres béguinages, plus petits et moins organisés, disséminés dans toute la cité. En vain. Mais il reste toutes ces communautés informelles, ces bonnes femmes qui partagent des maisons ou des rues, où elles s'entraident. Jusque-là, préférant passer ses heures à suivre les enseignements des maîtres franciscains, il s'est contenté d'attendre que l'un ou l'autre de ses contacts reviennent vers lui.

Malgré l'heure tardive, aiguillonné par le sentiment déplaisant de son impuissance, Humbert emprunte, au débouché de la porte Saint-Denis, une venelle sombre qui longe l'enceinte de la cité pour rejoindre sur sa droite la rue Quincampoix et le quartier du textile. Pourquoi pas ? Les béguines sont nombreuses parmi les tisserandes, drapières et autres mercières. Discrètement, il scrute en passant chaque silhouette, s'arrête devant les étals, faussement attentif aux denrées exposées tout en lançant des coups d'œil précis vers l'intérieur des boutiques. Emprunte la rue Aubry-le-Boucher, bute sur l'enclos du cimetière des Innocents, fait demi-tour, arpente la rue Neuve-Saint-Merri, revient sur ses pas. Commence à douter de sa quête. Comment trouver une femme dans cette fourmilière obscure où se pressent et se confondent les ombres ?

La nuit tombe, les cris des vendeurs forcissent, bientôt ils fermeront leurs volets. Humbert s'obstine malgré tout dans le vacarme des appels et la bousculade des badauds pressés de rentrer chez eux, traverse de nouveau la rue Saint-Martin, s'égare, atteint la rue Troussevache.

Est-ce Dieu ou le diable qui guide ses pas ? Il ne le sait pas encore, mais cette fois la chance lui sourira.

8

Au moment même où le franciscain atteint le quartier dans lequel Jeanne du Faut tient boutique, les cloches de Notre-Dame se mettent à sonner les vêpres. C'est le signal pour les fileresses de poser leurs fuseaux, les brodeuses leurs aiguilles. Les samedis et veilles de fêtes, elles terminent leur travail plus tôt que les jours ordinaires où l'hiver les voit encore à la tâche à la nuit tombée. Les merceries serrées des deux côtés d'une chaussée bien entretenue ferment leurs volets. Mais dans la maison de Jeanne du Faut, rien ne suit le cours habituel du temps. La maîtresse se tient, furieuse, au fond de sa boutique, face à une grosse fille qui la regarde les bras ballants, tandis que Béatrice la Grande serre entre les mains un coupon de soie, objet de la querelle.

« Ce n'est pas le fil que je t'ai confié !

– Pour sûr que si ! C'est le même. »

Maheut demeure à l'écart, suffisamment avertie pour savoir de quoi il retourne. Voilà plusieurs fois que Béatrice signale la qualité suspecte des fournitures que lui rapporte Basile, la fileresse de la rue du Four. Le drap livré ce soir, alors qu'il fait trop sombre pour le contrôler autrement qu'à la lampe à huile, semble particulièrement douteux.

La duperie est connue. Un mercier fournit de la soie brute à une ouvrière pour qu'elle en fabrique une pièce de tissu contre salaire. La femme met le fil en gage chez des prêteurs et s'en procure un autre de moindre qualité, qu'elle tisse en espérant que cela ne se voie pas.

Jeanne du Faut reprend le coupon des mains de Béatrice, le presse et le froisse, le roule entre ses paumes comme de la pâte dont on fait une boule avant de l'étaler, le tend finalement à Juliotte qui sort de la cuisine, inquiète du retard que prend la fermeture de la boutique. La muette attrape le tissu du bout des doigts, le rend aussitôt en secouant la tête. Elle ne veut s'en mêler.

« La soie n'est pas si fine, ni souple, s'emporte Jeanne du Faut.

– C'est bien la même, je l'assure !

– Comment peux-tu te prétendre béguine et mentir ? Tu fais honte à chacune d'entre nous ! »

Juliotte a fait un pas en arrière. Elle n'aime pas les querelles, Maheut l'a déjà remarqué. Quand les filles de la maison se chamaillent, elle se contente le plus souvent de tourner les talons. Mais si dame du Faut hausse le ton, elle paraît terrorisée, comme si on l'arrachait brutalement à toutes ces petites tâches qui règlent harmonieusement sa vie pour la précipiter dans le chaos.

La voici perdue. Elle n'ose retourner à la cuisine pour préparer le souper, ni monter dans l'atelier où pourtant il lui faudrait prendre soin de Leonor que les brodeuses oublient souvent dans un coin tant elle est calme. Alors elle s'approche de la fenêtre à vendre que personne ne surveille, commence à ranger les marchandises exposées en choisissant d'abord les petites pièces de peur qu'avec l'obscurité quelque voleur ne s'en empare – aumônières, ceintures, gants et menus objets de toilette brodés, passementerie et rubans ornés de perles.

Maheut la regarde faire un moment puis, s'arrachant à la curiosité qui la porte à suivre l'échange entre Jeanne et Basile, décide de l'aider. Et sans y songer, elle passe la porte pour attraper plus facilement les coupons de moindre qualité rangés sur le bord de l'étal.

Depuis ce jour où Ysabel est venue les avertir qu'un homme la cherchait, elle n'est plus sortie. Sur ordre de Jeanne, elle s'est tenue au fond du magasin. Même lorsque le marchand de Lucques s'est présenté, qu'elle connaît pourtant et avec qui elle a commencé à échanger quelques mots, s'émerveillant de le voir glisser du français à l'italien comme l'archet glisse sur les cordes d'une viole... Elle est demeurée en retrait, inquiète.

Elle a deviné qui était le franciscain dont leur a parlé Ysabel. Un de ces prêcheurs proches des béguines pour lesquelles sa mère avait tourné le dos au monde et à son enfant. Mais le temps a passé. Quinze journées, ponctuées par les tâches de la maison. Giacomo est revenu. Apportant avec lui des orfrois, achetés à un négociant de Flandre. Maheut a quitté la pénombre. Elle s'est approchée pour voir ces splendeurs que toute apprentie mercière – ainsi l'a-t-il appelée – devrait connaître. Les galons de soie quadrillés, diaprés, échiquetés comme un damier, brodés de fils d'or, semés de cabochons, de perles et de saphirs, si lourds qu'ils ne peuvent se coudre qu'à l'encolure de robes de cérémonie. Maheut les a admirés comme il se doit, sans pourtant qu'ils provoquent en elle l'émotion qu'elle lisait dans les yeux de Jeanne. Alors le marchand en a posé un dans sa main et ce fut comme s'il lui donnait les rênes d'un cheval.

Personne ne peut en vouloir à une toute jeune fille, quel que soit son passé, de vouloir l'oublier pour profiter des menus plaisirs du présent. Le franciscain était quelque part dans sa mémoire, mais bientôt elle y pensa plus rarement, reprise surtout par l'inquiétude, comme chacun d'entre nous, au moment de regagner son lit et de sombrer dans le monde ambigu du sommeil. Une seule idée parfois la tourmente. Elle se demande comment sa mère a appris qu'elle vit désormais sous l'habit de béguine et ce qu'elle en pense. Peut-être se dit-elle que sa fille, désormais amendée et suivant sa propre trace, sera plus docile ? Quelle farce !

C'est donc en n'y prenant pas garde, ce samedi, un peu après le début des vêpres, que Maheut sort de la boutique.

À l'intérieur, Jeanne du Faut menace Basile.

« Veux-tu que j'appelle les jurés de ton métier ? Qu'on te bannisse ? »

Les cheveux de Maheut sont serrés mieux que jamais dans l'étoffe qui les cache. Mais Humbert est tout près. Son regard, qui fouille les dernières femmes actives près des commerces, est d'abord attiré par la vigueur du corps sous l'austère robe dont la jeune fille est vêtue. Puis par le geste énergique avec lequel elle attrape les coupons sur l'étal. Dans l'obscurité naissante, la blancheur des mains et des poignets découverts par le mouvement se remarque mieux encore qu'en plein soleil. Enfin Maheut tourne la tête, alertée par le regard qui pèse sur elle. Alors il la reconnaît, tandis qu'elle, brusquement, se souvient de cette haute silhouette toujours en retrait, mais souvent présente, lorsque Marguerite et Jean de Querayn rendaient visite à sa mère en leur château.

9

Agnès n'est pas si sévère qu'on le dit, songe Clémence. Allongée, la jeune fille ferme les yeux tandis que l'autre lui masse doucement le visage et le cou avec une huile odorante. Malgré la contrariété, elle se laisse peu à peu gagner par la répétition du geste qui réchauffe et détend les traits. Elle a mal dormi cette nuit. Et depuis le matin, la migraine enserre de nouveau sa tête. Chaque jour est pire.

« Cela devrait vous faire du bien, murmure Agnès. C'est de l'huile de bourrache à laquelle j'ai mélangé du jus d'aloès et de l'essence de lavande. »

Elle ne dit pas qu'elle a complété le remède, appris d'Ysabel, avec des fleurs de mauve et de sauge finement broyées. L'herboriste renierait peut-être cet ajout, mais puisqu'elle-même emploie parfois de telles efflorescences dans ses cataplasmes pour soulager les maux de tête, Agnès ne voit pas en quoi elles pourraient être nocives. Clémence semble d'ailleurs déjà mieux.

« Vous êtes simplement fatiguée. Je pense que vous devriez rester à vous reposer aujourd'hui. »

La jeune fille esquisse un mouvement nerveux, comme pour refuser, puis retrouve son immobilité. Agnès la connaît bien, elle a compris ce qui la tourmente.

Les deux femmes habitent ensemble depuis plus de six mois déjà. Comme elle était trop jeune pour vivre seule dans une des maisons du béguinage – selon le règlement de l'institution mais aussi la volonté de ses parents –, Clémence a partagé à son arrivée le dortoir de la maison commune avec les filles de son âge. Au début, elle appréciait l'arrangement, retrouvant dans cette ambiance juvénile les jeux et les rires de l'enfance. Mais au milieu de la foule du clos, il lui sembla peu à peu qu'elle et ses compagnes composaient un troupeau indifférencié.

Entre les messes quotidiennes, l'instruction religieuse délivrée par la maîtresse, les tâches qu'elle devait accomplir et que d'autres avaient jusque-là achevées pour elle – prendre soin de son linge et de l'espace où elle dormait –, la petite a fini par s'ennuyer. Elle avait rarement l'occasion de se joindre aux béguines plus âgées et de partager leurs conversations. Elle n'a pas été habituée à de tels empêchements. Quant à Ade, dont la perfection l'a entraînée en ce lieu – comme un roitelet attiré par le soleil –, Clémence ne s'en est guère rapprochée. Lors de son premier cours de latin, la jeune femme a reconnu en elle, grandie, la fille de dame de Crété qu'elle a soignée une année auparavant, l'a saluée avec courtoisie, mais ce fut tout.

Aussi, lorsque Agnès lui a proposé de s'installer avec elle dans la nouvelle maison, plus confortable, qu'elle habite grâce à la rente que lui verse son cousin dominicain, elle s'est empressée d'accepter. Ce qu'Agnès attend de leur cohabitation reste une autre histoire. Mais ce changement de situation n'a pas apporté à la petite la satisfaction qu'elle en espérait, malgré la proximité d'Ade qui demeure presque en face.

« Je ne sais comment vous expliquer, dame Agnès. Je pensais apprendre ici de quoi devenir une femme accomplie. Mais j'ai le sentiment de me montrer stupide, et brouillonne.

– Pourquoi dites-vous cela ?

– Vous avez vu hier, lors de ce souper auquel dame Ysabel a eu la bonté de m'inviter avec vous. J'ai bavardé comme une pie folle.

– Ne vous inquiétez pas, Ysabel a l'habitude des bavardages. Elle-même ne s'en prive pas. »

Clémence, absorbée, ne relève pas la remarque.

« Mais Ade était fâchée… Elle semble peu satisfaite de moi. Durant les leçons, elle ne cesse de me faire des reproches.

– Elle désire seulement vous aider à progresser.

– Elle se montre si froide.

– C'est dans sa nature. On dit qu'elle ne s'est pas remise de la mort de son époux et depuis se garde d'être touchée par d'autre sentiment que l'amour du Christ. Ce qui est louable. Elle n'est proche de personne ici. »

Agnès tend la main vers la fiole qui contient sa préparation. L'huile est d'un beau jaune doré, mais le broyat de fleurs commence à former un dépôt. Elle enduit ses mains, reprend sur le front et les tempes de Clémence son patient mouvement circulaire.

« Vous devriez rendre visite à votre mère, cela vous ferait le plus grand bien.

– Vous accepteriez de m'accompagner ?

– Bien sûr. Mais vous pourriez également inviter dame Ade. Cela lui permettrait de vous voir dans l'univers qui vous est familier et où, j'en suis sûre, vous êtes plus à l'aise qu'ici.

– Quelle bonne idée ! Je pourrais lui montrer les livres de mon père. Je suis sûre qu'ils lui plairont. Il en a toute une bibliothèque, et certains sont très précieux. »

Clémence s'interrompt, ajoute d'un air grave :

« Elle lit tellement. J'aimerais connaître le latin aussi bien qu'elle ! Je suis sûre qu'elle pourrait m'aider. Mais elle me traite comme une élève parmi d'autres.

– Les livres ne sont pas tout, Clémence.

– Je ne sais pas... Il me semble parfois, à la regarder, qu'ils renferment un secret. »

Tandis que la jeune fille s'endort, Agnès descend dans sa cuisine. La pièce est plus petite que l'atelier d'Ysabel, mais le cellier attenant peut contenir de nombreuses fournitures. C'est là qu'officie Agnès. Elle tient à la discrétion vis-à-vis des autres, et bizarrement d'elle-même. Il lui arrive parfois de se demander si l'art de manier les poudres et les onguents ne s'apparente pas à de la sorcellerie. Mais elle en a fini d'espérer, comme cette pauvre Clémence, que sa vie change par le seul truchement de son désir.

Cette admiration béate que la gamine manifeste vis-à-vis d'Ade ! Soumise, comme chacune ici, par la froide beauté de la jeune femme, sa piété et son érudition ostensibles, la distance qu'elle maintient entre elle et les autres, sinon Ysabel dont elle semble faire grand cas. Quand elle pense que, depuis toutes ces années, elle-même n'a jamais été invitée à entrer dans sa demeure. Malgré de timides suggestions dont elle a honte aujourd'hui.

Le deuil, beau prétexte. C'est l'orgueil qui dévore l'âme d'Ade. Et le mépris. Il est facile de mener son existence à sa guise lorsqu'on est la veuve d'un chevalier mort pour la gloire du roi. En cela, Ysabel et elle se sont reconnues, elles appartiennent à la même caste.

L'intendante ne cesse de parler de solidarité. De charité. Mais jamais elle ne laissera oublier à son assistante le déshonneur qui a frappé son foyer. L'appui de Geoffroy ne semble guère l'impressionner malgré la place toujours plus éminente qu'il occupe chez les Dominicains grâce à sa proximité avec l'inquisiteur. Quand Agnès a suggéré de prendre des responsabilités à l'hôpital, Ysabel n'a pas dit non. Elle lui laisse un peu plus de latitude, mais en réalité ne lui abandonne aucune décision d'importance.

Agnès pousse la porte du cellier. Par chance, il n'est pas humide. Une odeur de camphre et d'herbes afflue dans la cuisine. À sentir ces effluves agrestes, énergisants, elle se reprend. La science des plantes est un pouvoir. Elle le voit chaque jour à l'œuvre dans la magnanimité avec laquelle chacune ici traite l'intendante malgré l'âge qui la rend plus lente, moins efficace. Et ce pouvoir est le seul auquel, pour l'instant, elle puisse prétendre.

10

Maheut n'a plus franchi la porte du béguinage depuis ce jour où, grosse, elle est partie sous la conduite d'Ade pour la maison de la soie.

Dame du Faut n'y est, quant à elle, pas venue depuis longtemps. Elle a conservé peu d'amies ici, en dehors d'Ysabel. Son énergie est désormais toute dirigée vers cette petite société qu'elle anime et fait vivre autour de son commerce.

En voyant les deux femmes se présenter, Guillaumette ne les reconnaît pas. Sa vue s'est affaiblie. C'est arrivé peu à peu, une sorte de brouillard s'est glissé entre elle et les autres, les visages sont devenus flous, de loin elle n'identifie plus ses compagnes qu'à leur allure et à leur voix. Sa mère a souffert de la même maladie, elle sait ce qui l'attend. Ysabel aussi qui a renoncé à la soigner.

Lorsque les visiteuses s'approchent et qu'enfin elle distingue leurs traits, la concierge ne reconnaît que Jeanne du Faut. Sous la cape qui la dissimule, comment pourrait-elle imaginer que se trouve la pauvresse aux cheveux orange recueillie à sa porte l'année passée ? Toute à la surprise de voir la mercière et au plaisir de l'embrasser, elle salue l'autre sans y prêter attention. Puis elle envoie la fillette qui l'assiste chercher Ysabel, laquelle après la messe dominicale a dû rejoindre l'hôpital.

À la porte de la vieille béguine, le verrou n'est jamais mis. Mais Jeanne préfère demeurer à l'extérieur malgré la légère bruine qui mouille son vêtement. Des effluves limoneux se mêlent à l'odeur minérale de la pluie sur la pierre. La Seine a gonflé de toutes les averses des dernières semaines, ses flots battent les talus herbeux au ras des berges. Jeanne n'a pas oublié ces hivers quand elle vivait ici où le fleuve débordait jusque dans la cour, engouffrant, sous les portes des maisons, dans les celliers et le puits, une eau lourde de boue et de détritus. Le béguinage est construit tout près de ses rives, dans une ancienne boucle autrefois marécageuse. Mais le lieu a ses avantages. Bien que le clos soit situé sur la censive de l'abbaye de Tiron, le mur d'enceinte contre lequel il s'appuie le met à l'abri de toute autorité, que ce soit de l'Église ou des seigneurs laïques, pour l'inclure dans le domaine royal. Louis a choisi le terrain pour cela, afin d'assurer à l'institution une totale indépendance financière et religieuse. Non seulement elle est exemptée de certaines taxes, mais les femmes qui vivent entre ses murs sont libres de confier leur suivi pastoral aux confesseurs ou aux prêtres qu'elles choisissent.

« Notre bienfaiteur a pensé à tout, sauf à nous fournir de bons balais », disait en riant Ysabel, tandis que, le bas de leur robe remonté dans leur ceinture, les chausses détrempées, toutes deux tentaient de repousser la flaque fangeuse qui s'insinuait dans la cuisine et que les chiffons enfoncés sous la porte n'avaient pas arrêtée.

Malgré l'inquiétude, Jeanne sent son cœur s'adoucir à convoquer ces souvenirs. Elle a passé là de belles heures, dans la paix et dans l'affection de certaines, déchargée des soucis du quotidien. Elle s'y est peu à peu remise de la mort de son époux, habituée à l'idée d'être veuve. Mais elle y a aussi goûté un nectar inattendu et vivifiant.

Il y avait dans le béguinage, dans cette communauté de femmes si peu entravées, une liberté qu'elle n'avait jamais connue avant. Les devoirs d'une femme, dans une demeure bourgeoise, la parfaite tenue de la maison et de la domesticité, l'obligation d'amour et d'obéissance envers le père puis le mari – les deux sentiments étant le plus souvent confondus –, étaient des contraintes qu'elle ne voulait plus supporter. Son autorité s'était jusque-là limitée à son foyer. Le béguinage lui avait donné envie de davantage.

Elle n'a jamais regretté d'être partie. Elle a trouvé dans le métier de la soie de quoi déployer son énergie et son goût de l'initiative. Elle est aujourd'hui l'un des maillons de cette société industrieuse et cosmopolite qui vivifie les cités du royaume, fabrique et vend, importe de nouvelles techniques. Elle entretient des relations avec la noblesse et l'élite de la ville, et même du royaume. La comtesse Mahaut d'Artois, à chacun de ses passages à Paris, la mande en sa demeure avec ses pièces les plus précieuses. La cour de Flandre lui passe commande. Elle est jurée de sa guilde et, depuis peu, appartient, aux côtés des plus éminents merciers de Paris, à la confrérie du Saint-Sépulcre qui entretient plusieurs chapelles au sein de l'église de la Grande rue Saint-Denis et les dote de somptueux vêtements liturgiques.

Est-ce péché d'orgueil de s'en réjouir ? Est-ce vanité de vouloir protéger cette position qui lui permet de faire vivre des dizaines de femmes parmi ses compagnes moins fortunées ?

Jeanne se serre dans son manteau. Le souci la reprend. Son regard se détourne de l'harmonieux ordonnancement des édifices qui composent le clos, désormais brouillé par une fine pluie. À côté d'elle, elle sent le corps de Maheut durci de froid et d'insomnie.

« Entrons nous mettre à l'abri », finit-elle par soupirer.

La petite pousse la porte. Les odeurs du dedans, bois brûlé, herbes amères, remplacent bientôt celles du dehors. Éveillant chez l'une et chez l'autre un bienfaisant sentiment de sécurité.

Ysabel arrive peu après. Lorsqu'elle passe le seuil de la cuisine, elle est livide.

« Leonor ? »

Jeanne s'avance aussitôt, comprenant l'angoisse qui a saisi son amie.

« Elle va bien, ne t'inquiète pas.

– En vous voyant toutes deux… »

Ysabel ne finit pas sa phrase, se laisse aller sur le banc près de la cheminée. Sa robe et son visage sont mouillés, elle n'a pas pris le temps de revêtir son manteau, ses cheveux s'ébouriffent, mal tenus par sa coiffe. Comme souvent elle semble négligée, mais ni Jeanne ni Maheut, contrairement à Agnès, ne la qualifieraient de vieillie. Elle les regarde d'un air interrogateur, aussitôt se relève et se dirige vers son cellier.

« Nous allons boire de quoi nous réconforter, puis vous m'expliquerez ce qui vous amène. »

Il faut peu de temps à Jeanne pour rapporter la situation, tant elle est réticente à entrer dans les détails.

Elle ne sait ce qui domine en elle. La colère, la peur ou le dégoût.

« Ainsi, il est encore à Paris », soupire Ysabel.

Elle a posé sur la table trois gobelets d'une boisson miellée.

« Je ne pensais pas qu'il s'attarderait tant… »

Tournée vers Maheut, elle demande :

« Qu'exige-t-il exactement ? »

La jeune fille ne répond pas. En quelques heures elle est passée de l'incrédulité à l'abattement. Toute la nuit elle s'est accablée de reproches. Pourquoi est-elle sortie ? Juste à ce moment ? Elle revoit l'imposante silhouette qui s'avance vers elle et l'appelle de son nom : « Maheut la Rousse ». Elle recule, les coupons d'étoffe pressés contre son torse, les yeux ancrés dans ceux de l'homme qu'elle vient de reconnaître – deux puits noirs sous l'ombre du capuchon –, bute sur le seuil tandis qu'une petite main l'attrape par le coude. Juliotte qui se porte au-devant d'elle et recule à son tour.

« Quand j'ai vu ce franciscain entrer dans la boutique, j'ai d'abord été étonnée, poursuit Jeanne. Il est rare que des frères s'y présentent. J'ai pensé qu'il cherchait une connaissance… Et c'était le cas. »

« Savez-vous qui vit chez vous ? » a-t-il demandé en désignant Maheut du menton. Il ne parlait pas fort. Mais le ton était sans ambiguïté.

« Il a tenu des propos plus sévères que lors de son passage au béguinage, ajoute la mercière. Il a dénoncé Maheut comme fugitive et l'a dite responsable de l'état de sa mère. »

Piquée au vif, l'autre retrouve enfin sa vigueur et sa voix.

« Guillebert menace de s'en prendre à ma famille. Mon frère lui avait promis de me retrouver, il en a assez d'attendre.

– Je ne comprends pas pourquoi un franciscain se mêle d'une histoire qui relève plutôt du prévôt du roi, remarque Ysabel.

– Frère Humbert est proche de Jean de Querayn, le confesseur de ma mère. Elle lui a demandé de l'aide. Et il a mis en chasse son disciple. »

Le ton est amer.

« Belle conception de la charité !

– Je serais moins impertinente à ta place, la coupe sévèrement Jeanne du Faut. Ta conduite va peut-être amener des hommes à se battre. »

Le silence retombe dans la pièce. Dehors, la pluie frappe les pavés de la cour.

« Il nous a donné deux jours pour réfléchir, reprend Jeanne d'un ton plus mesuré. Il retourne à Valenciennes pour y passer les fêtes de la Nativité et se propose d'emmener Maheut avec lui.

– Sinon…

– Sinon, il la dénonce, et moi avec elle. »

Jeanne n'ajoute rien, mais Ysabel est consciente des risques que court son amie. Que dirait-on si l'on savait que la mercière Jeanne du Faut, de la rue Troussevache, abrite dans sa maison une veuve qui ne l'est pas et un enfant enlevé à son père ? Sa position, ses relations ne la protégeraient pas longtemps du scandale. Certains seraient trop heureux de traîner dans la boue une femme qui, par sa réussite, leur fait de l'ombre. Et d'autres de trouver là matière à dénoncer une nouvelle fois leur communauté.

Je l'ai mise dans cette situation, je dois l'en tirer, pense la vieille béguine. Mais comment ? Si la

Chanevacière était encore de ce monde, elle n'hésiterait pas à lui demander conseil. L'ancienne maîtresse aurait sans doute fait jouer ses relations parmi les Franciscains pour temporiser. La Bricharde cependant n'a ni la compréhension ni l'intelligence pratique de celle qui l'a précédée. C'est avant tout une femme de livres…

Assises face à elle, les visiteuses attendent qu'elle parle enfin. Ysabel connaît la fixité qui dilate les pupilles de Maheut. Une vipère prête à mordre. Jeanne, elle, semble seulement accablée. Alors Ysabel, sans trop savoir où la porteront ses mots, rompt le silence.

« Quand as-tu dit, Jeanne, que le franciscain reviendrait ?

– Dans deux jours.

– Très bien. Lorsqu'il se présentera, envoie-le chez moi. »

Maheut se penche au-dessus du tréteau de bois.

« Qu'allez-vous lui dire ?

– Ne t'inquiète pas, je ne le laisserai pas vous emmener, Leonor et toi. »

Tandis que les deux femmes quittent la maison quelques minutes plus tard, Ysabel se reproche déjà cette promesse hâtive. Frère Humbert, elle l'a compris au premier regard, n'est pas homme à se laisser manœuvrer.

11

Ade se souvient précisément de l'instant où son cœur a basculé. L'enfant avait à peine un jour. La veille, la jeune femme avait assisté, épouvantée, à sa naissance. Incapable, après avoir entendu le premier vagissement déchirer l'air confiné de la chambre et les cris de Maheut s'apaiser, de recevoir le petit paquet de linge qu'on lui tendait.

Et puis on a célébré le baptême, en toute intimité, dans l'église Saint-Eustache. Après l'ablution et l'invocation de la Trinité, Ysabel lui a présenté la fillette pour la seconde fois. Leonor n'avait bronché à aucun moment durant la cérémonie, même au contact de l'eau glaciale. Ade a tendu les bras avec réticence, la petite s'est laissé prendre, elle a versé la tête en arrière. Et durant un long moment, elle a planté dans les yeux de sa marraine son regard de tout petit enfant.

Il n'était pas vague, comme celui d'un être qui s'éveille à la vie, bien au contraire. Il exprimait, sans équivoque, la reconnaissance et la confiance absolue. Le regard d'un nouveau-né pour sa mère. Ensuite seulement, accueillie dans l'Église et dans le monde – toutes créatures, tous mystères confondus –, Leonor a permis à ses paupières de se clore.

Évidemment, Ade a lutté. C'était une illusion, une tentation. Cette petite était celle de Maheut. Son propre enfant avait quitté depuis longtemps le monde des vivants. Un ange parmi les anges. Sa belle-mère le lui avait assuré, elle avait fait ce qu'il fallait. Elle avait pris dans ses bras le corps minuscule de la fillette que le prêtre n'avait pas réussi à ondoyer avant qu'elle rende son dernier souffle, et, guidée par la guérisseuse, l'avait porté dans le sanctuaire à répit du village. Elle l'avait posé sur la pierre froide de l'autel, avait allumé des cierges tout autour et prié durant des heures.

« Sa peau, soudain, a rosi », avait-elle raconté lorsque Ade, après des jours de fièvre, avait pu l'entendre. « Le prêtre l'a baptisée avant qu'à nouveau elle expire. Nous l'avons appelée Marie, en remerciement à la mère du Christ sacrifié. »

Pour la première fois depuis qu'elle la connaissait, sa belle-mère la regardait avec compassion.

Sa fille a un nom, une sépulture dans la chapelle familiale. Elle danse désormais la ronde des élus. Ce n'est pas une de ces âmes tristes errant dans le Limbe où les prêtres assurent que sont reçus les petits sans baptême. À l'abri des tourments de l'enfer mais sans goûter à la félicité du paradis, aveugles, car privés de la vision béatifique, orphelins pour l'éternité car jamais leurs parents ne pourront les retrouver après leur propre mort dans cet entre-deux de l'au-delà.

Leonor a grandi, son visage et son corps se sont affirmés, précisés, comme la glaise sous les doigts du modeleur. Blanche, de la blancheur crémeuse de sa mère. Des taches rousses, discrètes, à l'intérieur des cuisses. Mais la confiance de son regard est demeurée. À quelques semaines à peine, lorsque Ade entrait dans la pièce où elle reposait, la fillette tournait la tête dans sa direction avant même qu'elle fasse entendre sa voix.

Elle avait aussi cette façon particulière de lever les mains vers la jeune femme, les paumes légères et les doigts virevoltants, se mouvant dans l'espace avec grâce comme des objets indépendants de son corps dont elle observerait les merveilles. Un jour, elle avait posé son index sur la joue d'Ade, et c'est comme si elle l'avait bénie.

Jamais elle ne permettra qu'on la lui enlève…

« Asseyez-vous, Ade. Prenez du repos et concentrez vos forces. Nous en aurons besoin. »

Ade cesse sa déambulation, s'installe sur le banc, près du foyer. Ysabel a rempli l'âtre d'un fagot de bois. Il pleuvait lorsque Jeanne et Maheut sont venues ici même il y a deux jours. L'homme qui leur a causé peine et tourment va arriver sous le même ciel hostile.

La vieille béguine jette un regard inquiet vers son amie, mais celle-ci semble s'être calmée. Peut-être est-ce une bonne chose qu'Ade ait insisté pour être présente. Qui sait ce qui pourra en sortir ? Ysabel tire quelques brins de fenouil et d'aneth de la brassée préparée pour l'hôpital, les jette dans le feu, s'assied à côté d'Ade. Les voilà qui attendent en écoutant claquer l'herbe sèche.

Les trois coups de none sonnent lorsque Humbert frappe à la porte. Il entre avec la pluie, les rafales ont détrempé sa cape. S'il est surpris de voir Ade, il n'en montre rien. Regarde à peine autour de lui, reste debout près de l'entrée. Une flaque trouble s'élargit autour de ses pieds.

« Prenez place pour que nous puissions parler plus à l'aise, suggère Ysabel. Et débarrassez-vous de ce manteau avant d'attraper mal. »

L'homme retire le vêtement, le tend à la béguine qui le dispose près du foyer, s'assied à la table. Mais il refuse la boisson qu'elle propose. Ade s'est levée du banc pour s'approcher d'Ysabel.

Toutes deux font désormais face à Humbert.

Le franciscain a les yeux cernés, brillants. Fatigué, peut-être fiévreux, se dit Ysabel. Son visage lui semble plus anguleux encore que la fois précédente. Le nez aquilin, les méplats accusés, les pommettes collées à l'os. Au fumet de laine humide qu'il transporte avec lui se mêle une autre odeur, de transpiration.

Il laisse passer une minute, puis attaque.

« Comme vous le savez, dame Ysabel, puisque vous-même l'avez suggéré, je viens chez vous envoyé par Jeanne du Faut. Elle prétend que vous êtes responsable de Maheut.

– Je l'ai recueillie et soignée. J'en suis responsable.

– Vous devez par conséquent être heureuse que je propose de la ramener à sa famille.

– Qu'en dit son époux ?

– Son époux l'attend depuis longtemps.

– Mais dans quel état d'esprit ?

– Disons qu'il est prêt, si elle lui présente des excuses sincères, à lui pardonner son inconduite. D'autant qu'il est père désormais... Si l'enfant est bien de lui. »

Un léger sourire étire les lèvres du frère... Il se crispe aussitôt.

« Vous vous oubliez ! a réagi Ysabel. Je ne suis pas sûre que Jean de Querayn apprécierait cette réflexion. Vous parlez d'une jeune femme de bonne lignée. »

Humbert recule sur le banc. D'entrée, il a commis une faute. Il venait réclamer le droit, il se retrouve réprimandé comme un gamin. C'est le lieu, cette pièce étouffante dont chaque recoin est encombré de pots, de fioles et de bouquets d'herbes aux odeurs puissantes. Cette vieille femme aux pupilles étranges, qui ne se posent pas à la surface de votre être, mais l'égratignent. Le gêne aussi la présence d'Ade. Elle est demeurée silencieuse durant l'échange, le port droit, les mains pressées sur la table, il peut sentir leur tension à travers le bois.

Le franciscain se reprend.

« Dame Ysabel, pardonnez mon impudence, mais la question n'est pas là, vous le savez. Maheut n'a guère le choix. Elle doit rentrer chez son mari. Il prépare une armée pour attaquer les terres de sa famille.

– Une guerre privée ? Vous savez que le roi les a interdites.

– Nos nobles de province n'en ont que faire. Ils appliquent leur propre droit, qui est soumis à leur honneur.

– L'honneur d'enlever une jeune fille pour la forcer au mariage ?

– Elle n'avait pas à refuser le parti que son frère avait choisi pour elle.

– Le consentement des époux est le fondement du mariage.

– Celui des parents vaut celui de la fille. Et peu importe désormais. Le mariage a été consommé, un enfant en est la preuve. Il est indissoluble. »

Ade suit la conversation dans une sorte de brouillard, avec le sentiment étrange qu'elle a déjà eu lieu dans le passé. Mais c'est elle, alors, non Humbert, qui s'opposait à Ysabel. Elle se sent inutile. Sans force pour lutter contre cet homme ombrageux, même pour défendre Leonor. Qu'a-t-elle donc dans les veines ? Dieu devait savoir son peu de courage. C'est pour cela qu'il lui a enlevé Marie.

Sa pâleur s'accentue. Humbert le remarque, se trouble. Lui-même est épuisé. Il a traîné dans les rues ces derniers jours à la recherche d'un copiste indiqué par Bérard, hanté tavernes et bouges. Mais les indications de son ancien ami ne valent pas mieux que son travail. La veille, il s'est égaré dans le labyrinthe des taudis au-delà de la porte Saint-Denis. Après avoir arpenté impasses et culs-de-sac pouilleux, il n'a pas réussi à rejoindre l'enceinte de la ville avant qu'elle soit close. Il a dit partager la paillasse de tâcherons venus de Bourgogne, sales et souffreteux, dans une auberge glaciale des faubourgs.

« Le rapt est prohibé autant que les guerres privées, poursuit Ysabel. Quoi qu'en pense la noblesse de votre province. Vous pouvez prévenir Guillebert que s'il le faut, nous porterons l'affaire devant le parlement du roi. »

Guillebert, songe Humbert. Ce pourceau obèse avant l'âge qui, son épouse enfuie, engrosse les servantes de son domaine. Lui faut-il donc un franciscain pour défendre ses intérêts ? Et le frère de Maheut qui n'a même pas été capable de la débusquer ! Voilà qu'il se démène pour des nobliaux faits chevaliers alors qu'ils n'en ont ni le courage ni le mérite.

Dans les yeux de son adversaire, Ysabel voit la détermination fléchir. Il ressemble à un soldat ayant, en esprit, quitté le champ de bataille alors qu'il continue de mouliner son arme. Le front est mouillé, les cernes plus creusés qu'à son arrivée.

Elle se lève et d'autorité lui sert un gobelet de vin. Il le vide d'un trait sans paraître y penser. C'est à frère Jean qu'il songe. À sa main qu'il a prise dans les siennes au moment de gagner la capitale. Osseuse, si légère. Les griffes d'un oiseau mort. Il est parti le cœur chahuté, partagé entre la contrariété et l'angoisse de le perdre. Désormais, il a peur de rentrer et de lui annoncer son double échec. Car il sent que la femme n'est pas prête à céder. Que peut-il faire ? Dénoncer une béguine de l'institution royale ? Frère Jean lui en voudrait bien plus que de ne pas revenir avec la Rousse. Non, la seule façon de la faire plier est de menacer Jeanne du Faut.

L'alcool commence à faire son effet. Son corps, glacé depuis la veille, se réchauffe de la gorge au ventre. Sur la table, face à lui, les mains d'Ade sont serrées en un geste de prière. Pourquoi semble-t-elle si atteinte ? Il l'imagine difficilement éprouver une affection profonde pour Maheut. Les mains blanches se desserrent, se déploient de nouveau sur le bois d'un geste un peu saccadé. Il se souvient avec quelle grâce elles tournaient les pages historiées du psautier ce jour où il l'a vue faire classe, avec quelle sûreté, au moment où il quittait la pièce avec la Bricharde, elle avait pris le stylet des mains d'une élève pour corriger un mot sur la tablette de cire.

Ysabel poursuit sa litanie. Mais Humbert ne l'écoute plus. Une idée germe dans son esprit. Il la suit, et l'affine. Oui, il sait ce qu'il faut faire.

12

La malédiction, dit-on, comme l'exorcisme ou les formules de guérison, procède de la répétition. Les mots prennent une vertu opérative dès lors qu'on les prononce et les prononce encore. La grand-mère d'Ysabel avait pour habitude, lorsqu'elle exerçait ses pouvoirs de thérapeute, d'énumérer chacune des parties du corps malade qu'il fallait protéger, de les répéter plusieurs fois et au besoin les détailler. La tête et son front, et ses yeux, et ses sourcils et ses lèvres et son menton… murmurait-elle en appliquant un cataplasme à une migraineuse. Neuf sœurs glandes, huit sœurs glandes, sept sœurs glandes… chantait-elle en accompagnant la décoction servie à une bilieuse d'une arithmétique décroissante pour affaiblir le mal jusqu'à l'extirper.

Sans doute, se dit la vieille béguine en cette fin d'année, quelqu'un a-t-il usé d'une itération de la même espèce pour affaiblir et dépecer le grand corps des ecclésiastiques réunis en concile à Vienne. Cent quatorze prélats mitrés, sans compter les prélats non mitrés et toutes sortes d'émissaires, étaient rassemblés le premier jour d'octobre 1311 dans la grande église de la ville provençale. Le 7 décembre, le cardinal d'Albano décède à Lucques. Le 9 du même mois, le cardinal de

Suizy meurt à son tour. Puis les évêques de Tusculum et de Sabine tombent gravement malades. Une rumeur court à Paris : un prophète a prédit que dix cardinaux passeront avant Pâques, sans compter, a-t-il ajouté, « un que je n'ose nommer », sans aucun doute le pape, affaibli par un mal qui l'a pris au ventre. Chacun a la même pensée. Le maudissement, au-delà des évêques et du pontife, vise Philippe Le Bel qui a forcé le pape à convoquer cette assemblée. Et ceux qui ont usé de leurs sortilèges contre les prélats sont forcément les Templiers.

Au grand béguinage, les nouvelles du concile arrivent au compte-gouttes. La maîtresse, informée par le prieur jacobin, dont les courriers sont presque aussi rapides que ceux du roi, demeure discrète, même vis-à-vis des sages de son conseil. Alors Ysabel, bien à contrecœur, se trouve obligée de recourir à Agnès, laquelle est renseignée par Geoffroy. Son assistante déplore les obstacles qui retardent les projets de Philippe. Mais chaque nouveau délai est pour l'intendante un soulagement.

C'est la seule concession qu'elle ait obtenue d'Humbert : qu'il attende la fin du concile, ce temps périlleux pour le clos, avant d'agir.

Décembre se termine, la neuvaine d'avant Noël aussi, jeûne et prière. Alors que dans les campagnes, les paysans sacrifient les porcs et finissent de battre le grain rentré en gerbes, les béguines s'apprêtent au plus heureux événement de l'année sainte. Le dortoir et les maisons sont décorés de houx et de brassées de verdure, les femmes remisent leurs anciens vêtements pour en porter de nouveaux, la messe de la Nativité célébrée en pleine nuit est suivie d'un copieux festin, éclairé à la lueur généreuse des torches, agrémenté de chants et de quelques pas de danse.

Janvier passe. À Vienne, les affaires continuent de traîner en paroles. Il semble qu'un nombre croissant de prélats manifeste son soutien à l'ordre des Templiers. Hormis les évêques de France, soumis au vouloir du roi ou anticipant son courroux, tous ou presque ont déclaré, lors d'un vote secret, que les frères avaient droit à un nouveau procès et à des défenseurs. Dans la cité rhodanienne, chacun, dit-on, se plaint. Choisie par le pape parce qu'elle est sûre, bien fortifiée, la ville n'a pas les commodités nécessaires pour accueillir un tel afflux de cardinaux, d'évêques, d'abbés, de délégations étrangères, de secrétaires, de serviteurs... La cathédrale où se tiennent les réunions plénières n'est même pas achevée. On se serre, on s'ennuie, on a froid. Qu'importe, il faudra supporter là un long hiver.

Ysabel se rassure. Avec tant d'intérêts divergents, qui peut dire combien de temps le concile restera suspendu ? Il peut durer encore des mois. Mais soudain tout s'accélère. De loin, le roi chasseur a longuement épié, manœuvré, menacé. Désormais, à pas comptés, il s'approche : le 10 février il entre dans Gien, le 24 il se trouve à Cluny, le 29 à Mâcon. Le 9 mars, il s'installe en embuscade à Lyon. L'hallali ne devrait pas tarder. Après avoir envoyé en émissaires ses conseillers, dont le redoutable Guillaume de Nogaret, Le Bel entre dans Vienne le 20 mars, accompagné de ses deux frères, de ses trois fils, des délégués des Ordres du royaume, d'une suite nombreuse de nobles et de puissants, et de dizaines de soldats. Dans les rues étroites, dans le chœur des églises, sous les pentes aiguës des toits, le long des murs sombres et dépareillés de la cité de peu, jusque dans les pentes glacées des collines auxquelles elle s'accroche, les pas des chevaux et les cris des hommes résonnent.

Est-ce un signe ? Ce jour même où Le Bel se fait ouvrir les portes de la cité en maître – ou le lendemain à l'aube, personne ne peut le dire – sans que rien l'ait annoncé, la Bricharde meurt dans son sommeil. C'est sa vieille servante qui la découvre, les mains croisées et le visage calme, racontera-t-elle, dans la position d'une gisante, comme déjà accueillie au royaume du Seigneur. La cloche de la chapelle, qui n'a pu accompagner l'agonie de la maîtresse, annonce sa mort au petit matin, tirant de son glas triste les dormeuses de leur lit.

Les béguines, moins de deux ans après le décès de la Chanevacière, retrouvent le rythme des funérailles. L'allure du monde et celui du clos se dissocient. Les capuches de leurs capes rabattues, portant chacune un long cierge, telles les ombres d'un cortège sorti du temps, les femmes accompagnent la défunte le long de la rive des marchands, traversent la place de Grève, le pont aux Changeurs, passent à l'ombre de la Sainte-Chapelle et du Petit Châtelet, remontent la Grande rue Saint-Jacques pour rejoindre l'église des Jacobins.

Jeanne la Bricharde est inhumée selon ses dernières volontés dans la nef, devant les orgues, aux côtés d'Agnès d'Orchies, une des premières maîtresses de l'institution nommée par Louis IX lui-même. Sur sa pierre tombale, celle-ci est figurée les mains jointes, le visage marqué par l'âge, entourée de six petites silhouettes de béguines portant des psautiers. La dalle qui se prépare pour Jeanne dans l'atelier des sculpteurs rendra de même hommage à sa piété et à sa culture en la montrant munie d'un chapelet et d'un livre, foulant aux pieds le dragon maléfique.

Lorsque le béguinage s'éveille, tout est dit : le 3 avril 1312, dans la cathédrale de Vienne, s'est enfin tenue la session générale qui devait réunir tous les participants du concile, Philippe le Bel assis à la droite du pontife avec à côté de lui son frère Charles et ses barons. L'ordre du Temple est dissous, la croisade promise pour l'année à venir. Mais les décisions concernant la réforme morale de l'Église ont été pour la plupart remises. Et les décrets concernant les béguines ne sont pas publiés.

Pour Ysabel et pour Ade commence alors le temps de l'attente. Chaque jour, elles pensent recevoir le courrier annonçant le retour d'Humbert. Ade tente de calmer son angoisse en rendant dès que possible visite à sa filleule à la maison de la soie. Maheut, mise au courant du marché, ne l'a même pas remerciée. La jeune femme se demande parfois si elle est consciente du sacrifice qu'elle a consenti, du danger auquel elle s'expose. Mais la Rousse a sans doute compris davantage : Leonor seule est la raison de cette abnégation.

Ysabel quant à elle ne cesse de ruminer le moment où la situation s'est renversée. L'humiliation reste cuisante. Elle était tellement sûre d'avoir raison du franciscain ! Elle assenait ses arguments avec toujours plus d'assurance, attendant qu'il se soumette. Et voilà qu'il était sorti de son mutisme pour imposer cet odieux chantage.

« Ade n'est pas copiste, avait protesté Ysabel.

– Sauriez-vous le faire ? » avait demandé Humbert en se tournant vers la jeune femme.

L'autre avait acquiescé d'un hochement de tête.

« Très bien. L'affaire est donc entendue. »

Laisser partir Maheut, c'était perdre Leonor. Plus encore c'était abandonner une jeune fille à qui Ysabel avait promis sa protection. Le franciscain avait raison. L'affrontement était terminé, il l'avait emporté. Il ne dirait rien de la Rousse, mais dès la fin du concile, il rapporterait le manuscrit de Marguerite. Et Ade le traduirait.

Les jours s'écoulent, la lettre n'arrive pas. Ysabel trouve l'apaisement dans son jardin à contempler le grand mouvement du ciel : le soleil qui grimpe et brille puis s'amenuise, tire les plantes de la terre, avant de la laisser dormir ; l'alternance de la sécheresse et de l'humidité ; le tourbillon des vents soufflant depuis les quatre coins de la terre, aqueux ou ténébreux, aériens ou durs comme le tendon d'une cheville ; les phases de la lune, mère de tous les temps, qui croît et décroît, et avec elle le sang dans le corps des créatures vivantes, et leurs autres humeurs, le lait et la moelle des os.

Le cycle reprend. Le duvet frissonnant du printemps cède déjà à la vigueur de l'été. Les pieds plantés dans l'enclos des simples, Ysabel aère de sa houe la terre odorante. Les fleurs de la bourrache se sont épanouies. Au milieu des feuilles drues et ridées, les pétales en étoile brillent d'un bleu étrange qui capte le regard telle la luminescence d'un ver luisant.

Humbert ne vient pas.

Les feuilles vieillies de l'automne commencent à trembler. Les premiers frimas engourdissent la ville.

Humbert n'est toujours pas là.

TROISIÈME PARTIE

De mai 1313 à mai 1315

« En ce temps, les béguines ne chantaient plus,
ni ne lisaient plus. »

Memoriale Historiarum
Jean de Saint-Victor (13.. - vers 1351 ?)

1

Ce matin de mai, Ade s'est éveillée joyeuse. Depuis quelque temps, il suffit d'un éclat de lumière, de la trille d'un oiseau… Ysabel lui dirait que le printemps en est la cause. La douceur de l'air, les édredons et les draps sortis aux fenêtres, les herbes fraîches répandues sur les planchers. Mais la source de son allégresse est plus intime. Il y a une semaine, Leonor, dont le nom si justement choisi signifie « adoucir », lui a fait un présent.

Ade voit la petite chaque semaine. Leonor aura bientôt trois ans. La jeune femme avait imaginé que peu à peu Maheut s'y attacherait, l'appréhendait pour elle-même, mais, pour l'enfant, l'espérait. Ce n'est pas arrivé. La Rousse passe ses journées dans la boutique où elle assiste Béatrice la Grande, y compris pour les ventes, et laisse aux autres le soin de son enfant. Alors Ade continue ses aller-retours entre le béguinage et la maison de la soie.

Leonor ne parle toujours pas, ne grandit pas, ou si lentement. Fluette, le visage mangé par des prunelles qui ont la même couleur que celles de Maheut, vertes, mais d'un vert plus humide, presque liquide, celui des algues sous l'eau qui prend selon le passage du soleil ou des nuages des nuances d'azur ou d'écorce. Leonor est malhabile aussi à se déplacer, demeure la plupart du temps assise sur le plancher de l'atelier. Toute sa grâce et l'intelligence de son corps semblent concentrées dans ses mains, qu'elle continue de promener et faire danser dans l'air, racontant avec elles ces histoires que sa langue se refuse à dire.

Ysabel lui prépare des bouillies stimulantes à base de noix de muscade et de racine d'iris. Elle a confié à Juliotte une fiole remplie d'huile tonifiante dans laquelle ont macéré fleurs de sauge et fenouil. Après chaque bain donné dans le petit cuvier placé près de la cheminée de la cuisine, la muette masse les bras et les jambes de l'enfant. Ils sont fins sous ses doigts, les muscles tendres, pourtant elle ne les sent pas inertes, au contraire, emplis d'énergie.

Parfois, Juliotte se demande si elle n'est pas responsable du silence de Leonor. Des souvenirs qu'elle croyait oubliés lui reviennent. Elle n'a pas toujours été muette, jusqu'à dix ans elle parlait, mais sa langue claudiquait comme le pas d'un boiteux. Elle n'en avait pas la maîtrise, bégayait comme le fait un ivrogne ou un fou, prononçait des mots qui ressemblaient à des insanités. Ce dérèglement, le curé de la paroisse avait tenté de le corriger en lui fourrant dans la bouche des cailloux brûlants. Tandis qu'il la bénissait, elle les avait crachés – mais c'était de douleur, Dieu, quelle douleur ! pas de méchanceté. Ensuite, elle n'avait plus jamais prononcé une parole. Le prêtre était tombé malade, sa gorge avait gonflé, certains ont dit que la bègue l'avait ensorcelé, on l'a jetée hors du village.

Désormais, de ses lèvres et de son souffle, Juliotte tente d'inventer des sons légers et drôles pour amener Leonor à l'imiter. Elle frotte la bouche de l'enfant de sel gemme et de miel. Mais ce remède-là n'a pas plus de pouvoir que les autres. Car Leonor n'est pas malade. Simplement, il faut à un enfant, comme à une plante, un tuteur auquel s'accrocher pour qu'il grandisse.

Voilà une semaine, Ade est venue avec une poupée de chiffon achetée à une mercière dans une rue proche. Le jouet avait de pauvres vêtements, une robe mal coupée dans une toile délavée, mais sa coiffure faisait son charme : on avait cousu sur sa tête des cheveux de laine enroulés en chignon sous un voile.

Comme d'habitude, Leonor s'est retournée quand Ade est entrée dans la pièce. Comme d'habitude, Ade s'est installée dans l'embrasure de la fenêtre et l'a assise en face d'elle. Généralement, après qu'elles ont joué avec des rubans de soie ou une petite dînette d'étain offerte par Ysabel, Ade lit à l'enfant des prières, l'oraison dominicale et le symbole des apôtres, prenant soin de son éducation religieuse comme doit le faire une marraine. Mais cette fois, elle lui a tendu le cadeau enveloppé dans une pièce de tissu. La fillette l'a défait, a installé la poupée sur ses genoux, elle l'a tournée pour regarder les cheveux de laine blondir dans la lumière de la toile verrine, l'a tournée de nouveau, a posé un doigt sur sa joue de chiffon, regardé sa jeune marraine, et elle a dit :

« Ade. »

Lorsque Clémence de Crété se présente à sa porte, la jeune femme a encore sur les lèvres le sourire qui lui est venu au souvenir du petit mot, à peine murmuré, mais parfaitement articulé par l'enfant.

Pour la sortie qu'elles ont prévue ensemble, Clémence a exhumé de sa malle un surcot aux galons brodés de fil d'or et une cape d'un bleu vibrant. Un doute l'effleure en voyant son amie si sage dans son mantel de laine légère, mais elle le balaie d'un geste, attrape Ade sous le bras et l'entraîne. L'autre se laisse faire, réjouie de se dégourdir les jambes aux côtés d'une telle compagne accordée à l'humeur de la saison et de la cité.

Elle ressent de la tendresse pour la jeune fille. Clémence lui semble telle qu'elle-même ne fut jamais. Animée. Enfantine malgré ses seize ans. Aimante aussi, avec tant de naturel qu'il est difficile de lui résister. Ade s'est exaspérée au début de son esprit lent et brouillon. Mais son élève fait de véritables efforts. Elle a proposé de l'aider, il y a quelques mois, pour l'enseignement de la lecture aux plus jeunes, se montre très patiente lorsqu'elle les accompagne dans les difficultés du déchiffrement. En échange, Ade lui accorde des leçons particulières dans son salon. Clémence vient s'y exercer au latin et à l'écriture à la plume. La patience de la jeune fille est mise à rude épreuve, toutes ces heures pour tracer quelques lignes maladroites, la main crispée sur la penne, l'encre bavant sur la peau, mais elle ne renonce pas. Sa mère, qui lui rend régulièrement visite au béguinage et parfois assiste aux leçons, est tout étonnée de la voir s'améliorer ainsi.

« Vous l'avez transformée », a-t-elle confié avec reconnaissance à Ade.

Dame Alice est justement l'objet de cette escapade matinale. Ade, qui n'est pas retournée depuis longtemps à l'hôtel de Crété, se réjouit de la visite, pour le lieu autant que pour l'hôtesse. Les deux compagnes quittent la rue Saint-Jacques-la-Boucherie, longent la forteresse du Grand Châtelet, voici déjà la tour de

Saint-Germain-l'Auxerrois. Elles empruntent le même chemin que celui parcouru il y a trois années par Ade avec Maheut. Mais bien sûr la jeune veuve n'y pense pas. Elle a presque oublié le couple mal assorti qu'elles formaient alors, leur réticence réciproque distraite un moment par le spectacle et les bousculades de la rue, et même cette peur terrible lorsqu'un homme avait arraché le chaperon de Maheut. Tant de choses se sont passées depuis…

« Quel plaisir ! Vous voilà enfin ! »

Dame Alice ressemble à sa fille. Petite et vive, les mêmes rondeurs, mais qui, chez elle, se sont alourdies. Elle accueille les visiteuses à bras ouverts, les embrasse longuement.

« Venez, venez, je vous ai préparé une surprise ! »

Sieur de Crété est absent, en déplacement pour ses affaires. Sans doute est-ce pour cela qu'on les a invitées. Le père de Clémence a consenti à l'entrée de sa fille au béguinage comme on cède à un caprice, mais il trouve à présent qu'elle s'y attarde trop et qu'il est temps pour elle d'entrer dans le monde. Leurs retrouvailles tournent de plus en plus souvent à l'affrontement. Il ne doit pas revenir avant plusieurs semaines, explique dame Alice.

« Tout est devenu compliqué », murmure-t-elle en les conduisant à travers les vastes salles d'apparat jusqu'à la pièce où l'on a préparé leur repas. « Le négoce ne va plus si bien. »

Ade, de nouveau, s'étonne de la magnificence de l'hôtel. Les pièces de réception sont décorées avec raffinement, chacune semblant une vitrine, un concentré des goûts et de la culture de leur hôte. Les murs de la première sont couverts de tableaux et de préceptes peints de couleurs vives ; dans la seconde sont rassemblés des instruments de musique, harpes, vielles, guiternes, psaltérions... La suivante est dédiée aux jeux de dames et d'échecs. Les trois femmes traversent ensuite une pièce d'études où de grandes armoires renferment plusieurs dizaines de volumes aux couvertures d'ivoire et de métal. Des pots diffusent dans l'air des odeurs douces et piquantes d'épices.

« Oh mère ! » s'exclame Clémence avec ravissement, tandis qu'Alice, au lieu de les mener vers son salon, les guide, au fond de la dernière salle, vers un petit escalier à vis dont les marches étroites grimpent jusqu'au dernier étage.

La pièce où l'on a installé le couvert est extraordinaire. Jamais Ade n'en a vu de telle ! Grande, carrée, tendue de tapisseries, mais surtout percée des quatre côtés par de vastes baies vitrées qui ouvrent sur les pinacles dorés de l'hôtel lui-même et, au-delà, sur les toits de la ville, le clocher de Saint-Germain-l'Auxerrois, le donjon du Louvre, son enceinte et ses tours de défense, et enfin le fleuve, large, sombre, dont les bras se réunissent à la pointe de l'île de la Cité pour glisser vers les lourdes vagues de la plaine environnante.

La nourriture se trouve déjà disposée sur la table, suffisamment grande et garnie pour accueillir des hôtes bien plus nombreux qu'elles trois. Chapon rôti, brochet en galantine, vandoises passées dans le verjus, tarte au fromage, flan et rissoles. Un festin. L'air embaume. Ade a faim, soudain. Après y avoir trempé les lèvres, Clémence lui tend son gobelet rempli de vin cuit au miel, puis un morceau de volaille. Leurs mains se croisent, se touchent au-dessus du tranchoir, Ade sent sa tête lui tourner, peu habituée qu'elle est à de telles ripailles. Elle se laisse aller à la gourmandise, le sang et le ventre éveillés par la succulence des mets, la tendre amitié de Clémence, et les flots de lumière qui entrent par les baies, le ciel qu'elle n'a jamais vu si proche depuis qu'elle habite Paris et dont elle se rend compte combien il lui manque.

À la fin du repas, dame Alice entraîne Clémence et Ade. Elles redescendent l'escalier qui mène de la pièce dans le ciel au premier étage puis au rez-de-chaussée, sortent par une petite porte sur le côté de l'hôtel, traversent la cour où se pavane un paon jusqu'à une dépendance. À l'intérieur se trouve une vaste étuve à double pièce, la première équipée d'un foyer et d'un sol sur piliers pour la sudation, la seconde d'un grand cuvier que des servantes terminent de remplir d'eau chaude lorsque les trois femmes entrent.

« Voilà autre chose que nos bains du béguinage », sourit Clémence en laissant tomber ses vêtements sur le sol.

Tandis qu'une servante les ramasse, Alice et Ade se dévêtent à leur tour, glissent dans le bain délicieusement à température, parfumé d'herbes et de pétales. Et tour à tour, durant l'heure qui suit, elles se frottent mutuellement le dos et se lavent les cheveux, Clémence faisant rouler entre ses paumes les nattes blondes de son amie, alourdies et odorantes d'eau de myrte et de rose.

« Quelle belle journée », murmure la petite en se serrant contre Ade au retour.

Oui ce fut une belle journée, songe Ade. Faite de douceur depuis l'aube jusqu'au crépuscule qui déjà s'annonce dans les ombres étirées des pignons et des cheminées.

Et parce qu'elle est heureuse, le corps apaisé et purifié par le bain, elle propose à Clémence de passer par Notre-Dame pour retourner au béguinage.

Sur le parvis, il y a foule et bruit. Plus que d'habitude encore. Excitée, Clémence pince le bras d'Ade à travers son manteau et l'entraîne.

« Regardez ! Le pilori ! »

Une échelle est dressée face à l'église. Un homme y est exposé, la tête et les bras pris dans le carcan. On ne voit pas son visage. Mais sur son crâne luit la tonsure des clercs. Accrochée sous lui, une enseigne marque son infamie : *Fornicateur.* Des hommes et des femmes lui lancent des ordures et de la boue, en l'injuriant. Le cœur d'Ade se serre, elle songe à la honte qui doit pétrifier le frère, se signe et s'apprête à partir, lorsque son regard est accroché par un autre regard, qui la fixe. À quelques pas du pilori, portant la même tonsure que le condamné, l'homme qu'elle pensait ne plus jamais revoir est là.

Comme il y a trois ans, les chemins d'Ade et d'Humbert se croisent sur le parvis de la cathédrale.

2

Jeanne du Faut observe Maheut et ne sait que dire. La petite, qui n'en est plus une, toujours fine comme un jouvenceau, mais une grâce nouvelle dans les hanches et dans le buste, ne fait rien de mal. Elle accomplit, en réalité, le travail qu'on lui a enseigné. Déroule devant le client un orfroi brodé réalisé à sa demande par Ameline. L'homme prend la pièce, la fait glisser entre ses mains, en appréhende la finesse et la régularité.

« Parfait », murmure-t-il.

Le galon est riche, diapré d'or et de fils de soie, cependant souple et léger. Ameline a beau se montrer la plus sotte des ouvrières, ses doigts font des merveilles.

Peut-être, pense dame du Faut, Maheut se tient-elle un peu trop près de l'acheteur. Peut-être l'orfroi glisse-t-il avec un peu trop de complaisance de l'un à l'autre. Mais elle-même apprécie le plaisir, non dénué de gourmandise, de tâter les belles étoffes, que leur matière soit douce ou rugueuse, lisse ou grenue. Et puis Giacomo sait où il se trouve, une maison de béguines, pas le lieu adéquat où faire du charme. S'il cherche une femme, il ne doit pas en manquer qui se laissent capturer par ses prunelles cerclées de bleu, sa belle allure… ou les sous qui gonflent sa bourse. Maheut, avec sa simple robe de drap et le linge blanc qui enserre son front, n'est sans doute pas du genre à séduire l'Italien.

Après avoir longtemps disparu, l'homme se montre à nouveau dans la maison de la soie. Il était reparti dansxgson pays suite à l'affaire des Lombards à la fin de l'année 1311. Les avoirs juifs n'ayant pas suffi, le roi, encore une fois à court de monétaire, s'était attaqué aux banquiers italiens, à leur tour accusés de fragiliser le cours des monnaies et de dévorer le peuple de France par leurs usures. Le cousin de Giacomo n'avait pas attendu que les menaces se précisent, il avait quitté Paris, lassé des confiscations qu'il avait déjà subies à deux reprises les années précédentes. Giacomo l'avait suivi.

Les deux, finalement, sont de retour. Une nouvelle fois Philippe a transigé. Le pays a trop besoin de nous, a plaisanté Giacomo lorsqu'il s'est présenté quelques semaines auparavant. Jeanne sait que les Lombards ont dû payer une amende, mais manifestement cela en valait la peine. Tant que certains achètent, il en faut d'autres pour vendre… et pour prêter de quoi payer ! a ajouté le marchand de Lucques.

Quelques fils gris veinent désormais l'épaisse chevelure de Giacomo. Jeanne ne sait quel âge lui donner, mais ce n'est plus un jeune homme. Elle s'étonne qu'il ne soit pas marié, peut-être l'est-il, il n'en parle pas, demeure secret malgré son entregent. Elle a seulement compris, à quelques mots glissés de sa bouche, que la richesse de sa famille était récente. Sous ses manières courtoises affleure parfois la liberté de ton et d'allure de ceux qui sont affranchis des entraves de toute caste. Cela dit, il se montre toujours prévenant avec les unes et les autres. Mais Maheut semble depuis peu attirer davantage son attention.

Non, songe Jeanne avec un mouvement d'impatience, ce n'est pas une illusion : ils sont trop proches l'un de l'autre. Ils parlent maintenant. Giacomo dit quelques mots dans sa langue, Maheut tente de les répéter. Sa voix si pointue habituellement, et rapide, s'essaie à un rythme balancé. Puis elle éclate de rire et l'Italien avec elle.

Un autre rire fuse au même moment, et des petits cris excités depuis l'étage des brodeuses. Jeanne soupire, sourit malgré elle. La maisonnée sera difficile à tenir dans les jours qui viennent. Elle s'est enfiévrée en même temps que la ville autour d'elle. Édouard II et Isabelle d'Angleterre, fille de Philippe le Bel, sont aux portes de Paris depuis la veille. Ils ont embarqué à Douvres avec tout un aréopage, les comtes de Pembroke et de Richmond, et une suite de plus de deux cents personnes, afin de rendre une visite au souverain qui, ce mois de juin 1313, va faire armer son fils aîné et ses deux frères.

Depuis plus d'une semaine déjà, bateleurs, jongleurs et traîne-pavés affluent. Les bateaux déchargent sur la grève des monceaux de barriques et de paniers frétillant de poissons ; les bouchers abattent les bêtes à tour de bras, des rigoles de sang frais dégoulinent dans les voies où ils officient, près des Halles, et rue Saint-Geneviève, au pied de l'abbaye où l'on ouvre tant de panses que la pente ne suffit plus à évacuer les fluides puants. Et tandis que la ville ogre s'apprête à festoyer, les jeunes filles de la maison coupent et cousent des chutes de tissus pour la fête des métiers qui doit se dérouler une semaine après la Pentecôte. Elles préparent un tableau vivant représentant la Vierge à l'Enfant entourée d'anges.

Soudain, Jeanne sent une présence près d'elle. Juliotte est là, Leonor dans les bras. L'enfant joue avec une couronne de tulle tressé autour d'un serre-tête en métal. Elle la présente à la mercière.

« Merci Leonor », sourit Jeanne en la prenant.

L'enfant ne dit rien. Mais Jeanne a su qu'elle avait prononcé son premier mot voilà quelques jours, le prénom de sa marraine. Les filles de l'atelier lui en ont parlé comme d'un miracle. Peut-être serait-il bon, songe la maîtresse, en admirant la couronne sous le regard concentré de la fillette, qu'elle quitte cette maison où sa mère s'occupe si peu d'elle et s'installe au béguinage. Elle y recevrait une meilleure éducation et sans doute plus d'affection. Mais en même temps qu'elle imagine ce projet, une autre idée, plus appropriée au moment, germe dans son esprit.

Elle pose la couronne sur les boucles sombres de Leonor. Juliotte, qui comprend tout, lui donne l'enfant. Maheut, absorbée par son échange avec Giacomo, n'a rien vu. Elle a repris l'orfroi, l'enroule soigneusement pour pouvoir l'emballer comme on lui a appris à le faire. Jeanne s'approche, fait un pas, encore un autre. Giacomo est le premier à réagir. Il lève la tête, voit la petite couronnée et s'exclame :

« *Bellissima !* »

Maheut reste figée, le visage fermé.

« Oui, elle est belle, n'est-ce pas ? dit Jeanne. Les yeux de sa mère… »

L'Italien ne répond pas, il se contente de sourire. Alors Maheut relève la tête et tend les bras, presse fièrement l'enfant sur son buste, faisant saillir ses seins sous la robe, et plante son regard vert dans les yeux bleus de l'Italien.

« *Bellissima* », dit de nouveau Giacomo.

Depuis la rue, une clameur monte.

« Ils arrivent, ils arrivent !

– Venez », dit-il en attrapant la main de Maheut et celle de Jeanne du Faut.

« Venez ! » crie-t-il encore vers la cuisine et le fond de la boutique, vers les fenêtres de l'atelier.

La rue est un flux qui les entraîne, pas moyen d'y résister. Les badauds, les ouvrières, les merciers et les mercières suivent le même mouvement vers la Grande rue Saint-Denis par laquelle le cortège royal arrive.

Maheut a toujours sa main dans celle de Giacomo. Elle ne la lâche pas malgré la cohue et l'enfant qui pèse dans ses bras. Mais sa coiffe se défait, une mèche s'en échappe, elle la sent rouler sur son front, se libère de l'étreinte de l'Italien pour l'ajuster. Alors il se retourne, fait grimper Leonor sur ses épaules, et sans laisser Maheut cacher sa rousseur, aussi vive et joyeuse que les drapeaux qui battent aux fenêtres, aussi festive que les torches agitées par les spectateurs, que la clameur qui fuse et enfle depuis les portes pavoisées de l'enceinte, ils marchent à grands pas dans la foule.

Essoufflée, furieuse et inquiète, Jeanne les perd des yeux.

3

Le samedi 2 juin, à l'issue de l'impressionnant cortège qui voit trois rois, Philippe de France, Édouard d'Angleterre, Louis de Navarre, leurs familles et leurs suites, traverser Paris jusqu'à Notre-Dame en une débauche de harnachements et de torches brandies en plein jour, un banquet est offert aux invités sur l'île de la Cité, dans le palais nouvellement reconstruit du souverain.

Le lendemain, jour de la Pentecôte, l'assemblée se rend à la cathédrale. Louis de Navarre, comte de Champagne et de Brie, ses frères Philippe et Charles, ainsi que Hugues, duc de Bourgogne, Guy, comte de Blois, et de nombreux autres nobles du royaume, s'avancent dans la grande nef, pour ceindre leur épée de chevalier.

Les jours qui suivent ne sont que festins. Chaque souverain, chaque grand du royaume donne le sien. Le Bel offre aux dames un dîner privé présidé par sa fille et sa belle-fille dans un salon du Louvre. Édouard II, logé avec tous les hôtes anglais dans l'abbaye Saint-Germain, fait dresser des tentes dans les prés au-delà des fossés de l'église aux trois clochers. Des ménestrels venus de toute l'Europe jouent les dernières chansons à la mode, chapons et hanaps de vin épicé sont servis par des valets à cheval. Puis c'est Louis d'Évreux, frère du roi, qui fait construire un pont de bois entre l'île de la Cité et l'île Notre-Dame, et donner un banquet au pied de l'enclos des chanoines, là où les Parisiens ont coutume de venir se détendre et profiter de l'air frais soulevé par le fleuve.

Le 9 juin, on allume des torches dès le matin dans toute la ville. Le peuple, invité à participer à la liesse, danse, ripaille et boit jusqu'à l'aube, abreuvé – ô merveille ! – par des flots de vin coulant d'une fontaine. Ce jour est date particulière : Isabelle d'Angleterre, après son époux et son père, prend à son tour la croix et promet d'accompagner Édouard en Terre sainte.

De tout cela, Ade ne sait rien. N'entend rien. Alors que les brodeuses et les mercières de la rue Troussevache mais aussi les selliers et les lormiers de la rue Saint-Denis, les tisserands du Temple, les fripiers de la paroisse de Saint-Innocent, les attachiers de Saint-Merri, les archers de la porte Saint-Ladre, les billonneurs du Grand et du Petit-Pont, mettent en place des tableaux vivants de la Bible, des pantomimes d'hommes sauvages et des scènes de Renart médecin, elle est assise dans sa chambre, face à son lutrin. À la flamme de sa lampe, elle déchiffre un manuscrit. Levant à peine la tête lorsqu'en fin d'après-midi éclate un orage qui déchire d'éclairs blancs la sombre ville de pierre.

Elle tourne les pages, lit à voix haute, poussée par le texte lui-même qui ne se satisfait pas d'une lecture silencieuse. Peu à peu, dans ses modulations, dans son rythme, s'en glisse un autre : celui de Marguerite, qui l'entraîne et l'enchaîne.

Ade est pourtant entrée dans l'ouvrage avec réticence. Ce *Miroir*, à l'exemple des autres textes du même type, n'est pas une psyché tendue pour qu'on s'y reflète, il propose une image idéale dont le lecteur doit se rapprocher. Mais comment se fier à un livre condamné pour hérésie ?

Les premiers mots l'ont repoussée comme une porte claquée à peine entrouverte. Un avertissement plein de prétention :

Vous qui lirez en ce livre,
Si vous voulez bien l'entendre
Veillez à ce que vous direz
Car il est difficile à comprendre
Il vous faut prendre Humilité.

Suivi d'une mise en garde impudente :

Théologiens et clercs
Vous n'en aurez pas l'entendement
Quelle que soit la subtilité de votre esprit
Si vous n'avancez pas humblement.

Mais déjà, son esprit était en éveil. Sa curiosité attisée. Car cette œuvre devait être bien audacieuse et complexe pour que l'Inquisition la soumette à vingt et un des plus éminents théologiens de l'université parisienne.

Elle a tourné le feuillet, poursuivi son déchiffrement. La voici désormais captive, prise dans le mouvement de ce dialogue entre les entités Raison et Amour autour duquel Marguerite structure sa pensée. Leurs échanges, leurs arguments, leurs affrontements. Le livre se chuchote puis s'envole, alterne les formes et les cadences, entre prose rimée et prose rythmée, dialogues intérieurs et scènes dramatiques, injonctions véhémentes et échappées lyriques. C'est un texte orgueilleux, certes, mais ardent que celui de la béguine de Valenciennes, celui d'une âme assoiffée d'amour qui, en même temps qu'elle écrit, cherche à atteindre la connaissance et la compréhension divine. C'est une composition obscure aussi, usant d'allégories complexes et de nombreux mots à double sens.

Ade lève la main pour passer à la page suivante, tressaille. Encore un éclair. Et tout de suite, le fracas du tonnerre qui ébranle les murs tandis que vacille sa lampe. Il ne fait pas encore nuit, mais elle appelle sa servante pour lui demander plus de lumière, tant l'écriture irrégulière de Marguerite lui demande d'effort. Il y a une étrange contradiction entre la maîtrise de la pensée et l'envolée de la plume dont le tracé semble bousculé par un flot intérieur.

Distraite de sa lecture, Ade se laisse soudain surprendre par un souvenir importun. Frère Humbert penché derrière elle, l'aidant à déchiffrer une phrase sur laquelle elle peine. Sa proximité la gêne. Elle sent dans son dos le frottement de sa robe. Et son odeur, qu'elle connaît pour l'avoir perçue déjà dans la maison d'Ysabel. Chaude, légèrement sucrée, si différente de celle des autres hommes… de celle de son mari, dont le fumet était proche des chevaux qu'il montait et du vin qu'il buvait, fort, un peu acide.

Elle a trouvé le franciscain bien changé lorsqu'elle l'a aperçu sur le parvis de Notre-Dame. Vieilli, le visage dur, mais d'une dureté autre que celle qu'elle lui connaissait. Moins de colère, une sorte de tension. Il l'a saluée d'un signe de tête, simplement, et s'est éloigné.

« Nous ne pensions plus vous voir, après si longtemps. N'est-il pas un peu tard pour réclamer votre dû ? lui a jeté Ysabel lorsqu'il s'est présenté au béguinage.
– Une promesse n'a pas de durée », a-t-il seulement répondu en tendant le livre qu'il cachait sous sa robe. Ysabel n'a rien trouvé à ajouter. Dans les grandes cités, à présent, la vie de chacun semble s'être accélérée. Le rythme des métiers s'impose face à celui de l'Église, les marchands et les prêteurs jonglent avec les échéances pour en tirer bénéfice. Pourtant, aujourd'hui comme hier, le temps n'appartient qu'à Dieu, qui l'étire vers l'infini. Le pèlerin le sait : un engagement pris face au Créateur l'est sans délai. Lorsqu'il entame sa route, il ne se demande pas lorsqu'il reviendra. Louis lui-même a quitté son royaume sept années pour accomplir son vœu de croisade. Quoi qu'il soit arrivé à Humbert durant tout ce temps, il est dans son droit.

« Nous donnerez-vous au moins des nouvelles de la famille de Maheut ? a-t-elle demandé.

– Son frère s'est résolu à céder une partie de ses terres à Guillebert. Mais ce n'est qu'un piètre dédommagement. L'homme voudrait pouvoir assurer sa descendance autrement qu'avec des bâtards. Je doute que l'affaire soit terminée. »

Le franciscain est revenu le surlendemain, et le surlendemain encore. Ade le recevait dans son salon, toujours en présence d'Ysabel. Ils feuilletaient ensemble le manuscrit, il lui expliquait les tournures et les mots picards qu'elle ne comprenait pas, discutait avec elle de passages obscurs afin qu'elle puisse les traduire au mieux.

Ensuite il a disparu quelques jours. Lorsqu'il s'est à nouveau présenté, il apportait plusieurs feuillets vierges de parchemin. De petites dimensions, tels ces ouvrages que l'on transporte en voyage ou que l'on dissimule sur soi. Une peau magnifique, fine et souple, d'une belle couleur crème.

« Votre maître est prêt à y mettre le prix, a commenté Ysabel.

– Mon maître est mort », a répondu Humbert.

Aucune des deux femmes n'a plus rien dit. Ade s'est remise à l'ouvrage, et ses sentiments ont commencé à changer.

Elle n'a pas encore touché au vélin. Elle a emprunté à l'école du béguinage une tablette de cire dans l'intention d'y préparer paragraphe après paragraphe la traduction avant de la reporter à la plume sur le coûteux parchemin. Mais pour passer le *Miroir* en latin, il lui faut d'abord l'entendre, le faire résonner en elle, embrasser son mouvement, parcourir ces sept phases qui, selon son auteure, mènent à l'anéantissement de l'âme, au renoncement à la volonté et à la fusion avec Dieu. Humbert, à qui elle a expliqué son souhait, l'a approuvée : « Cela nous permettra d'éclaircir le texte ensemble avant que je retourne à Valenciennes. »

D'abord une âme, module Ade. *Une âme qui se sauve par la foi et sans les œuvres. Qui n'existe qu'en amour…*

La pluie se déverse désormais à flots sur le toit de la maison, effaçant bruyamment, à ses propres oreilles, les mots qu'elle prononce.

À qui l'on ne puisse rien apprendre, à qui l'on ne puisse rien enlever, ni donner…

L'orage cesse une heure plus tard. La jeune femme a fermé ses yeux brûlés de fatigue. Elle se délasse, le corps appuyé à son siège, la tête renversée, dénoue sa nuque.

Au rez-de-chaussée, quelqu'un frappe au volet. Ade entend une voix juvénile, un petit rire. Clémence. Esquisse un geste d'impatience. La servante gravit l'escalier de son pas pesant, gratte à la porte, l'entrouvre. Ade dit non de la tête, porte la main à son front.

« Dame Ade se repose, entend-elle un instant plus tard.

– Va-t-elle bien ?

– Elle se repose, c'est tout. »

Malgré la pluie, Clémence demeure devant la maison dont la porte s'est refermée sur elle. Elle tient dans ses bras le panier de fruits qu'elle apportait à son amie et qu'elle n'a même pas songé à laisser. À l'étage, à travers la fenêtre, elle distingue la silhouette d'Ade qui vacille dans la lumière de la chandelle. Elle est assise devant son lutrin – Clémence connaît si bien ce salon d'où elle est exclue depuis deux semaines qu'elle peut l'imaginer même les paupières closes – et semble occupée à lire, plutôt qu'à se reposer.

Le cœur de Clémence se serre de tristesse. Et parce qu'elle est encore une enfant, et une enfant qui a toujours obtenu ce qu'elle désirait ou presque, s'y glisse aussi le poison de l'amertume.

4

Jamais été n'a semblé si étrange à Ysabel. Le béguinage immobile dans la canicule qui assiège ses murs. L'atmosphère alourdie des relents nauséabonds venus des tanneries en amont du fleuve, puis soudainement saturée de bouffées sucrées, celles des fleurs et des fruits des jardins. Les soirs voilés par la touffeur poussiéreuse de l'air. Enfin, peu avant le passage vers le jour suivant, le ciel se dégage. L'espace d'une heure, le firmament frissonne d'étoiles. À ce moment seulement, le monde retrouve sa vibration.

La béguine la sent et s'éveille, quitte sa chambre presque chaque nuit. Elle n'a jamais beaucoup dormi, mais avec l'âge trouve le sommeil de plus en plus tardivement. Il lui semble parfois que son corps est gorgé de tant d'énergie qu'il s'empresse de la dispenser avant que la mort ne le saisisse. Elle s'assied sur le banc, près de ses simples, observe les astres comme elle le faisait enfant, affûtant son regard jusqu'à repérer des scintillements discrets, distinguer leur voisinage, les ensembles qu'ils dessinent, les créatures qu'ils font palpiter dans l'obscurité.

Cette nuit de fin juillet, la voici encore à son poste. Trois étoiles plus lumineuses que toutes les autres s'imposent, dessinant un vaste triangle qui enjambe la

Voie lactée. Le monde semble en équilibre sur un fil fragile. Suspendu entre crépuscule et aube. En attente. Comme le béguinage lui-même ?

Car dans le clos, rien ne se passe comme de coutume. Pour la première fois, l'institution n'a pas de véritable maîtresse.

Tout est arrivé de manière silencieuse. Après la mort de Jeanne la Bricharde en plein concile de Vienne, le rituel de succession s'est trouvé bouleversé sans pourtant qu'aucune décision ait été affirmée.

Au moment de la fondation de l'institution, les supérieures étaient recrutées par le roi lui-même. Admiratif de Sainte-Élisabeth à Gand, Louis IX les cherchait dans les Flandres françaises où l'on avait l'expérience de ce type d'établissements et de leur organisation. Mais avec le temps, le clos a pris son autonomie. Désormais, les maîtresses sont choisies par leurs compagnes avec l'approbation des dominicains de la rue Saint-Jacques.

Cette fois, le prieur a pris les devants. Il n'a imposé aucun nom, s'est contenté de demander aux sages du béguinage de bien vouloir nommer la plus ancienne d'entre elles à la tête du clos, en attendant que les décrets de Vienne sur les béguines soient promulgués.

Cela aurait pu être pire, a pensé Ysabel.

Armelle est une femme responsable, sensée, qui a passé ici les vingt dernières années de sa vie. Mais elle n'a pas l'envergure des anciennes maîtresses et souffre du cœur depuis longtemps. Les affaires du clos lui échappent peu à peu. Les Dominicains, soucieux selon leurs dires de protéger les béguines du roi, resserrent leur contrôle. Présents sans l'être, paralysant la nomination d'une femme plus jeune et vigoureuse qui pourrait relayer Armelle. Les mois passant, la chaleur devenant pesante, la vieille femme s'affaiblit, c'en est douloureux pour ses compagnes, angoissant aussi, car dans ce petit monde qu'est le béguinage, la maîtresse incarne l'ordre et la sécurité.

À force de s'attarder en un même point du ciel, le regard d'Ysabel se brouille. Elle baisse les yeux, soupire d'aise à sentir une brise fraîche lui caresser la joue. C'est le souffle annonciateur du petit matin, elle devrait retourner à sa chambre, mais elle se sent si bien. De temps à autre, une ombre rapide, zigzagante, la frôle. Des chauves-souris se sont installées dans une niche sous le clocher de la chapelle. Ysabel ne les craint pas, elle sait qu'elles ont leur place dans son jardin. Comme les araignées, les vers de terre. Toutes les créatures obscures, rampantes, souterraines.

Dans quelques semaines, autour de la Saint-Laurent, le firmament s'animera d'un jaillissement d'étoiles filantes. Elle sera sans doute là, à les regarder. Que peut-elle faire d'autre ? Heureusement, le clos est moins peuplé que d'habitude. De nombreuses béguines sont allées rejoindre leurs familles pour passer les beaux jours dans la fraîcheur des domaines campagnards. Agnès, Dieu merci !, fait partie de celles-là. Son cousin Geoffroy possède une grande demeure en Champagne.

Ysabel secoue la tête, contrariée de ses mauvaises pensées. Mais elle a depuis quelque temps le sentiment d'être prise dans un piège dont elle discerne mal les contours.

Quand Agnès lui a demandé de lui enseigner des rudiments sur l'usage des plantes, elle n'a pas eu le cœur de refuser. La femme l'assiste depuis plusieurs années, faisant preuve d'une efficacité toujours plus grande, la soulageant des problèmes d'organisation et d'approvisionnement, réglant même, grâce à la nouvelle autorité qu'elle semble avoir acquise, les petits conflits qui, régulièrement, éclatent entre les malades. Elle-même avait appris les remèdes auprès de sa grand-mère, un savoir d'une telle sorte ne se conserve pas pour soi. Mais elle aurait préféré une autre élève.

Son assistante manque du premier talent que requiert tout apprentissage, celui des plantes peut-être plus que les autres : la capacité d'observer. Ce qui ne signifie pas regarder et reproduire. Mais longuement, en s'oubliant soi-même, s'imprégner de chaque geste. Ne pas se contenter de noter les ingrédients d'un remède et leur quantité, s'attacher également à la manière de les manipuler, de les mêler avec délicatesse ou vigueur, de les écraser, le pilon roulé ou frappé. Patiemment aussi s'exercer à reconnaître des yeux, du nez et de la pulpe des doigts la qualité intrinsèque des herbes, leur chaleur ou leur humidité, leur force ou leur subtilité, afin de doser plus finement leur association. Agnès demande sans cesse des explications, des précisions. Elle n'a pas compris l'essentiel. Chaque préparation est unique, et dans chacune il faut être capable de mettre une intention.

Et pourtant, avec son peu de compétence, elle prétend désormais soigner. Elle ne le dit pas franchement – encore un talent qui lui manque ! –, mais suggère que l'âge venant, Ysabel aurait besoin de repos et de quelqu'un qui puisse la soulager des patientes les moins atteintes. Elle, qui se montrait si discrète, n'hésite plus à apporter à l'hôpital une fiole de sa composition. Pour les unes et les autres, sans qu'Ysabel l'ait jamais dit, Agnès est désormais l'apprentie de l'herboriste.

Quoi qu'il en soit, son absence est une bénédiction en ce moment. Elle connaît Humbert pour l'avoir rencontré lors de son premier passage au béguinage. Elle ne pourrait manquer de croiser le franciscain lors de ses fréquentes visites chez Ade et risquerait de le reconnaître. Ysabel a laissé entendre à la maîtresse, et à quelques curieuses, que la jeune femme recevait un ami de sa famille venu la préparer au retour à la vie d'épouse. Ade a noué trop peu de liens dans le béguinage pour que quiconque s'en préoccupe. Sauf peut-être Clémence. La petite, qui vit seule avec une servante depuis le départ d'Agnès, paraît anxieuse et tourmentée. C'est encore une enfant, éloignée de sa famille. Peut-être Ade devrait-elle prendre un peu de temps pour elle. Ysabel lui en parlera demain.

Vers l'est, au faîte des maisons qui s'appuient contre l'enceinte de la ville, une lueur monte, efface peu à peu les étoiles.

L'aube est déjà là.

Ysabel soupire. Il faut qu'elle dorme, il ne sert à rien de s'inquiéter. Humbert a prévu de repartir à Valenciennes courant août. Agnès revient en septembre pour la Nativité de la Vierge Marie. Tout, au moins de ce côté, rentrera dans l'ordre.

La vieille béguine se lève, mais avant de rentrer, elle choisit une coupe de terre et l'installe dans le carré le mieux exposé du jardin. Puis elle y dépose un fragment de cristal tenu dans son aumônière. Le soleil devrait bientôt le toucher et lui transmettre sa chaleur. Elle reviendra le chercher à midi pour le mettre à macérer. Imprégnée de la force de la pierre, l'eau redonnera quelque vigueur à Armelle.

5

Sans doute Humbert ressent-il lui aussi l'étrangeté de ces mois d'été, mais il n'en avoue rien à personne, surtout pas à lui-même. Il a fixé le programme de ses semaines avec rigueur et s'y tient avec volonté. Chaque jour, après la messe, ses matinées sont consacrées à l'étude à l'école de théologie des Cordeliers. Il écoute les sermons des maîtres, s'exerce avec eux, recueille leurs conseils et leurs critiques, poursuivant la formation entreprise ici même une année auparavant, dont l'achèvement s'est fait plus pressant depuis la mort de Jean de Querayn. Puis il lit jusqu'à la nuit tombée les prêches consignés dans les volumes de la bibliothèque.

Sauf les mardis et les vendredis où, aux trois coups de none, il traverse Paris pour se présenter au béguinage.

Lorsqu'il arrive cet après-midi-là, veille de la fête de Saint-Jacques-le-Majeur, le salon d'Ade est comme toujours éclairé des nombreuses bougies qu'elle dispose autour de l'écritoire mais aussi dans les niches afin de palier la faible lumière venue du dehors. L'odeur de la pièce est celle de l'encre et de la cire fondue. Comme toujours aussi, au moment d'entrer, Humbert se sent pesant des effluves du dehors, et des siens propres exhalés par son épaisse robe de bure.

Ade est seule. Les premiers temps, Ysabel, prévenue par Guillaumette, accueillait le franciscain et l'accompagnait chez son amie. Désormais, elle semble penser que sa présence n'est pas nécessaire. La voici apprivoisée, a songé Humbert la première fois que la vieille béguine a quitté la pièce pour rejoindre l'hôpital. Mais en réalité n'est-ce pas lui l'apprivoisé ?

Le rituel commence. Ils se saluent, puis se mettent au travail. Sans parler de rien, ni rien se demander. Même pas comment ils vont. Une habitude prise lors de leurs premiers échanges, Ade crispée, Ysabel hostile, et lui... un rustre violant un sanctuaire.

Si le silence demeure, pourtant, le reste a changé. Ce qui importe ne s'entend pas, mais se voit : la rythmique de leurs gestes. Il se tient d'abord loin d'elle, au bout du salon. Elle lit les derniers paragraphes sur lesquels elle a travaillé. Elle a ce timbre doux remarqué le jour où il l'a entendue faire la leçon à l'école, mais son intonation a gagné en mélodie. Humbert écoute les mots venir à lui, fait un pas, puis un autre. Le texte de Marguerite, un flot sur lequel il glisse. Ade le laisse approcher, sans plus de tension. Elle a installé la semaine passée une chaise à côté de la sienne pour qu'il puisse s'y asseoir. Il préfère demeurer debout.

La jeune femme a bien progressé depuis sa précédente visite, déchiffré plusieurs feuillets, noté sur sa tablette les passages qui lui paraissent obscurs.

« *L'Âme est libre,* lit-elle, *tout à fait libre, absolument libre, par ses racines et son tronc et toutes ses branches, pour tous les fruits que portent ses branches.* »

Elle s'interrompt. Le regarde. Reprend, la voix plus étouffée :

« L'Âme ne répond à personne, si elle ne le veut, et s'il n'est de son lignage. Car un homme noble ne daignerait répondre à un vilain s'il le défiait sur un champ de combat, et pour cette raison, si l'on défie cette Âme, on ne la trouve pas, et ses ennemis ne reçoivent d'elle aucune réponse. »

Elle se tait de nouveau. Humbert respecte son silence, lui-même absorbé par ce qu'il vient d'entendre. Il a le sentiment que sa compréhension du texte, qu'il connaissait pourtant déjà pour l'avoir entendu dire par frère Jean et Marguerite elle-même, est renouvelée par la lecture d'Ade, son patient déchiffrement, son appropriation guidée – en est-elle consciente ? – par une empathie qui dépasse la seule intelligence.

Comme d'autres entendus les jours précédents, ces derniers mots l'interrogent. *Ses ennemis ne reçoivent d'elle aucune réponse…* Humbert pense au silence opposé par Marguerite aux hommes qui la pressaient de céder, d'avouer, de parler enfin. À ce visage – bouche fermée, regard enclos sur lui-même – qu'elle présentait au moment où, liée au pieu du bûcher, elle attendait qu'on la brûle vive. Était-ce vraiment de l'obstination comme il le pensait alors ? Ou un dessaisissement si profond d'elle-même, l'aboutissement d'une pensée si subtile qu'il lui était impossible de les partager.

Là où il ne voyait, avec quelque mépris, qu'un mysticisme féminin consumant les sens en prétendant convoquer l'esprit, il découvre peu à peu une réflexion structurée, savante. Malgré les images concrètes que Marguerite utilise et ses formules parfois teintées de littérature courtoise – *Dieu, comme un amant désiré…* –, elle est nourrie de doctrine théologique. L'ancien bachelier reconnaît des thèmes qui font écho aux grands penseurs, Guillaume de Saint-Thierry, Grégoire le Grand,

Hugues de Saint-Victor, Bernard de Clairvaux... La dialectique que la béguine met en place entre amour et raison évoque les disputes universitaires qu'il a lui-même pratiquées à la Sorbonne. Aucun dérèglement des sens, aucun discours pathologique lié à ce désir sensuel que l'on connaît aux femmes.

Son livre est une ascension intellectuelle rigoureuse.

Comment ne l'a-t-il pas discerné avant? Combien peu il a fait confiance à la justesse de son maître! Qu'était-ce? De la jalousie?

Ade l'appelle. Il s'avance encore, s'incline sur son dos, suit avec elle les lignes qu'elle désigne. Sent son cœur et ses pensées s'apaiser. Quelque chose chez cette femme a le don de le calmer. Sa mère elle-même ne savait pas dompter ses élans: colère, frustration, remords. Toujours agité, jamais en paix. Près de la jeune veuve, distante mais sans froideur, la tension qui le noue depuis la mort de frère Jean se défait enfin.

Il aurait dû moins tarder à accomplir sa mission. L'agonie de son maître avait été si longue, si affreuse. Des mois de souffrance. Humbert en était arrivé à espérer que cet homme qu'il avait tant aimé meure. Mais était-ce encore lui? Ses yeux, les derniers temps, ressemblaient à ceux d'un dément. Ses mains s'accrochaient à la barrière fixée au lit pour éviter qu'il s'enfuie comme il le faisait parfois, vacillant, les bras tendus devant lui, tâtant les murs comme pour y trouver le seul appui que pouvait atteindre son esprit perdu. Était-ce la mort qui effrayait le saint homme? Cela n'avait aucun sens. Ou si cela en avait, leur vie à tous était insensée.

À la fin, il ouvrait la bouche comme un oisillon qui tend son bec à sa mère. Bientôt, il n'avait plus mangé.

Humbert lui parlait. Imaginant, peut-être, que sa voix le retiendrait.

Puis son cœur s'était arrêté.

L'automne était venu, pluvieux, les routes étaient peu propices au voyage. Ensuite l'hiver. La tentation de renoncer. Mais bien sûr ce n'était pas envisageable.

Un jour, un hôte de marque, en voyage pour la Flandre, s'était présenté au couvent. Hugo de Novocastro, un des plus grands maîtres de l'université parisienne, attelé depuis des années à un traité consacré à la fin des temps. L'homme portait avec lui la rumeur d'une étrange prophétie, qui bruissait alors dans les couloirs et les salles d'étude des collèges de la capitale. Un mystérieux Columbinus, disait-il, sans doute un franciscain, annonçait l'arrivée imminente de l'Antéchrist.

Depuis des années, mystiques et érudits de tous ordres multipliaient les avertissements sur la fin des temps, distillant dans les esprits un vague sentiment d'effroi, mais Columbinus faisait preuve d'une effrayante précision. Dans le vaste réfectoire sonore où sont discutées les informations qui circulent au gré des visites et des voyages accomplis par les uns et les autres, Humbert avait écouté Hugo rapporter ses savants calculs. Dieu, disait le prophète, avait planifié le monde à partir d'un seul et même motif : le chiffre 7. Les sept jours de la création, les sept planètes, les sept sphères, les sept sacrements… Et, plus important que tout, les sept sceaux du Livre de l'Apocalypse. Chacun correspondait à l'une des Églises d'Asie auxquelles Jésus, dans le texte de saint Jean, adresse ses admonestations : Éphèse, Smyrne, Pergame, Thyatire, Sardes, Philadelphie, Laodicée. Et chaque Église coïncidait avec un âge du monde, d'une durée de deux cents années à partir de l'incarnation. Les hommes, affirmait Columbinus, vivaient à présent la fin de la sixième période, celle de l'église de Philadelphie, exposée aux grands dangers et malheurs qui annoncent l'arrivée de l'Antéchrist, lequel, accompagné de Gog et Magog, sortirait des abîmes en 1316 pour régner sur le monde.

Humbert avait toujours éprouvé une certaine jubilation à jouer avec les computs eschatologiques. Plus d'une fois, à la suite des franciscains Joachim de Flore ou Pierre de Jean Olivi, il s'était plongé avec frère Jean dans des spéculations infinies. Triturant les nombres, dont chacun sait qu'ils sont empreints d'une force secrète. Manipulant les chiffres – ceux pairs, divisibles et imparfaits, qui renvoient au monde terrestre et aux hommes; ceux impairs, incorruptibles, qui expriment l'éternité et Dieu lui-même. Explorant toutes les combinaisons où se joue l'union de l'âme et du corps, du mortel et de l'immortel.

Mais alors il n'avait eu qu'une pensée. Il s'était souvenu de l'homme condamné aux côtés de Marguerite Porete sur la place de Grève. Ce frère qui se nommait lui-même « l'ange de Philadelphie » et prétendait la défendre, mais qui au moment du supplice l'avait abandonnée. Quelques jours plus tard, il avait décidé de retourner à Paris.

« *Cette âme est souverainement noble dans le malheur* », poursuit la lectrice.

Des pas heurtent l'escalier. Humbert se redresse. Ade relève la tête. Ysabel entre, et son visage rougi par le grand air, la vigueur de son corps, dissipent à la fois les souvenirs d'Humbert et la douceur du moment.

La vieille béguine reste jusqu'à ce que la nuit s'annonce. Alors que le franciscain s'apprête à partir, quelqu'un frappe au rez-de-chaussée. La servante d'Ade ouvre. Tous trois entendent une voix aiguë, paniquée.

« Dame Ysabel est-elle là ? »

Murmure de la servante, qui proteste. Mais la visiteuse est entrée, elle insiste.

« Dame du Faut la demande. Il faut qu'elle vienne. Tout de suite ! Juliotte a disparu ! »

6

Trois jours durant, on cherche la muette.

Le matin de sa disparition, elle a quitté la boutique alors que ses compagnes s'éveillaient à peine. Jeanne du Faut lui avait donné la permission de se rendre aux commerces des Halles afin de préparer un repas de fête pour la Saint-Jacques. Juliotte semble accorder une dévotion singulière au patron des pèlerins, personne ne sait pourquoi. Mais que sait-on vraiment d'elle qui pourtant prend soin de chacune ?

À tierce, Jeanne ne la voyant pas revenir s'est inquiétée. À sexte, Juliotte n'était toujours pas là. Les unes et les autres ont commencé à craindre un accident. Le quartier des Halles est encombré de chariots et de portefaix, il ne se passe pas un jour sans qu'un passant soit blessé par une charge ou une bête de trait. Les filles de la maison, puis les fileresses et les brodeuses employées à façon par la mercière sont parties deux par deux à sa recherche. D'abord dans les rues environnantes, ensuite de plus en plus loin.

Très vite la nouvelle s'est répandue dans le quartier. Des artisans ont envoyé leurs apprentis et leurs compagnons pour prêter main-forte. Giacomo, averti par la rumeur, a dépêché ses serviteurs. Marie Osanne elle-même s'est rendue avec une vendeuse vers le marché aux poissons où Juliotte a ses habitudes. Mais pointe Saint-Eustache, personne ne l'avait remarquée. Ni aux Halles, ni près de la criée. Interrogées, les vendeuses de harengs ont déclaré n'avoir aucun souvenir de la muette. Tant de gens circulent dans le quartier ! Au soir, un commis a rapporté qu'une petite béguine avait été aperçue portant des fleurs à l'église Saint-Jacques-la-Boucherie. Ce pourrait être elle, a pensé Jeanne. Deux gaillards ont accompagné le commis, ils ont fait le tour de l'édifice et des venelles alentour. Sans succès.

La nuit est tombée. On a alerté le guet. Ysabel est arrivée, Marie Osanne revenue.

Cette nuit-là personne ne dort.

Les sergents sont avertis le lendemain. Mais rien ne se passe. Ou plutôt, tout se passe comme Jeanne du Faut aurait dû l'imaginer.

« Vous l'avez laissée sortir seule ? lui demande-t-on. Une fille de cet âge ? »

« Et comment était-elle vêtue ? »

« Quelle est son attitude habituelle ? »

« Avait-elle tendance à provoquer les passants ? »

On parle de Juliotte comme on parlerait d'une ribaude.

Ce jour se termine, puis un autre. Certains des voisins poursuivent les rondes, d'autres abandonnent. Giacomo a contacté des échevins en dette avec son cousin pour qu'ils pressent la prévôté d'activer les recherches. Le marchand vient chaque matin prendre des nouvelles. La boutique est restée ouverte. Tandis que Jeanne demeure dans son salon, Maheut reçoit les clients, plie et déplie les pièces de tissus, range les étagères, essuie la poussière, lave les traces que laissent les semelles sur le parquet. Tout sera propre, en ordre, pour le retour de Juliotte.

La troisième nuit, la chaleur accumulée au-dessus de la ville se met à vibrer. L'orage éclate enfin, les éclairs comme des lames, le tonnerre comme un galop. Au matin du quatrième jour, un samedi, une femme se présente à la boutique. C'est une crépinière de la rue de Beaubourg, qui demande Jeanne. La maîtresse l'écoute, pâlit, s'assied, fait chercher Marie Osanne.

Toutes deux, vêtues de lourdes capes malgré la chaleur, se dirigent vers l'église Saint-Gervais. Au pied de l'orme de justice où l'on dépose les cadavres d'inconnus, gardé par un sergent, Jeanne reconnaît immédiatement le corps de Juliotte.

Lorsque Ysabel arrive à la maison de la soie peu avant sexte, avertie par Béatrice la Grande, elle porte avec elle les herbes dont elle parfume la chambre des morts.

Juliotte repose sur la couche de Jeanne du Faut. Si petite, maigrelette, les seins minuscules, pourtant déjà effondrés sur les côtes, la toison clairsemée. On l'a battue, souillée de toutes sortes de manières, jetée dans un trou où l'a trouvée un sergent. Debout au chevet du lit, Jeanne tend un bassin dans lequel Ysabel trempe le linge avec lequel elle lave le cadavre.

Marie Osanne est présente, elle aussi. Ainsi qu'Ade. Les jeunes filles de la maison n'entreront que lorsque Juliotte aura recouvré sa dignité. Maheut, malgré son statut de femme et de mère, a été écartée. Elle a pour consigne de demeurer dans la soupente près de sa fille. Pourtant elle n'y est pas.

Au rez-de-chaussée, la porte de la boutique est restée entrouverte pour les voisins venus porter leur soutien et partager la tristesse de la maison. Le bruit de leurs voix étouffées se glisse à travers le parquet de la chambre. Les volets sont fermés, la chaleur est lourde, le corps exhale déjà des odeurs de charogne.

Malgré l'attention qu'elle porte à sa tâche, Ysabel est la première à la voir. L'enfant s'est glissée sans bruit dans la chambre. Ses yeux sont fixes comme si elle marchait en dormant, ils brillent intensément, mais elle ne pleure pas. Ade la remarque à son tour, fait un pas, les bras déjà tendus. Ysabel l'arrête. Leonor s'avance jusqu'au lit, prend la main gauche de Juliotte entre les siennes, défait les doigts raidis, les pose sur sa joue, ferme les yeux.

À l'étage du dessous, dans la boutique où elle s'est réfugiée, loin de cette chambre où Juliotte ne dormira plus, Maheut aussi a fermé les yeux. Tout au fond de la pièce, à l'abri des regards, elle appuie son front contre la poitrine de Giacomo. Il a glissé ses bras autour d'elle, elle voudrait pleurer, elle n'y parvient pas, elle sent seulement son cœur battre trop fort à ses oreilles.

7

La mort de Juliotte est comme un de ces repères que l'on pose sur son chemin pour ne pas se perdre. Une branche cassée au pied d'un tronc, quelques pierres empilées l'une sur l'autre, un rocher que l'on remarque parce qu'il présente un profil de bête... On s'égare, on vacille au bord d'un précipice, on se demande comment on est arrivé là, on se retourne. Et voilà le repère.

Plus tard, lorsqu'elles raconteront l'histoire, certaines diront que son meurtre fut le premier signe, celui qui annonçait les catastrophes à venir. Mais elles seront dans l'erreur, à cause de l'étroitesse de leur regard, ou de la tendresse de leur cœur.

Avant Juliotte – brindille écrasée au bord du chemin –, tant d'autres indices, tant d'autres jalons... Les bûchers dressés pour les Templiers près de la porte Saint-Antoine. Le piètre clerc de la Sorbonne venu prêcher mortification et retrait du monde dans la chapelle du béguinage. Les chasses de Le Bel. L'expulsion des Juifs et des Lombards. Le ciel coloré de rouge et de safran le dernier jour de janvier 1309. La coiffe de Maheut arrachée par un inconnu comme le supplice de Marguerite. Mais tout autant, la faillite du trésor royal et la ruine des féodaux, la monnaie dévaluée, les pièces noires. Des événements de nature différente, mais tous pertinents.

En comptable attentive des causalités et des contingences, Ysabel sait cela : quelle que soit la petitesse de chacune de nos vies, elles relèvent toutes d'un vaste ensemble, les mouvements et les troubles de l'âme dépendent de ceux du monde, la violence ne s'arrête pas à ceux qu'elle vise, elle rebondit comme un caillou sur l'eau dure et frappe, frappe encore, les peurs collectives s'amplifient des bassesses individuelles, les grandes ambitions se conjuguent aux plus médiocres. Juliotte est morte, enterrée, l'enquête n'a rien donné. A-t-elle été choisie parce qu'elle était béguine, ou simplement parce qu'elle était femme ? Peu importe. Son destin s'inscrit dans tout ce qui a précédé et dans tout ce qui suivra.

Le franciscain semble à l'étroit dans le salon de Jeanne du Faut. Demeuré debout, comme souvent, il se tient les épaules courbées.

« Que se passe-t-il ? » demande-t-il.

Ysabel aimerait qu'il s'asseye, elle a le cou endolori, il l'oblige à lever la tête pour lui parler.

« Frère Humbert, je suis navrée, nous ne pouvons plus vous recevoir au béguinage.

– Cela, je l'ai compris, mais pour quelle raison ? »

Le ton est impatient, l'homme contrarié, Ysabel le devine, d'avoir été renvoyé et contraint de venir jusqu'à la maison de la soie. Mais tout est allé si vite ! Au moins Guillaumette a-t-elle pu lui passer le message.

« Le prieur dominicain est attendu cet après-midi dans le clos.

– En quoi cela me concerne-t-il ?

– Je ne voudrais pas qu'il soit informé de votre présence régulière.

– Pourquoi ? Ne pouvez-vous pas me présenter à lui comme à dame Armelle ?

– Le prieur sera peut-être moins compréhensif... ou moins naïf. »

Le franciscain fronce les sourcils. Proteste.

« Je ne vois pas en quoi sa visite m'interdit de revenir un autre jour ! Nous avons presque terminé. Il nous suffit d'une fois ou deux encore. »

Humbert tourne les yeux vers la banquette où Ade se tient, attentive.

« Nous n'en avons plus pour longtemps, n'est-ce pas ? insiste-t-il.

– Non, c'est vrai », murmure la jeune femme.

Pourquoi cette obstination ? s'interroge Ysabel. Il reconnaît lui-même avoir quasiment achevé sa tâche. Elle laisse passer un instant et poursuit comme si elle n'avait pas entendu.

« Le jacobin ne se présente pas par courtoisie. Il a demandé à rencontrer la maîtresse afin de donner de nouvelles consignes. Et son secrétaire doit inspecter nos registres. Le contrôle se resserre sur le béguinage. Vous ne voudriez pas mettre dame Ade en danger ? »

La silhouette gracile assise près de la fenêtre reste silencieuse. Humbert détourne le regard.

À ce moment, quelqu'un tapote à la porte. Ade se lève, elle a deviné qui se trouve là. Humbert voit entrer une toute petite fille. Elle esquisse une révérence, prend la main de sa marraine, toutes deux retournent sur la banquette.

« C'est la fille de Maheut, explique Ysabel. Leonor. »

La petite est appuyée contre la copiste. Humbert distingue mal leurs visages, à cause du contre-jour, mais il lui a suffi de voir la jeune femme se pencher vers l'enfant tout à l'heure. Il connaît à présent la tendresse de son sourire.

« Croyez bien que je suis navrée si vous vous sentez insulté. »

La voix d'Ysabel tire le franciscain de sa contemplation.

« Non, vous avez sans doute raison, mes visites deviennent imprudentes. L'intervention du prieur dominicain ne fait que confirmer les rumeurs.

– Que voulez-vous dire ?

– Selon un frère venu d'Avignon, le pape prépare la publication des décrets de Vienne contre les béguines. Le souverain pontife est souffrant, un mal lui ronge les intestins, mais il semble déterminé à lutter contre ceux qui veulent introduire le Libre-Esprit dans l'Église. Les Dominicains sont sans doute avertis de ses projets.

– Devons-nous nous inquiéter ?

– Je ne sais que vous répondre, personne n'a le détail des textes. Le pape, apparemment, n'était pas satisfait des décisions initiales, il a fait détruire les premières copies et opérer de substantielles modifications. On dit néanmoins que le statut de béguine risque d'être aboli. »

Humbert hésite.

« Tout reste confus, pour l'instant contradictoire. Mais Marguerite Porete ou tout au moins son livre ont fait parler d'eux.

– De quelle manière ?

– Plusieurs théologiens parisiens qui ont contribué à sa condamnation il y a trois ans faisaient partie des commissions réunies à Vienne. Ils ont utilisé des phrases extraites du *Miroir* pour incriminer l'ensemble des béguines. Cette idée, notamment, que l'âme parfaite donne congé aux vertus. »

La dernière phrase sonne étrangement dans la pièce où parviennent les rires et les voix des filles de la maison, tous les sons d'une activité simple et quotidienne. Les spéculations mystiques, qu'il a partagées ces dernières semaines avec Ade, n'ont guère leur place ici. Le franciscain se lève, pour secouer le malaise qui le gagne.

« Depuis quand savez-vous cela ? demande Ysabel.

– Je l'ai appris quelques jours après la mort de cette petite… Juliotte. Je n'ai pas voulu en parler à ce moment-là, vous aviez d'autres préoccupations. J'attendais de voir comment tournerait l'affaire. Elle a déjà connu tellement de délais.

– Et vous avez néanmoins insisté pour revenir au béguinage ?

– Je vous l'ai dit, j'attendais de voir comment les choses évolueraient. »

L'explication lui semble pitoyable, mais Humbert ne veut pas, pour l'instant, analyser les véritables raisons de son entêtement.

« Vous le voyez à présent, réplique sèchement Ysabel. Que comptez-vous faire ? Nous obliger à conserver le livre dans le clos ? »

Il secoue la tête.

« Je ne sais pas. Je me rends compte des périls auxquels je vous expose. Mais j'ai fait une promesse, et vous de même. »

Il s'interrompt. Pense à frère Jean. À ce qu'il aurait voulu. Tourné vers Ade, il ajoute alors la seule phrase qui lui paraisse juste :

« Je ne me servirai pas de Maheut, ni de sa fille, pour vous obliger à poursuivre. C'est à vous de décider désormais. »

8

La fièvre qui, au matin, s'est apaisée, s'élève à nouveau. Ade étouffe, elle a mal, les os comme broyés par le duvet léger dont on l'a couverte, la peau blessée par sa chemise de coton.

Quelqu'un se tient à son chevet, elle sent sa présence. Ouvre les yeux, tente de s'extraire du monde confus où son esprit se perd. Depuis combien de temps est-elle ainsi prostrée ? Elle tourne la tête. Éprouve une sensation de bien-être. On pose un linge mouillé sur son front. Ysabel ?

Ysabel l'a soignée. Oui, elle se souvient… La vieille béguine l'accueille avec un regard inquiet. C'est ce jour où elle est revenue au béguinage… Elle porte un mantel fourré de gris, mais elle est glacée. Toute cette froidure sur les terres de Champagne, la glaise nue des champs, emprise dans le givre. Les hautes salles du château, que l'on ne peut chauffer, les tentures soulevées par l'air qui s'insinue par les fenêtres disjointes et glisse au ras du sol. La chapelle. Les pierres luisent de gel. Les chandelles vacillent. On dépose le défunt dans le caveau familial. Héloïse presse son corps contre le sien, elles tremblent ensemble.

C'est là-bas qu'Ade est tombée malade. La mort de son frère, il y a cinq mois, a été brutale, il était parti chasser un matin de novembre et n'était pas revenu. Tombé de son cheval, le crâne fracassé. Sa belle-sœur, qui venait de donner naissance à leur second enfant, était perdue. Ade est demeurée près d'elle plusieurs semaines, alors qu'elle n'aspirait qu'à rentrer au béguinage. Elle aurait dû attendre avant de se lancer sur les routes en plein mois de février. Son frère décédé, elle était libre de choisir sa vie, elle avait pourtant le sentiment de se retrouver piégée dans le château de sa famille.

Le linge glisse sur ses joues, déjà moins frais.

Ces affreux souvenirs qui l'ont submergée durant son séjour ! Elle était allée prier sur la tombe de Marie, sa toute petite, morte sans qu'elle l'ait jamais vue, et sur celle de son mari. Le visage du gisant sculpté dans la pierre, les épaules larges sous le plissé de la robe, l'épée qui bat le flanc… Son bel époux. Mais rien n'était plus comme il se devait.

Comment est-ce possible ? Devant la tombe de sa fille, elle a pleuré. Mais devant celle de son époux, elle n'a ressenti qu'amertume.

Ade gémit.

Une porte grince mais c'est dans le passé. Une voix, des voix de femmes. Différentes. Puis une qui efface les autres. Un rire, toujours le même. Des visages flottent devant ses yeux fermés. Son mari – il la regarde avec mépris. Humbert, soudain, la bouche fâchée. Et celle-là encore, si brune, on dirait une Maure qui roucoule et se moque.

« Ade, murmure une voix douce, ne vous agitez pas tant, essayez de vous reposer. »

Clémence retire le linge, le rince dans le bassin. Elle le serre, le pose de nouveau sur le front de son amie, caresse sa joue, prend sa main, s'inquiète. La fièvre devrait tomber, Ysabel l'a dit, c'est seulement un de ces accès qui prend la patiente quand la nuit tombe… Mais Ade semble si mal.

La jeune fille se penche, approche son visage. Les lèvres d'Ade sont craquelées comme un vieux parchemin. Elle sent son haleine aigre, elle la respire, oublieuse des conseils d'Ysabel qui lui a recommandé de se tenir loin du souffle corrompu, mais l'autre gémit encore et tourne la tête.

Clémence se sent lasse, voilà des nuits qu'elle dort mal, des jours qu'elle sort à peine de la chambre. Ce matin, Ysabel a recommandé une nouvelle fois que l'on transporte Ade à l'hôpital, mais une nouvelle fois la petite a refusé. Agnès, toujours bienveillante, la soutient. Et sa mère, impressionnée par la force de son amitié, fière de l'engagement de cette enfant longtemps capricieuse, passe souvent lui porter assistance. Clémence ne l'avouerait à personne, sans doute pas à elle-même, la maladie lui a enfin permis de se rapprocher de son amie. Elle avait pensé la perdre l'été dernier, croyant d'abord le mensonge qu'on lui disait : Ade préparait son retour dans le monde. Mais plusieurs fois, à travers la fenêtre, elle avait surpris son amie assise à son écritoire, ce franciscain à ses côtés. Un jour, dans le passage, elle avait croisé l'homme, discerné son visage. Et compris qu'autre chose se jouait.

Après la disparition du frère, les leçons particulières avaient repris, mais elles étaient espacées. Ade semblait préoccupée, fatiguée. Clémence la guettait le matin lorsqu'elle se rendait à l'office, l'accompagnait quand elle rentrait à pas pressés de la chapelle, le soir elle guettait parfois son profil, toujours penché sur la table de travail. Elle aurait aimé pouvoir l'aider. Mais Ade ne se confiait jamais, même dans les moments où elle l'accueillait dans l'intimité de son salon. Elle la traitait avec sérieux, guidait sa lecture et sa plume avec précision, ne partageait cependant avec elle que la surface des choses. Ce fameux secret, dont un jour Clémence avait parlé à Agnès, lui restait inaccessible.

Et puis il y eut cette longue absence après la mort de son frère.

Ade enfin se calme, le souffle est plus régulier, les prunelles cessent de rouler sous les paupières. Elle a tant maigri, pense Clémence, lorsqu'elle sera guérie, je lui interdirai de passer toutes ces heures à écrire.

La jeune fille se lève, raidie d'être demeurée longtemps courbée. Se dit qu'il est temps de se reposer sur la paillasse disposée pour elle dans la chambre. Lisse de la main l'édredon qui couvre sa compagne. Mais la nuit est propice aux peurs et aux fantômes. Alors elle repense, bien sûr, au franciscain qui l'a éloignée de son amie. Puis, parce qu'elle se tranquillise sur le sort d'Ade dont les crises s'espacent, mais craint d'être chassée de sa chambre lorsqu'elle sera guérie, parce que la fatigue libère les impulsions, elle fait ce qu'elle n'a pas osé jusque-là.

Le salon est sombre et froid. On n'y a pas allumé de feu depuis des jours. Clémence protège de la main la flamme de sa chandelle, contourne le lutrin, la table de travail, se glisse derrière la cheminée… Le coffre est caché tout au fond de la pièce, dans une encoignure. Elle retire l'étoffe qui le protège, soulève le lourd couvercle de chêne, cherche à deviner ce qui se trouve à l'intérieur. Une tablette de cire, couverte de l'écriture régulière d'Ade. Dessous, deux paquets enserrés dans de grandes pièces de tissus. Elle glisse les doigts, défait les nœuds, elle ne devrait pas, mais ne peut s'arrêter.

Le premier manuscrit est grossier, la couverture n'est qu'une enveloppe de parchemin doublée de toile ; l'autre plus petit, un vélin souple et crémeux, non encore relié. Ade lui a appris le latin. Elle le pratique mal. Mais le titre de ce livre, on l'a souvent prononcé devant elle.

9

Les chroniqueurs ne s'accordent pas sur la date à laquelle se déroule l'événement : le lundi avant ou après la Saint-Grégoire. Mais il imprime dans le fil du temps un accroc irréparable. Ysabel, qui en est le témoin, même lointain, pourrait expliquer pourquoi : à la souffrance et à la trahison, tant répétées en ce siècle, s'ajoutent cette fois des gestes et des mots qui marquent les mémoires.

Le premier acte a lieu sur le parvis de Notre-Dame. Ce lundi sont réunis en séance solennelle l'archevêque de Sens, dont la province ecclésiastique s'étend sur Paris, trois cardinaux, nombre de prélats et de canonistes, et les quatre derniers dignitaires du Temple : Jacques de Molay, Geoffroi de Charnay, Geoffroi de Gonneville et Hugues de Pairaud. Ceux-ci viennent d'être tirés de leur geôle. Leur Ordre n'existe plus, il a été dissout depuis deux ans déjà, ses biens transmis aux Hospitaliers, mais leur sort à eux n'est toujours pas tranché. Le pape a décidé de s'en charger lui-même. Il a réuni à Paris un conseil qui doit annoncer leur condamnation.

Tout le monde imagine que ce sera la prison à vie. Les accusés persévérant dans leurs aveux – et, dit-on, semblant vouloir y persévérer jusqu'à la fin –, la sentence prononcée face au grand portail du Jugement dernier est effectivement la réclusion perpétuelle. Mais soudain, à la surprise de tous, et pour des raisons qui demeurent obscures, Jacques de Molay et Geoffroi de Charnay, respectivement grand maître d'Outre-mer et grand maître de Normandie, demandent à prendre la parole et, contrant l'archevêque de Sens sans aucun respect, nient tout ce qu'ils ont avoué.

Les voici retombés en hérésie. Relaps. On les confie au prévôt de Paris, le conseil prévoit de délibérer à nouveau le lendemain.

La suite – et la fin –, cependant, n'a pas lieu le jour suivant, ni même dans les geôles du prévôt. Elle s'accomplit presque aussitôt sur une minuscule île de la Seine, l'île des Javiaux, au flanc sud du palais royal. Depuis son palais, Le Bel, averti, a pris sa décision : pas question d'attendre, voilà trop longtemps qu'il veut en finir avec les moines-soldats. Un double bûcher est dressé à la hâte sur ce qui n'est qu'un banc de sable et de limon entre ses jardins et la maison des frères ermites de Saint-Augustin. Jacques de Molay et Geoffroi de Charnay y sont liés et, à l'heure de vêpres, brûlés vifs.

Avant, les gestes ont été accomplis, les mots dits. Devant ceux qui se trouvaient là, Jacques de Molay s'est dépouillé sans peur de ses vêtements et présenté nu sous sa chemise. Jamais ne tremblant, il a demandé qu'on lui laisse les mains libres pour qu'il puisse les joindre. Et que l'on tourne son visage vers la Vierge Marie, sise en Notre-Dame. La face illuminée par le soleil couchant, il a encore parlé. Un seul l'entend, ou tout au moins rapporte ce qu'il dit avoir entendu, Geoffroy de Paris, clerc à la chancellerie des rois de France, qui se tient tout proche. Avant de mourir, le grand maître aurait voué au malheur et à la souffrance tous les responsables de son supplice et de celui de son compagnon. Est-ce la vérité ou le clerc, impressionné par le moment, a-t-il laissé son imagination l'emporter ? Peu importe. La scène est suffisamment forte pour que nul ne l'oublie.

Depuis le béguinage, on n'a rien entendu, ou presque, de ce martyr. Pas même remarqué, parmi toutes celles que rejettent les toits de la ville, la longue colonne de fumée grise entraînée par le souffle du fleuve au-delà de la Cité. L'événement ne franchit la porte du clos que le lendemain, avec les premiers visiteurs. Parmi lesquels se trouve Jeanne du Faut.

La mercière, accompagnée de la petite Leonor, est arrivée juste après la messe du matin, une heure où habituellement elle se tient dans sa boutique. Sans doute a-t-elle une bonne raison d'être là si tôt, mais pour l'instant elle n'en a rien dit à Ysabel qui l'a accueillie en s'étonnant. Assise face à son amie qui travaille à ses remèdes, elle raconte la nouvelle apprise en chemin de la bouche d'une fileresse de la rue Quincampoix.

« On dit que le grand maître était méconnaissable. Un vieillard blanchi par l'âge et la captivité.

– Beaucoup le pensaient déjà mort avant que le pape convoque ce conseil pour le juger », soupire Ysabel.

Est-ce la fatigue ? La nouvelle qui, pourtant, devrait la frapper lui parvient comme émoussée. Non, décide Ysabel, c'est la présence de Leonor qui, sagement, depuis le banc où elle est assise, examine son antre. Voilà si longtemps qu'elle n'avait vu la petite ! Elle n'a presque pas quitté le béguinage depuis des semaines. Tant de soucis. Ce rude hiver qui, à nouveau, a rempli son hôpital. Ade, dont les jours se sont trouvés en danger et qui a été si longue à se rétablir.

« Comment cela se passe-t-il au béguinage ? demande Jeanne.

– Je ne sais que te répondre. Dame Armelle, heureusement, se maintient. C'est un frêle rempart, mais un rempart tout de même.

– Le prieur jacobin parle-t-il de nommer une autre maîtresse ?

– Il a toujours manifesté du respect à notre institution, mais pour lui aussi, l'époque est compliquée. Il se doit au roi pour la sauvegarde du clos, à son ordre qu'il doit défendre face aux critiques des clercs réguliers et à son couvent où sa place est enviée.

– Et Agnès ? Se montre-t-elle encore si entreprenante à l'hôpital ?

– *Vous devriez prendre soin de vous* », mime Ysabel en avançant les lèvres à la manière de son assistante.

Jeanne sourit.

« Pauvre femme. Elle n'a pas la carrure qu'il faut pour te mater. »

Ysabel ne répond pas, elle tourne légèrement la tête, contemple Leonor. La petite se tient, comme souvent, parfaitement immobile, silencieuse. Elle semble fixer devant elle une niche encombrée de flacons et de pierres brutes. Son visage s'est affiné, un triangle aux pommettes hautes. Elle n'a pas la vivacité de Maheut, cependant semble rayonner de cette lumière sourde des astres nocturnes.

« Que regardes-tu, petite ? » demande Ysabel.

Leonor sourit, ne répond pas.

La vieille béguine reporte son attention vers son amie.

« Et toi, comment te portes-tu ? Tu sembles épuisée.

– Ne t'inquiète pas, je me suis seulement couchée un peu tard. »

Ysabel sait qu'elle lui ment, mais n'ajoute rien. Jeanne ne s'est pas remise de la mort violente de Juliotte. Personne n'avait compris à quel point elle lui était attachée. Les rumeurs sur la dissolution du statut de béguines ajoutent à présent à son désarroi. Elle craint pour son affaire et pour les filles qu'elle y emploie. Ysabel s'habitue mal à son expression préoccupée.

Durant leur échange, Leonor est descendue du banc où elle se tenait. À petits pas, elle s'approche de la niche, lève les yeux.

« Ade sera bien heureuse de la voir, murmure Ysabel.

– Comment se trouve notre amie ?

– Elle est relevée depuis une dizaine de jours. Elle a tant regretté que Maheut refuse de nous amener Leonor.

– Maheut disait craindre la contagion.

– La voici donc rassurée ?

– À vrai dire, je ne lui ai pas demandé son avis. »

La vieille béguine pose le pot qu'elle tenait, se lève pour rejoindre la fillette. Cherche à comprendre ce qui l'intrigue tant. Devine. Parmi le fatras des remèdes, Leonor a remarqué un objet qui ne devrait pas se trouver là.

Ysabel se soulève sur la pointe des pieds, l'attrape et le lui tend. Il est froid et dur, pourtant vivant, tel que ce matin où elle l'avait trouvé lors d'une promenade avec sa grand-mère.

« C'est un bois de chevreuil. »

La petite glisse ses doigts sur la base rugueuse et les perlures du merrain, passe l'index entre les pointes des andouillers qui ont la couleur passée et la texture ligneuse d'une vieille branche.

« Il est pour toi, tu peux le garder », sourit Ysabel.

Puis, se tournant vers son amie :

« Allons rendre visite à Ade. »

Mais le visage de Jeanne s'est fermé.

« Je te laisse accompagner Leonor chez sa marraine, dit-elle. Je t'attends là. J'ai à te parler. »

Baissant la voix :

« À propos de Maheut… Et de sieur Giacomo. »

10

Seule Maheut pourrait raconter.

Mais sans qu'elle dise rien, qui pouvait imaginer qu'elle passerait sagement sa vie sous le vêtement d'une fausse veuve et d'une béguine ?

Sûrement pas Ysabel.

La pauvresse transie qu'elle a recueillie voilà quatre années à la porte du clos, la jeune mère rétive, l'apprentie malhabile… Elle fut tout cela. Elle l'est encore, car, comme les pelures de l'oignon, les moments de la vie ne disparaissent pas, ils se recouvrent les uns les autres. Mais au cœur de la plante qui grandit, s'arrondit et se déforme, le bourgeon, qui détermine sa nature, reste le même. Maheut demeure aussi la fille élevée librement par son père. La fuyarde qui jeta son époux à bas d'un cheval pour se lancer sans protection vers la plus grande cité du royaume. Impulsive, rebelle, peu soucieuse des conséquences de ses actes sur les autres et sur elle-même.

« Je ne comprends pas… Comment a-t-elle osé ? »

Face à la vieille béguine, Ade peine à trouver les mots. La joie d'avoir revu Leonor, le bon moment passé ensemble… tout cela est balayé par la nouvelle que lui apprend Ysabel.

« Et cet homme ! N'a-t-il aucun respect ? Dans une maison où il a été reçu avec bienveillance… »

Ysabel non plus ne comprend pas l'attitude de Giacomo. Certes, l'étrangeté de Maheut peut séduire. Mais il est négociant, sa bonne réputation dans le quartier de la soie et, au-delà, dans le milieu du commerce et des édiles parisiens est précieuse. Comment a-t-il pu la risquer en compromettant une jeune béguine qui, en outre, partage le foyer d'une relation d'affaires ? N'imaginait-il pas qu'on en parlerait ? Par ces jours surtout. La température s'est un peu réchauffée depuis le début de la semaine, chacun s'est empressé de sortir sièges et bancs dans les ruelles pour se livrer à l'activité favorite des citadins : observer, bavarder, commenter les allées et venues, colporter les nouvelles. Ainsi vont les rumeurs dans la ville, de proche en proche, comme le feu sur l'herbe sèche.

« J'ai l'impression qu'il n'a guère l'habitude de refréner ses désirs », répond seulement Ysabel.

Maheut n'a rien dit. Elle a prétendu vouloir profiter de son dimanche pour se reposer. Alors qu'on la croyait allongée dans sa chambre, elle est sortie. Une de ses compagnes grimpée à son tour dans la mansarde s'est aperçue qu'elle ne s'y trouvait pas. À vêpres, Maheut n'était toujours pas de retour, l'émoi a gagné la maison, toutes se souvenaient de Juliotte. Jeanne du Faut s'apprêtait à lancer des recherches lorsque Giacomo a poussé la porte, Maheut derrière lui.

« Nous nous sommes laissé surprendre par le temps », s'est-il simplement excusé.

« Mais où sont-ils allés ? demande Ade.

– Ils ont prétendument traversé le fleuve pour voir les archers s'entraîner au pied des remparts, près du collège des Bernardins. Giacomo avait pensé que cela pourrait amuser Maheut. Elle lui aurait confié qu'elle aimait tirer, enfant.

– Est-ce vraiment ce qu'ils ont fait ? »

Ade est pâle. Mais sous la transparence de la peau, le sang montre à nouveau de la vigueur, rosissant les pommettes et la bouche. Elle semble retrouver des forces. Que lui répondre ? Sans doute est-ce ce qu'ils ont fait. Mais l'initiative de Giacomo comme la confidence de Maheut sur son enfance sont signe d'une intimité déplacée.

« Maître Giacomo est repassé hier, reprend Ysabel. Il a fait amende honorable. Affirmé ne pas avoir eu de mauvaises intentions, s'être laissé surprendre par l'humeur joyeuse du printemps qui s'annonce. Sans nuire à l'honneur de Maheut, il désirait lui faire plaisir. Il se considère comme un ami de la maison.

– Un ami n'aurait pas trahi la confiance qu'on a mise en lui, réagit Ade. Et personne ne trahit sans mauvaise intention ! Comment dame du Faut a-t-elle décidé de réagir ?

– Que peut-elle faire, à part éloigner quelque temps la fille de la boutique ? Interdire sa porte à sieur Giacomo serait reconnaître qu'il y a eu faute et donc matière à scandale.

– Mais s'il persévère ?

– Je ne crois pas qu'il le fera. Il aura voulu s'amuser. Et si… si, malgré tout, la situation se répétait… »

Ysabel hésite, puis tranche :

« Si elle se répétait, il faudrait agir. Nous ne pouvons pas laisser Maheut mettre nos amies en danger. »

Après le départ de l'intendante, Ade se laisse retomber sur son siège. Ainsi, ce qu'elle craignait est arrivé. Elle frotte ses mains l'une contre l'autre, mais elle n'a pas froid, elle attise sa colère : voilà donc comment Maheut remercie le soin qu'on a pris d'elle ! Elle rappelle ses souvenirs : la Rousse sortant la nuit rôder dans le béguinage – un animal du dehors, une bête de l'obscurité. Elle convoque des images : la chevelure flamboyante, les tresses gouttant sur la blancheur de la peau lorsqu'elle se lavait dans le baquet, le triangle entre les cuisses dévorant le ventre arrondi. Elle veut contrer par ces sortilèges le sentiment qui l'a envahie durant sa maladie et qu'elle sent à nouveau affluer. Mais comment lutter contre le vide ?

Il a suffi de si peu... La fièvre, déjà, lorsqu'elle est entrée dans le château de son époux pour se recueillir sur sa tombe. Le visage de sa belle-mère. Fermé. Comme celui du gisant où elle a reconnu à la fois la beauté de l'aimé et sa morgue. Une femme à la noirceur de Maure, croisée dans un couloir... Et soudain, elle ne savait même plus pourquoi elle pleurait son mari.

Pourtant qu'y avait-il de changé ? À l'époque, elle avait accepté, pardonné. Son corps était douloureux. Elle savait que jamais elle n'offrirait d'enfant à son mari, le médecin l'avait dit. Il avait assouvi ses désirs avec d'autres femmes, des servantes du château... Cette brune qui riait dans la chambre voisine. Un bâtard était né. Tous les hommes faisaient ainsi. Pourquoi ressent-elle une telle rancœur aujourd'hui ?

Il lui semble parfois qu'il ne reste de tangible dans sa vie que l'amour de Leonor, sa confiance, et voilà qu'elle risque de la perdre.

Ade se tourmente, arpente la pièce.

Elle réfléchit, se sermonne : Maheut n'a pas été chassée. Et si elle l'était, Ysabel ne permettrait pas qu'elle emmène leur filleule.

Ade se rassure. Retourne au plaisir qu'elle a éprouvé en voyant la petite. C'est pour elle qu'elle est revenue au béguinage au lieu de suivre son intention de rejoindre un monastère, maintenant que son frère est mort. Pour elle, mais aussi pour la tâche qu'elle s'est engagée à accomplir. Et qu'une lettre reçue il y a dix jours a rendue plus urgente.

Rassérénée, elle se dirige vers le coffre au fond de la pièce. La voix est déjà là, qui rythme ses pensées et leur donne leur élan. Elle sort le manuscrit, tourne les pages épaisses, suit du doigt l'écriture chahutée. Trouve le passage qu'elle cherchait.

Les béguines disent que je suis égarée,
Les prêtres, les prêtres et les prêcheurs,
Les Augustins, les Carmes et les frères mineurs...

Les lignes sur lesquelles elle travaillait lorsque Humbert a été chassé du béguinage. Depuis, elle y est souvent revenue. Il y a dans ces phrases une solitude extrême. Et un courage que personne ne peut dénier à la béguine de Valenciennes, car il a été mesuré à l'aune du bûcher. Est-ce pour cela que, s'étonnant elle-même face au franciscain qui la laissait libre d'abandonner sa tâche, elle a simplement répondu: « Je terminerai ce que j'ai commencé. »

La jeune femme déplace le lutrin pour mieux capter la lumière du dehors, choisit un nouveau cahier de parchemin qu'elle fixe sur l'écritoire. Le travail de copie est long, fastidieux. Tracer minutieusement les lignes et les marges qui serviront de guide, tailler et retailler sa plume, la tremper à chaque instant dans l'encrier. Écrire la main levée, les doigts gourds et le poignet raidi de fatigue. S'attacher à rester lisible tout en faisant varier la régularité du tracé, en comprimant ou dilatant les lettres, en jouant avec les blancs et les abréviations pour adapter le plus précisément possible le texte au cadre défini par la réglure… Mais les mots écrits ont une vertu magique, ils sont l'instrument de la transmission, le support de la parole. Ade le sait, il faut en prendre soin.

Dans sa lettre, Humbert a annoncé son arrivée autour de la fête de Saint-Jacques-le-Mineur. Elle a juste le temps de terminer.

Elle saisit sa plume, pose sur la feuille le bec qu'elle a biseauté de manière à obtenir ce trait vigoureux qui convient au phrasé de Marguerite. Sent en même temps l'odeur de l'encre et celle, sucrée, du franciscain penché sur son épaule.

En est-elle consciente ? Le *Miroir* de Marguerite lui renvoie désormais une autre image d'elle-même que celle qu'elle connaissait.

11

Le soleil qui éclaire Paris en cette fin mars 1314 réchauffe aussi le Hainaut. Mais sur les terres du Nord, comme sur la capitale, le vent et la pluie reviennent avant la fin du grand carême, fouetter la terre et les gens. Dans le jardin des Franciscains, les belles fleurs de Pâques sont flétries et souillées de terre, la fête de la lumière patauge dans la boue.

Comme chacun, Humbert est sensible à l'interminable grisaille des jours qui semble éteindre chaque pièce du couvent, assombrit couloirs et cellules, plonge dans la tristesse la salle du chapitre et le réfectoire, la bibliothèque elle-même malgré ses boiseries et la chaude présence des livres. Seule l'obscurité majestueuse de l'église, modelée par le feu des chandelles, peut lutter contre la mélancolie atone du dehors.

Ce lundi après la Quasimodo, il s'attarde dans le sanctuaire que les fidèles quittent à pas bruyants. Il vient de descendre de la chaire de prêche, se tient debout, à sa manière, mains croisées sur la robe. Il a toujours goûté ce lieu dont l'austérité convient à la sienne. Le dépouillement de la vaste nef, sa rythmique harmonieuse, les cinq arcades qui s'ouvrent avec ampleur entre le vaisseau principal et les bas-côtés, conférant à l'espace son unité et son évidence, les piliers sobrement surmontés d'abaques et de chapiteaux sculptés de végétaux. La chaire elle-même a pour tout ornement de simples colonnes torsadées et un masque d'homme feuille dont le front, les tempes et la barbe viennent se confondre avec la frondaison stylisée d'un arbre. Placée près du chœur, côté méridional, elle permet à la voix de porter sur l'assemblée entière, jusqu'aux portes de l'église, tout en soulignant par sa proximité avec l'autel la sacralité du sermon. Cette solennité plaît davantage à Humbert que le brouhaha de la grande place de Valenciennes, des halles ou du marché aux filets, tous ces lieux propices à la mission apostolique des Franciscains où il a souvent été amené à porter la parole nouvelle.

Les derniers mots prononcés font encore battre ses tempes. Quelle que soit son humeur, le prêche le plonge toujours dans un état de concentration en même temps que d'exaltation extrême. Le choix des mots, le déroulé des phrases, leur rythme s'accordant aux gestes, une main qui souligne mais ne s'envole pas, une voix douce mais qui porte... Tout son être, chair et âme, animé par la force de la pensée. Lorsqu'il termine, il lui semble qu'un manteau trop lourd tombe sur ses épaules. Il se retrouve écrasé par la fatigue et le découragement.

Ce ne sont pas les tâches qui manquent au couvent. Les communautés franciscaines, selon l'impulsion donnée par saint Bonaventure lui-même, ont pour coutume de s'implanter dans des cités dynamiques afin d'y trouver subsides et fidèles. Valenciennes, bâtie à la confluence de l'Escaut et de la Rhonelle, juste à l'endroit où, après avoir traversé Cambrai, la rivière devient véritablement navigable, est l'une des villes les plus industrieuses de Flandre. Reliée à Tournai, Gand, Anvers et, au-delà, à la mer du Nord, elle est dominée par une puissante guilde des marchands. Les frères mineurs participent à cette vitalité urbaine. Ils entretiennent des liens forts avec les confréries de métiers, accueillent les réunions des maîtres drapiers, lainiers et teinturiers dans leurs murs, participent aux processions de leurs saints patrons, influant sur la gestion de la ville et celle de douzaines de villages à la ronde.

Humbert, comme chacun, prend sa part aux obligations du couvent en y apportant son propre talent. Le prieur se félicite de l'avoir autorisé à poursuivre sa formation à Paris. Les qualités d'orateur du franciscain sont désormais connues dans toute la région. Ses prêches attirent les fidèles et les dons, il est régulièrement invité à résider dans des établissements annexes de l'Ordre, comme celui de Lessines, sa réputation de fin lettré l'amène à fréquenter les bourgeois de la ville. Mais souvent l'ennui le prend. Et, comme à présent, un vertigineux sentiment de solitude.

Frère Jean lui manque tant ! Leurs conversations qui stimulaient son esprit, l'affection que le vieil homme lui témoignait et dont Humbert n'a pris la mesure que depuis sa disparition. Mais ce modèle, aussi, qu'il lui proposait. Pour frère Jean, la connaissance des textes n'était pas pure érudition : elle inspirait un esprit de solidarité en accord avec l'idéal de son Ordre. Guidé par lui, Humbert trouvait de quoi donner un sens à sa vie. Sa disparition l'a laissé vide, tel qu'en lui-même. Avec ses impatiences, ses regrets, ses frustrations. La liberté des frères mendiants, leur implantation active dans le monde qui l'avaient décidé à les rejoindre après la ruine de ses parents lui semblent aujourd'hui poignée de seigle jetée à un affamé.

À l'extérieur, le brouillard qui enveloppait le couvent s'est transformé en bruine, la bruine devient pluie serrée. Elle cogne contre les grands vitraux du chœur en rafales mordantes. D'année en année, songe Humbert, les hivers sont plus rigoureux et plus longs, les printemps plus froids et humides. Les récoltes s'amenuisent, on parle désormais d'une nouvelle disette. Les rumeurs d'apocalypse sont prégnantes comme jamais.

Que penserait frère Jean de ce temps? Ciel et circonstances politiques ténébreusement accordés. Les problèmes monétaires qui accablent le royaume ne font qu'empirer le sentiment d'insécurité. Les pauvres et les désespérés affluent plus nombreux au couvent, une vague de mécontentement balaie les campagnes et commence à toucher la petite noblesse terrienne qui s'organise en ligues revendicatrices. La guerre que se livrent Frédéric de Habsbourg et Louis de Bavière pour le titre d'empereur des Romains suscite des troubles supplémentaires. Le bel élan du siècle semble brisé.

Les plus faibles, comme toujours, seront les premiers à souffrir. Voilà ce que dirait Jean de Querayn.

Humbert laisse retomber ses bras, secoue son grand corps. Mécontent de lui-même. Inquiet du peu de maîtrise qu'il exerce sur ses pensées. Car il sait où elles le mènent, elles retournent toujours au même point.

Il remonte la nef, longe les chapelles qui bordent avec régularité les bas-côtés, s'arrête face au flamboiement d'un oratoire. La lumière des chandelles fait frémir le visage de marbre d'une Vierge. Assis au creux de son coude, l'Enfant Jésus la fixe comme s'il tentait de percer son mystère. Humbert la regarde lui aussi, mais la grâce de ses traits, les tresses qui coulent le long de son cou, ne font qu'augmenter son trouble.

Il a tenu à distance la pensée d'Ade tous ces mois, mais depuis trois jours, il n'y parvient plus. Depuis cette lettre arrivée des Cordeliers. Par une de ces coïncidences que le diable est capable de combiner, Humbert est le premier à en avoir pris connaissance : il assiste parfois le prieur, dont la vue s'affaiblit avec l'âge, dans les tâches du courrier. Mais depuis, la nouvelle transmise par les frères parisiens sème le trouble dans tout le couvent. Après bien des retards et des atermoiements – attitude qui aura marqué toute la carrière de ce souverain pontife souffreteux –, Clément V a finalement publié les décrets du concile de Vienne contre les béguines le 21 mars 1314.

Leur statut est en passe d'être aboli. Le texte condamne sévèrement leur mode de vie en communauté, leur habit qui ressemble parfois à celui des nonnes, les liens privilégiés qu'elles entretiennent avec certains frères. Par toutes ces pratiques, les accuse-t-il, elles alimentent une confusion malhonnête, se font passer pour des religieuses alors qu'elles n'ont pas de règle, ne doivent obéissance à personne et conservent la gestion de leurs biens. Le décret leur reproche aussi de prêcher et de s'engager dans des spéculations théologiques qui risquent d'induire le simple peuple en erreur. À la sanction disciplinaire s'ajoute une série d'articles doctrinaux qui donnent une définition de l'hérésie supposée des béguines. Y sont mêlés sans distinction des reproches faits par ailleurs aux mouvements du Libre-Esprit ou même des Vaudois, tels que la désobéissance aux commandements de l'Église, le refus de prier, de jeûner ou de se lever pour montrer sa révérence, face à l'eucharistie.

L'humble piété de la majorité des béguines, leur vie de travail et de charité ne méritent guère de telles accusations. Frère Jean l'avait pressenti, certains de ses compagnons – Humbert lui-même – trouvaient ses inquiétudes excessives, pourtant il avait raison : toute foi non contrôlée par l'Église est désormais susceptible d'être condamnée. Les manifestations de piété laïque jugées trop libres sont regardées avec suspicion. Des nouvelles alarmantes parviennent depuis les régions germaniques où les tertiaires affiliés à l'ordre franciscain sont de plus en plus violemment attaqués. Derrière les béguines, ce sont les Mineurs qui sont visés par le clergé, avide de retrouver ses droits sur chacun. Accuser les femmes d'hérésie est une façon de compromettre les frères qui ont en charge leur conduite spirituelle.

Humbert ferme les yeux, appuie fortement sur ses paupières pour chasser le courroux qui les crispe. Lorsqu'il les ouvre de nouveau, le sourire de la Vierge à l'Enfant, métamorphosé par les ombres vacillantes, lui semble soudain plus doux et plus triste. Il tourne les talons. Une impatience l'a saisi, contre laquelle il refuse de lutter. Il regagne l'allée centrale, marche d'un pas plus vigoureux que ne l'autorisent les lieux, foule les dalles funéraires des bourgeois et des nobles de la ville qui tapissent l'entrée de l'église.

Un vent mouillé claque la porte derrière lui.

12

Le franciscain arrive à Paris alors qu'éclate le scandale des trois brus du roi. Marguerite de Bourgogne, épouse de Louis, fils aîné de Philippe le Bel, est accusée d'avoir pris pour amant Philippe d'Aunay, chevalier normand attaché à son mari. Blanche d'Artois, épouse de Charles, fils cadet du souverain, d'avoir fait de même avec Gautier d'Aunay, frère du précédent. Leur belle-sœur, Jeanne d'Artois, d'avoir su et de s'être tue.

Le vendredi après la Quasimodo, comme Humbert passe les portes de la ville dans le bel attelage de sieur Jean du Castel, négociant en draps de Valenciennes, les deux suborneurs, suppliciés à Pontoise, confessent avoir commis le crime qui leur est reproché durant trois années, y compris dans des lieux et des temps sacrés. Deux jours plus tard, ils sont écorchés vifs sur la place publique. On leur tranche le sexe et la tête, on les traîne au gibet public où, dépouillés de toute leur peau, ils sont pendus par les épaules et les jointures des bras. Puis ce sont un huissier, des servantes et des serviteurs, des nobles de l'entourage du roi et de ses brus, des dizaines de personnes en tout, soupçonnées d'avoir été complices du crime, qui sont passées à la question, exécutées, certaines noyées, d'autres pendues en secret.

Le peuple de la ville, pourtant habitué aux horreurs de l'époque, se choque d'une telle violence. Philippe, dont deux fils, parmi lesquels l'héritier du trône, sont désormais publiquement cocus, ne pouvait laisser l'affront impuni. Mais la sauvagerie avec laquelle la peine est appliquée dit plus que l'offense. Malgré l'austérité qu'il cultive, les pénitences qu'il s'inflige, le mal est entré jusque dans sa demeure : le roi se voit désormais comme le dernier rempart contre le péché, l'ange exterminateur.

De tout cela dont ils connaissent les rumeurs si ce n'est les détails, Humbert et Ade ne parlent pas. Lorsqu'il frappe à la porte de sa maison, le surlendemain de son arrivée, elle ne l'attend pas. Lui a eu le temps de se préparer. Mais il est surpris par la maigreur qui creuse les joues de son hôtesse. Déçu, plus qu'il ne le devrait, par la distance qu'elle maintient d'abord entre elle et lui. Pourtant elle vient bientôt à sa rencontre, tend les mains, comme une amie. Et il ne regrette plus son imprudence.

Le prieur de Valenciennes s'était étonné qu'il avance ainsi son départ pour Paris. La date en était arrêtée pour le début du mois de mai. Mais Humbert avait su le convaincre : Jean du Castel, dont la famille est attachée au couvent des franciscains, devait se rendre dans la capitale pour ses affaires, il acceptait d'emmener Humbert avec lui. Le voyage serait ainsi moins long et moins coûteux. Humbert pourrait de plus s'enquérir auprès de leurs frères parisiens de l'attitude qu'il convenait désormais d'adopter vis-à-vis des béguines. Les décrets du pape étaient publiés mais pas encore promulgués, la communauté de Valenciennes n'avait même pas appris le danger qui la menaçait, cependant certaines précautions pouvaient être prises.

Aussitôt arrivé à Paris, suivant l'élan auquel il avait tout cédé, Humbert avait demandé qu'on porte une lettre à la maîtresse du béguinage royal.

« Je ne sais pas si dame Armelle se souvenait de mon nom, mais la missive étant envoyée depuis les Cordeliers elle n'a pas songé à refuser, explique-t-il à l'instant. Elle m'a accordé de vous rendre visite par retour.

– Me voici rassurée », acquiesce Ade.

Oui elle a maigri... Le bliaut flotte sur des épaules pointues, un ventre creusé. L'ovale du visage lui-même est abîmé, un peu lâche malgré la rigueur de la guimpe qui l'enserre.

« Vous semblez souffrante, souffle Humbert.

– Je l'ai été, mais je suis remise. Et vous-même, comment vous portez-vous ?

– Bien, je vous remercie. »

Les voici silencieux et contraints. Que dire de plus ? Jamais, se souvient Humbert, ils n'ont parlé d'eux. Peut-être aurait-il dû la prévenir de son passage, mais il craignait qu'elle ne propose de le rencontrer à la maison de la soie. Il a conservé un souvenir désagréable de son passage là-bas. La pièce confinée, encombrée, les voix et les rires des femmes tout à côté, leur regard curieux lorsqu'il est reparti, le pas alourdi. Il y avait aussi cette fillette à laquelle, il ne sait pourquoi, il a souvent pensé. Petite, fluette, si présente pourtant. Assise à côté d'Ade, serrée contre elle. Non comme une enfant qui vient chercher protection, mais comme une amie qui vient en apporter.

Son hôtesse l'observe, attend. C'est elle qui, finalement, redonne à la conversation le tour qu'elle doit prendre.

« Je suis désolée, mais je n'ai pas tout à fait terminé le travail que vous m'avez confié. Je vous attendais plus tard.

– Ne vous inquiétez pas. Je suis à Paris pour plusieurs semaines. Je peux attendre. »

En face de lui, la jeune femme a baissé la tête. Le voile de mollequin blanc qui enserre ses cheveux glisse sur sa joue, se soulève légèrement quand elle reprend la parole.

« J'ai malgré tout passé beaucoup de temps à mon écritoire ces derniers jours. Il ne me reste que peu de pages à achever.

– Je vous en suis reconnaissant. »

Humbert voudrait ajouter d'autres mots, mais aucun n'est approprié. Il est inquiet de savoir qu'Ade a tant travaillé alors qu'elle était souffrante. En même temps conscient qu'elle s'est imposé cette fatigue par sa faute. Une porte claque à l'extérieur. Qu'attend-il ? Il doit partir.

« Je serai chez les Cordeliers, ajoute-t-il. Vous pourrez me faire porter un mot lorsqu'il sera temps de venir chercher le manuscrit. »

Il esquisse un pas vers son hôtesse, comme pour la saluer. Mais Ade ne réagit pas. Elle semble réfléchir. Soudain, d'un mouvement vif, elle se lève, se place face à lui.

« Voudriez-vous que nous fassions comme autrefois ? »

Humbert ne comprend pas.

« Que nous lisions le texte ensemble ? Les dernières pages que nous n'avons pas eu l'occasion de travailler avant votre départ ? »

Il murmure :

« Je ne pourrai pas rester longtemps… »

Quelques minutes plus tard, les voici comme ils étaient autrefois, elle assise face au lutrin, lui penché sur son épaule.

13

« Je m'y refuse, Ade ! Je m'y refuse ! »

Clémence a les yeux remplis de larmes, les joues brûlantes, le nez humide.

Elle a forcé sa porte, ou presque. Ade a seulement eu le temps de cacher le livre dans le coffre. Sur le pupitre, le cahier est demeuré ouvert, tenu par deux presse-papier. L'encre est encore humide, des griffures brillent sur le vélin mat. Dans un mouvement pour le cacher, la jeune femme se porte devant la table de travail, mais Clémence n'y jette pas un regard, elle s'élance vers elle, enserre sa taille, appuie sa joue contre son buste. La fille est venue sans manteau, sa robe exhale une odeur aigre de corps mal lavé.

« Clémence, calmez-vous. »

Ade tente de desserrer l'étreinte.

« Que se passe-t-il ?

– C'est mon père !

– Vous me faites mal », proteste la jeune femme, en la repoussant plus fermement. « Ressaisissez-vous. »

Clémence la lâche enfin. Ade l'attrape par la main, la force à quitter le salon, la fait asseoir dans sa chambre.

« Qu'est-il arrivé à votre père ? Un malheur ?

– Oh Ade ! Non… ce n'est pas cela.

– Qu'est-ce alors ?

– Il veut que je quitte le béguinage.

– Ce n'est pas la première fois. Pourquoi tant d'emportement ?

– Il va me vendre ! »

La voix a filé dans les aigus.

Ade soupire, entoure les épaules de la petite de son bras, tentant de maîtriser son impatience. Elle n'avait pas besoin de cette irruption. Elle est suffisamment troublée sans cela.

« Racontez-moi. Mais s'il vous plaît, cessez de vous emporter, sans quoi je ne comprendrai rien. »

Le buste de Clémence tremble contre le sien. Ses cheveux, sous le voile, sont négligés, comme le reste de sa personne, des mèches grasses nouées à la hâte. Elle n'a rien de la jeune fille soignée, parfois trop coquette, que chacune connaît ici. Qu'a-t-il pu advenir ? Voilà quelque temps qu'Ade ne l'a pas vue. Clémence a frappé à sa porte une fois ou deux, mais elle avait tant de travail, elle ne voulait pas être interrompue. Et depuis le passage d'Humbert, elle a besoin de calme plus que jamais.

« Mon père est venu tout à l'heure, répond enfin la visiteuse. Il a déclaré qu'il avait suffisamment attendu, que j'étais en âge de rentrer dans le monde. Il m'a donné trois semaines pour me préparer.

– Votre mère était-elle avec lui ?

– Oui, mais qu'importe ? Elle suit en tout son époux !

– Pourquoi dites-vous qu'il va vous vendre ?

– C'est à cause de ses affaires. Elles vont mal. Je ne suis pas stupide, j'entends ce qui se dit. Il veut me marier à un négociant de ses amis.

– En êtes-vous sûre ? interroge doucement Ade. Peut-être se préoccupe-t-il seulement de votre avenir ?

– Mais je ne veux pas partir ! »

Le ton s'emporte de nouveau.

« Soyez raisonnable, Clémence. Vous aurez bientôt dix-huit ans.

– Vous ne comprenez pas, vous ne comprendrez jamais ! Je n'ai que faire d'un mari. Je veux rester près de vous. »

Ade laisse retomber son bras. Elle se sent envahie par un profond sentiment de lassitude. Clémence a si peu de maîtrise sur ses sentiments. Ce qu'elle éprouve n'est que l'inclination, l'admiration d'une jeune fille pour une femme faite. Ce besoin de reconnaissance, d'élection qu'elle-même a éprouvé plus jeune. Un sourire de la bénédictine qui veillait sur ses travaux d'écriture la transportait tant elle la vénérait. Mais chaque âge a ses besoins et ses devoirs. Même si elle se comporte comme une enfant, Clémence n'en est plus une.

Il faut répondre. Les mots s'imposent avec évidence. Ade, pourtant, a trop d'honnêteté pour ne pas entendre comment ils résonnent dans son esprit. Car elle-même, qui s'apprête à faire la leçon, est-elle exempte de confusion ?

Elle tressaille et Clémence, qui ne bouge pas, ne dit rien, attend, toujours collée contre le flanc de son amie, perçoit son frémissement. Se prend à espérer.

Ce ne fut presque rien. Une nouvelle douceur, une intensité dans les yeux d'Humbert. Elle a eu envie de retrouver l'étrange complicité qu'ils avaient connue l'année précédente. Ces moments passés ensemble lui avaient manqué sans qu'elle se l'avoue vraiment. Après avoir craint Humbert, elle s'était laissé prendre, durant les heures à travailler avec lui le texte de Marguerite, par la subtilité de son esprit, la fulgurance de sa pensée. Lui-même avait manifesté son étonnement face à la rigueur de la lectrice, sa compréhension du *Miroir*, la précision de sa traduction. Deux esprits qui se considèrent. Jamais Ade n'avait connu une intimité de cette nature.

Mais lors de leurs retrouvailles, il y a bientôt quinze jours, une autre atmosphère s'est imposée.

Est-ce elle qui a changé, ou lui ? Ils n'ont pas retrouvé l'harmonie. Il y avait entre eux une sorte de tension, de fébrilité. La voix d'Ade mal affermie – mais peut-être est-ce à cause de la maladie ? Elle n'a pas tout à fait repris ses forces. Lui, cherchant de l'eau pour qu'elle se désaltère. Leurs mains s'effleurent lorsqu'il lui tend le gobelet. Il n'est pas plus proche qu'autrefois, mais l'espace entre eux est appesanti de sa présence. Le temps s'écoule, la pièce s'assombrit, elle attend son départ comme une délivrance, mais espère qu'il tardera encore.

Depuis, sa pensée ne la quitte pas.

« Ade… »

Un murmure à son oreille. Clémence s'inquiète de la voir si longtemps silencieuse. Ade reprend conscience du corps collé contre le sien, s'écarte, se lève.

« Je ne sais que vous dire de plus, Clémence. »

La phrase est prononcée avec lassitude, mais aux oreilles de la visiteuse, elle claque telle une porte qui se ferme.

« Vous pourriez intervenir auprès de ma mère. Elle a confiance en vous.

– Vous avez dit vous-même qu'elle suivait en tout son époux.

– Et dame Armelle ?

– Je pense qu'elle aura plutôt à cœur d'accéder au désir de votre père. »

Le lit cogne sur le plancher. Clémence s'est levée. Elle se tient face à Ade. Ses yeux brillent de nouveau, mais cette fois de colère.

« Ainsi vous n'allez rien faire ? Voilà comment vous tenez à moi ?

– Je tiens à vous, Clémence. Mais je ne sais ce que vous attendez de ma part. Ma réponse me semble la plus juste et la plus amicale qu'il se puisse être. Vous n'imaginez tout de même pas passer votre vie au béguinage ? L'existence vous réserve d'autres engagements, vous promet d'autres plaisirs aussi. »

Et, pensant adoucir la peine de la petite, aussi déraisonnable se montre-t-elle, la jeune femme ajoute :

« Nous pourrons nous voir, Clémence. Vous viendrez me visiter, et je ferai de même. »

Les mots, au lieu d'apaiser, sont du sel sur une plaie.

Clémence s'est détournée, la voilà debout dans l'encadrement de la porte.

« Vous m'humiliez, dame Ade. Je vous ai soignée durant des semaines, j'ai épongé votre front et lavé votre corps. Voilà comment vous me remerciez. Par la promesse d'une visite !

– Clémence, je vous en prie.

– J'avais tant espéré de votre amitié. Je pensais que nous pourrions partager plus que les bavardages du clos, ces livres, ces conversations savantes que vous semblez aimer. J'ai tellement travaillé pour apprendre. Mais mon esprit n'est sans doute pas suffisamment élevé pour le vôtre. Vous préférez garder votre belle intelligence pour d'autres ! Et me renvoyer dans le troupeau des bonnes épouses. Soit. »

Déjà, elle descend l'escalier. Mais avant de tourner le dos, elle jette encore :

« Ne vous montrez pas si méprisante, Ade. Je sais ce que vous faites. »

14

Le malheur arrive d'où personne ne l'attend. Comme la corde tendue par un archer, il a acquis peu à peu sa puissance. Mais c'est la main tendre d'une jeune fille qui décoche la flèche.

Plus de quinze jours après sa visite, Humbert revient au béguinage. Lorsqu'il passe la porte du clos, il a conscience que c'est l'une des dernières fois. Lorsque Ade lui ouvre son salon, elle sait qu'après ce jour il n'y entrera plus que pour emporter le manuscrit.

Cette conjoncture a son importance dans ce qui va suivre. De même que l'éloignement que, par prudence, ils se sont imposé et dont on connaît le pouvoir : chaque détail se voit convoqué sans cesse par l'esprit qui manque de quoi se nourrir, chaque geste et chaque regard déformé comme sous une lentille, chaque mot chargé de ceux qui n'ont pas été prononcés.

Humbert a posé son manteau, il parcourt des yeux les dernières pages du cahier. La copiste a mis plus de temps encore à les écrire que les précédentes. Depuis bientôt un an, cette tâche, souvent interrompue mais toujours reprise, rythme sa vie. Elle craint désormais de la perdre.

Ils se tiennent loin de l'autre, elle debout près de la fenêtre, lui penché sur l'écritoire. Elle l'observe. Le front haut, les sourcils plantés droit, la ride profonde à la naissance du nez, lequel tranche comme le bec d'un rapace un visage aux reliefs accusés. Un visage ascétique, tendu. Et pourtant, la lèvre large, généreuse.

La bouche du franciscain prononce silencieusement les mots qu'Ade a tracés. Ses yeux, comme ceux d'un marin pris dans le rythme des vagues, glissent au creux des pleins et des déliés, remarquent une faiblesse dans l'appui, une écorchure dans la peau. Chaque lettre est un mouvement, la main de la copiste s'y retrouve, son geste, son intention, sa douceur rigoureuse.

Ade n'a pas besoin d'entendre les phrases qu'il déchiffre, elle les connaît. Tout le livre de Marguerite, sa dialectique ascensionnelle sont tendus vers cette ultime, cette ardente apothéose. La chanson de l'âme parvenue à l'anéantissement d'elle-même, à la liberté absolue où elle se confond avec celle de Dieu.

J'ai dit que je l'aimerai.
Je mens, je n'y suis pas !
C'est lui seul qui m'aime,
Il est, et moi je ne suis pas.
Et rien ne m'importe
Que ce qu'il veut
Et ce qu'il vaut
Il est la plénitude
Dont je suis emplie.
C'est le noyau divin
Et l'Amour véritable.

Humbert ferme le cahier.

Que met-il dans son geste ? Lui-même ne le sait pas, il s'avance vers Ade, prend sa main entre les siennes, la porte à ses lèvres. Elle sent ses jambes faiblir, son corps ployer, se laisser aller contre la poitrine qui le reçoit.

De l'autre côté du passage, Clémence est à sa fenêtre. Et les voit.

Depuis une semaine, la jeune fille garde la chambre. Elle s'est déclarée malade. A espéré, sans se l'avouer, que son amie lui rendrait visite. Mais Ade n'est pas venue. Seule Agnès s'est déplacée.

Les jours ont passé. Sa voisine n'a même pas pris de nouvelles. La colère est revenue, mais ce n'était pas ce sentiment furieux et bienfaisant qui jaillit au-dehors de soi, frappe et soulage, elle s'épuisait dans le vide de la perte. Alors peu à peu, le besoin de voir Ade a commencé à supplanter le reste. Clémence serait bientôt prête à présenter des excuses, à renier ses mots, dans un rire s'il le fallait. Un jour de plus, et elle le ferait, elle en ressentait déjà une excitation, presque de la joie. Et puis ce matin-là, elle entend un pas, quelqu'un frappe au bois de la porte voisine. Elle entrouvre sa fenêtre, elle le voit, revenu, le franciscain qui est la cause de tout.

Lorsque les deux ombres se confondent, le sentiment de trahison est si violent qu'il lui coupe le souffle.

Ensuite, tout va si vite ! Agnès rentre de l'hôpital, la voit défaite, l'interroge, insiste encore. Elle n'a jamais été capable de garder un secret – sa mère le lui a toujours dit: « Apprends à te taire ma fille ! » Elle raconte tout. L'écritoire, le manuscrit dans le coffre, le frère. Agnès pose des questions, la jeune fille les entend à peine, elle a chaud, voudrait pleurer, elle a peur déjà, mais c'est trop tard, n'est-ce pas ? Elle a parlé. Agnès réfléchit. Regarde par la fenêtre la lumière encore haute dans le ciel. Puis elle dit :

« Clémence, prenez votre manteau. »

15

Plus tard la petite se repassera bien des fois la scène dans la tête. Chaque mot, chaque geste et les actes qui s'en sont suivis. Ce qu'il aurait fallu faire, ce qu'il n'aurait pas fallu dire.

Mais il est trop tard. Le cousin d'Agnès est assis en face d'elle sur un siège de bois sombre. Le crâne presque rasé, le visage tenu droit au-dessus du col, la raideur du corps accentuée par celle de la robe blanche. Il est jeune encore, a les traits réguliers, mais la peau grêlée de marques de variole. La jeune fille raconte une nouvelle fois son histoire, la voix moins assurée, moins emportée que tout à l'heure. Elle est fatiguée par la marche depuis le béguinage, oppressée par le silence de la pièce où ils se tiennent, sa pénombre, les grandes armoires de chêne qui couvrent les murs.

« Cette dame Ade, se trouve-t-elle depuis longtemps au béguinage ? demande frère Geoffroy.

– Une dizaine d'années, répond Agnès.

– Comment se comporte-t-elle ?

– Elle vit très retirée, participe peu à la communauté.

– A-t-elle montré les signes d'une foi excessive, ou démonstrative ?

– Je ne dirais pas cela. Mais comment savoir ce qu'elle fait dans le secret de sa chambre ? Elle y passe la plus grande partie de son temps, surtout depuis quelques mois. N'est-ce pas, Clémence ? »

La jeune fille baisse la tête.

« Et ce franciscain, le connaissez-vous ?

– Non. Selon mademoiselle de Crété, il était venu déjà, et plus d'une fois, l'été passé. Mais j'étais absente alors…

– C'est vrai », confirme Clémence.

Qui ajoute, d'un murmure :

« Mais il est venu avant aussi. »

Cela, elle ne l'avait pas dit à Agnès. Elle le précise parce qu'elle sent confusément que l'homme en face d'elle n'est pas bienveillant. Qu'il faut éloigner son attention d'Ade. Elle ne voulait pas que les choses prennent cette tournure, elle espérait seulement que le franciscain soit chassé, qu'on réprimande la copiste et l'oblige à cesser ce travail qui l'accapare. Que tout redevienne comme autrefois.

« Quand ? l'interroge sèchement Geoffroy.

– Il y a longtemps maintenant. J'étais arrivée dans le clos depuis quelques mois, dame Jeanne la Bricharde vivait encore. C'est elle qui nous l'a présenté, elle lui faisait visiter les lieux. Ade ne le connaissait pas, j'en suis certaine.

– La Bricharde ? » s'étonne le dominicain.

Chacun dans la pièce sait que la maîtresse est inhumée tout à côté, dans l'église du couvent.

Agnès jette à Clémence un regard désorienté. Elle aussi semble dépassée par la tournure que prend la conversation. Elle fronce les sourcils, fixe une image qui se présente à son souvenir.

« Il venait du Nord, insiste Clémence, un homme très grand, le cheveu noir. »

Non, Agnès n'a pas oublié. Un frère cherche la Rousse, Ysabel lui ment. Mais le fil des événements lui échappe.

« Êtes-vous sûre qu'il s'agisse de lui ?

– J'en suis sûre. Je l'ai reconnu dès l'instant où je l'ai vu.

– D'où venait-il ? demande Geoffroy.

– Il cherchait une connaissance de Valenciennes, répond Agnès. Je suppose qu'il était originaire de cette ville. »

Geoffroy a quitté sa pose, il frappe le siège du plat de la main.

« Valenciennes ! Comme cette béguine ! Elle avait des soutiens là-bas. Jusque dans le couvent des Franciscains ! »

Le dominicain se redresse. Il est grand. Clémence pense à son père. Lorsqu'elle lui résiste, il l'écrase ainsi de sa carrure. Mais l'autorité de Geoffroy est d'une autre nature. Froide, dure.

« L'affaire est grave, reprend-il. Vous n'ignorez pas que certains franciscains sont soupçonnés de verser dans l'hérésie du Libre-Esprit. Si c'est le cas de votre homme – et j'aurais tendance à le penser vu ce que vous me rapportez –, nous devons agir. Comme frère prêcheur, il a le statut de prédicateur public, il risque de répandre des idées erronées et interdites. Sans compter qu'il a peut-être d'autres adeptes au sein de votre communauté. Puisque Jeanne la Bricharde elle-même l'a fréquenté…

– Enfin, mon cousin ! s'écrie Agnès. Pas elle ! Vous l'avez connue ! »

L'autre balaie la protestation d'un mouvement de manche. Il a oublié Clémence, ne regarde que sa cousine.

«Jeanne la Bricharde avait une haute opinion de sa fonction. Quant à moi, j'ai toujours été réticent à l'égard du béguinage, vous le savez, Agnès. Le roi nous a fait l'honneur de nous en confier le contrôle, mais trop longtemps vos maîtresses et vos compagnes ont agi à leur guise. Je ne pense pas qu'il soit bon que des femmes administrent seules leur destin. Ni qu'elles prétendent à l'instruction, bien que ce soit une tendance de notre temps. Les débats théologiques n'ont que faire dans le clos. Ce que vous venez de m'apprendre ne fait que renforcer mon point de vue.»

Les marques qui grêlent sa peau ont blanchi, elles se creusent avec laideur.

« Que comptez-vous faire, Geoffroy? souffle Agnès.

– L'ordre des Franciscains, comme le nôtre, bénéficie de l'exemption pontificale. La question est de la compétence de l'Inquisition. Je vais devoir lui en référer.

– L'Inquisition... »

Agnès hésite.

«Je ne pensais pas que l'affaire prendrait une telle ampleur... Peut-être le prieur des Jacobins préférera-t-il qu'elle soit traitée avec plus de discrétion. Il pourrait simplement renvoyer dame Ade et avertir les Franciscains de la méconduite de leur frère. Leur honte à tous deux serait une peine suffisante.

– Un livre interdit par l'émissaire du pape circule dans votre béguinage et vous voudriez que nous fermions les yeux? Une femme est séduite dans le clos royal et vous parlez d'avertissement?

– Ce n'est pas ce que je suggérais... » murmure Agnès.

Sa voix se soumet. Clémence sent la peur lui ronger le ventre.

« Je suis sûr que le prieur sera d'accord avec moi, poursuit Geoffroy. Mais ne vous inquiétez pas, je n'agirai pas imprudemment. Retournez au béguinage, il se fait tard. Demain matin, j'y viendrai moi-même avec un témoin et nous rendrons visite à cette dame Ade. Nous verrons bien ce qu'elle cache. »

La nuit est tombée, la corne du guet sonne à la tour du Châtelet. Dans l'attelage qui les raccompagne au clos et se hâte, bousculée par les pavés qui cognent les roues, chahutée par les rigoles qui creusent la chaussée, Clémence s'accroche. Elle se sent glacée, le corps raide. Au moment de descendre, elle glisse dans une flaque, ne supporte pas qu'Agnès tende le bras pour la rattraper. Le portail passé, elle court vers la maison. Une vieille passe la tête à sa fenêtre, inquiète du bruit à une heure si tardive. Mais Clémence ne la voit pas. Elle ne voit que la lumière dans la chambre d'Ade.

Quelques minutes plus tard, Ysabel entend frapper à sa porte. Derrière se tient une petite silhouette serrée dans son manteau, le visage crispé de détresse.

16

Alors que l'automne rougit ces forêts où il a mis à mort tant de grands cerfs, le chasseur pose à son tour genou à terre. Il courbe l'échine, halète, se couche sur le flanc, laisse tomber dans la terre le front et la couronne.

Personne ne sait de quoi souffre Le Bel. Les médecins s'étonnent. Ni son pouls ni son urine n'annonçaient qu'il fût malade ou en danger de trépasser. Mais le souverain sent la fin approcher et demande qu'on le transporte à Fontainebleau pour mourir où il est né. Il donne à son aîné ses derniers conseils, le menace, s'il ne les suit, de sa malédiction, reçoit les sacrements devant une nombreuse assistance, puis rend son dernier souffle la trentième année de son règne, le dernier vendredi de novembre 1314, veille de la fête de Saint-André.

Philippe laisse sur le trône un fils incapable d'assurer le lignage : Marguerite, l'épouse adultère, est enfermée dans une cellule glaciale de Château-Gaillard, tondue et vêtue d'une pauvre chemise. On espère qu'elle y meure le plus vite possible. Le Bel abandonne aussi un royaume ruiné, en proie à la révolte. Les bourgeois grondent contre les manipulations permanentes de la monnaie, les impôts levés pour une campagne militaire en Flandre stoppée avant même que la première bataille soit livrée. Les nobles, soutiens traditionnels du pouvoir, sont lassés de voir leurs prérogatives bafouées par l'administration royale, ces légistes, baillis et sénéchaux, ces juges et financiers qui les évincent et pillent le trésor, ils s'organisent en ligues revendicatrices en Champagne, en Bourgogne, dans le Forez, le Ponthieu, l'Artois…

Pourtant, bien sûr, le roi est inhumé comme il se doit, avec honneur et solennité. Après les obsèques à Notre-Dame, le vingt-cinquième jour de la lune, il est emmené sur une litière vers l'église Saint-Denis, vêtu d'un manteau d'hermine et couvert d'un drap d'or, portant couronne, sceptre et main de justice. Son corps tout entier est déposé près de ses pères, excepté le cœur qu'à sa demande on a prélevé pour l'inhumer dans le sanctuaire Saint-Dominique de Poissy qu'il a fondé.

Ce jour-là, le glas est sonné longuement par le bourdon de Notre-Dame, puis repris par tous les clochers de la cité. Une note grave s'élève dans chaque quartier, dans chaque rue. Une vibration profonde, qui jamais ne cesse, fait trembler les murs et tressaillir les gens. Jusque dans la soupente où elle est cloîtrée, Maheut la ressent.

La maison de la soie est déserte, la boutique close. Jeanne du Faut et les ouvrières sont parties, comme la plupart des gens de la ville, s'agglutiner le long des rues que traverse le cortège funèbre. Seule Maheut n'a pas eu le droit d'assister à la cérémonie. Elle se lève à peine, n'a pas encore vêtu sa robe. En chemise, elle a défait ses cheveux. Elle les sent réchauffer sa peau à travers le tissu rêche qui l'habille. Voilà plus d'un an qu'elle ne les a coupés. Depuis ce jour d'un autre cortège, celui des rois de France et d'Angleterre, qui s'avançait à la lumière des torches dans cette même Grande rue Saint-Denis où est aujourd'hui porté le corps du roi. Sa coiffe s'était défaite, une mèche envolée, Giacomo avait dit : « *Bellissima !* » Comme il l'avait fait pour Leonor, quelques minutes plus tôt. Et il avait pressé sa main dans la sienne.

Les boucles serpentent sur l'épaule et sur le sein, coulent sur le ventre, elles tombent désormais jusqu'à la taille, moins serrées qu'autrefois. D'une main, Maheut tient une mèche, de l'autre elle y enfonce le peigne, se réconfortant autant que possible à sentir la toison chaude et vivante sous ses doigts.

Tout est si triste en ce lieu ! Nul besoin de la cloche des morts pour que l'atmosphère y semble funèbre. Depuis des mois, Maheut ne reconnaît plus la maison. Ou – ce qui est la même chose – elle ne reconnaît plus Jeanne du Faut. La maîtresse s'est éteinte, un feu dansant qui s'assagit, rapetisse, ne reste plus que la braise, bientôt la cendre. Il y a d'abord eu la mort de Juliotte. Puis ces menaces sur leur communauté. La mort du pape Clément a été annoncée en avril, la promulgation des décrets de Vienne est de nouveau reportée. Un peu de temps gagné, ont-elles toutes pensé, mais certains profitent d'ores et déjà de la fragilisation de leur statut pour critiquer plus ouvertement les privilèges des béguines. Des tisserands de lin et des fileurs de soie accusent les femmes, qui sont dispensées d'apprentissage, de concurrence déloyale, demandent qu'on limite leur activité. Si nous ne travaillons pas, on nous reproche de vivre de dons et de mendicité et de détourner l'argent des véritables pauvres, alors que jeunes et vigoureuses nous pourrions subvenir à nos besoins. Mais lorsque nous travaillons, nous sommes exposées à toutes les critiques, toutes les dénonciations, se plaint Jeanne.

Enfin s'est ajouté ce scandale qui a éclaté dans le clos. Ade disparue. Ysabel qui ne vient plus.

L'ouvrage est toujours fait, bien fait, la clientèle présente, satisfaite sans aucun doute, mais dans les chambres et dans l'atelier, les appels et les rires se sont étouffés, ces chants aussi, que les brodeuses aimaient reprendre en chœur pour délier leurs doigts.

Le peigne accroche, Maheut écarte la poignée de cheveux de son buste pour mieux la maîtriser, le froid serre le mamelon qui pointe à travers la chemise. Elle devrait se vêtir, mais elle étouffe. Ce n'est pas seulement l'enfermement auquel elle est condamnée depuis deux jours. C'est cette vie, où chaque geste doit être retenu. Jeanne est devenue si craintive. Elle ne cesse de commander à ses compagnes de veiller à leur vêture, à leurs pas, à la portée de leur voix. Si elle le pouvait, elle leur dirait de se confondre avec l'ombre des venelles.

L'attrait de la nouveauté, la liberté relative qui ont permis à Maheut de trouver quelque plaisir lorsqu'elle est arrivée rue Troussevache ont disparu. Tout lui pèse à présent, y compris la ville, l'air immobile, les murs si hauts, les passages étroits, l'espace contraint qui encage un corps déjà entravé. Quand a-t-elle senti pour la dernière fois le vent du dehors sur sa peau ?

Si tu veux, a dit Giacomo, je t'emmène avec moi. Tu pourras tirer à l'arc tant que tu veux, et cavaler aussi. Tu verras, je possède un grand domaine et des prés à l'herbe rase qui grimpent les collines. On s'y lance au galop, les chevaux aiment cela, mes bêtes sont joyeuses et mon étalon a la couleur de tes cheveux.

Maheut secoue la tête. Attrape l'édredon sur son lit, s'y enveloppe tout entière.

Bien sûr, ce n'est pas l'homme dont elle rêvait enfant. Un marchand de tissus ! Mais elle-même, qu'est-elle aujourd'hui ? Une fuyarde sans noblesse et sans argent. Giacomo présente à tous un visage amène et flatteur, des manières précieuses, c'est son métier, mais elle a reconnu en lui une étrange liberté, une vitalité qui ressemble à la sienne. Il aime ce que Maheut est obligée de dissimuler depuis si longtemps : sa rousseur, la flamboyance de son âme. Et il le dit.

La lettre est glissée sous la litière. Maheut ne pensait plus avoir de ses nouvelles. Au retour de leur escapade au champ de tir – comme ils avaient couru ! Les gens les regardaient, elle n'en avait cure –, il avait promis d'en donner. Ils s'étaient si bien amusés. Elle n'avait pas ri de cette manière depuis son enfance. Il aurait pu profiter de la situation, elle se sentait étourdie, il avait seulement entouré sa taille de son bras au détour d'une ruelle. Et lui avait parlé de son pays. De sa maison. De l'épouse dont il vivait séparé depuis des années.

Ensuite il n'était passé qu'une fois à la maison de la soie pour y terminer ses affaires. Jeanne l'avait traité avec amabilité, l'important était de montrer que rien de grave n'avait eu lieu. De conserver sa réputation dans le quartier. Giacomo n'avait pas adressé la parole à Maheut lors de cette visite, il avait seulement posé sur elle ce regard qu'elle connaissait bien, rapide, appuyé. Celui qui l'avait touchée dès le début. Il voyait tout d'elle comme il voyait tout de ces pièces de soie où il savait détecter le moindre défaut, la plus discrète invention : lorsqu'elle était joyeuse, fatiguée, lorsqu'elle changeait de coiffe ; un jour il avait remarqué une écorchure à la base de son ongle. Il était le seul à avoir compris la profondeur de son désarroi lorsqu'on avait ramené le corps de la muette.

Elle pensait qu'après ses dernières transactions avec Jeanne, il disparaîtrait. Et puis, au début de la semaine, ce mot, glissé par un commis. Maheut a voulu se faufiler hors de la maison, elle a été surprise, punie. Et maintenant ne sait que décider.

L'huis cogne au rez-de-chaussée. Des voix. Les voici rentrées. Un tintement dans la cuisine, elles vont sans doute prendre une collation.

L'escalier grince, des pieds légers frottent l'échelle vers la soupente. La porte est poussée. C'est la petite.

Elle est gentille, pense Maheut, elle sait que je suis recluse.

« Viens », dit-elle en tendant le bras.

Leonor s'avance, grimpe sur le lit. Elle dort là, désormais, aux côtés de sa mère. Elle a grandi d'un coup depuis le printemps, ne tient plus dans son petit lit, et la lingère qui a remplacé Juliotte dans la mansarde refuse qu'elle partage le sien. Maheut ne s'en plaint pas. Leonor est toujours aussi tranquille, elle s'est habituée à la présence de son corps, doux.

Elle écarte l'édredon qui l'enveloppe, prend l'enfant contre elle. Leonor se laisse faire. Elle parle toujours si peu. Les femmes de la maison craignaient sa réaction lorsque Ade n'est plus venue. Mais l'enfant n'a rien demandé, pas versé une larme.

Giacomo a dit qu'il était prêt à l'emmener aussi. Il n'a fait aucune promesse, sinon d'avoir soin d'elles. C'est désormais à Maheut de décider ce qu'elle veut, et ce qu'elle est prête à risquer pour cela.

17

Il est trop tard, songe Ysabel.

Elle tend la fiole de vin qu'on lui a permis d'apporter, mais il en avale à peine une gorgée et la repose, laisse aller sa tête contre le mur. Il est amaigri, bien sûr. Sa barbe n'a pas été rasée, ses cheveux ont recouvert le cercle de la tonsure, ils retombent sur le front et les oreilles, ont grisonné, les sourcils aussi. Mais ce n'est pas tant la transformation physique qui le rend méconnaissable. C'est la torpeur, l'abandon total qui relâchent ses traits. L'atonie de ses yeux.

« Comment avez-vous pu entrer ? demande-t-il finalement.

– Le gardien s'est laissé fléchir contre quelques pièces.

– Vous auriez dû garder votre argent…

– Je ne voulais pas laisser passer l'Avent sans vous rendre visite.

– L'Avent, murmure Humbert les paupières toujours closes, le temps de la déviation… »

Sa voix est rauque, elle accroche dans la gorge.

« … Le temps de l'hiver et de l'obscurité, des semences endormies sous la terre. Des fleurs de l'espoir et des fruits de l'amour ruinés…

– Mais après lequel, souffle Ysabel, grâce à la naissance du Christ, vient le temps de la rénovation où l'aurore se lève, les plantes croissent et donnent des épis. »

Elle soupire, s'installe sur le petit banc que le gardien a posé pour elle. Humbert n'est pas entravé, on lui a laissé sa liberté de mouvement. Il s'est assis à même le sol au pied de sa litière, prenant appui dans un coin de la cellule. Un pied sort de sa robe, les orteils sont gonflés, les ongles bleus.

« Je connais comme vous les quatre temps de l'année liturgique, poursuit avec douceur Ysabel. Et comme moi vous savez qu'à l'image des saisons et des moments du jour, ils dessinent un cercle, sans cesse repris, un cycle toujours nourri. Ne vous laissez pas aller à la désespérance. »

Le franciscain ne réagit pas. Sa posture est celle d'un animal retiré dans sa tanière, ramassé au plus sombre de la terre en attendant sans plus se battre que son corps raidisse. Il semble parti si loin, comment pourra-t-elle le ramener ?

« La désespérance est un péché, dit-elle encore. Elle détourne l'homme de Dieu et le prive de ses sens, sans conscience de la fange où il gît ni du diable qui le traîne en enfer. »

Humbert a les yeux fermés, mais un drôle de sourire étire ses lèvres. Il se relève enfin du mur.

« Vous auriez fait un bon prédicateur, dame Ysabel, vous savez user des mots qui conviennent… »

Il tousse. Parler le fatigue. Les poumons, sans doute, sont pris. Ce n'est pas le pire des cachots, a pensé la béguine en arrivant, un réduit en sous-sol auquel on accède non par une trappe, mais par un étroit escalier. Le lieu cependant est glacial, les murs battus par les flots de la Seine perlent d'humidité, l'air paraît chargé de miasmes – moisissure, détritus, reflux de la fosse d'aisance.

« Vous nourrit-on ?

– Pain sec et eau...

– Je pourrais peut-être... »

Humbert hoche la tête.

« Ne vous inquiétez pas de cela. Dites-moi plutôt pourquoi vous êtes là. C'est la démarche d'une amie. Je ne savais pas que vous l'étiez.

– Je suis venue à la demande de dame Ade.

– Ade ? »

Cette respiration lourde de nouveau.

« Elle souhaite que je vous fasse part de sa reconnaissance.

– Pour l'avoir mise en danger ?

– Pour ce que vous avez accompli ensuite.

– Avais-je vraiment le choix ?

– Vous auriez pu vous enfuir.

– J'aurais pu.

– Au lieu de quoi vous vous êtes présenté à l'Inquisition.

– N'est-ce pas ce que vous attendiez de moi ? »

Ysabel ne répond pas, se relève avec peine. Le banc l'oblige à maintenir une position accroupie qui fait souffrir ses jambes. Elle s'appuie à son tour contre le mur, à l'aplomb de la lucarne. L'ouverture est placée si haut qu'on ne peut voir au-dehors. Au moins, la lumière du jour pénètre-t-elle, aussi faible soit-elle, dans le réduit. Il n'y a rien de pire que de vivre dans une obscurité permanente. Beaucoup en deviennent fous.

Les yeux détournés d'Humbert, elle s'interroge. A-t-il raison ? Espérait-elle qu'il se livre lorsqu'elle lui a fait porter le paquet, accompagné d'une lettre, au petit matin ?

Frère Geoffroy est arrivé peu après, la messe à peine terminée, avec un autre dominicain, un commissaire de l'inquisiteur. Ysabel se trouvait chez Ade lorsqu'ils ont frappé à la porte, conduits par Agnès, le visage serré dans sa guimpe, les yeux baissés. Quelle scène dégradante ! Le salon de son amie fouillé, son coffre ouvert et ses livres répandus au sol. Les missives de sa belle-sœur et de son frère défunt lues à voix haute. On interprète leur moindre mot, on les confisque. Ade laisse faire, rétorque aux questions par monosyllabes. Et Geoffroy bien sûr s'emporte.

Lorsqu'il a menacé Ade de la traîner devant l'Inquisition, et cette jeune fille aussi, cette Clémence de Crété qui avait tant tardé à la dénoncer, alors bien sûr, Ysabel a espéré que sa lettre atteindrait son but. Elle n'y faisait pas appel à la charité d'Humbert, mais à son honneur. En toute conscience. Parce qu'elle savait que là étaient sa faiblesse et son orgueil. Elle parlait d'Ade, exposée par sa faute. Chaque terme était pesé, et il n'est pire poison que les mots.

Aujourd'hui encore, elle n'a aucun regret. De la compassion, à le voir si affaibli, mais pas de regret.

« Comment se porte dame Ade ? »

Humbert parle bas, tente de maîtriser son souffle.

« Elle a été fortement ébranlée. On l'a interrogée, puis chassée du béguinage.

– Sera-t-elle poursuivie ?

– Les enquêteurs ont exonéré sa responsabilité en raison de la faiblesse de son sexe. Avoir déclaré que vous l'aviez séduite à votre vouloir était la meilleure façon de la protéger… Vous vous êtes conduit de noble manière.

– Pour me retrouver en une bien noble condition. »

Le franciscain balaie d'un même geste le lieu où il est enfermé et sa personne. Quelque chose s'est brisé en lui, qui certes semblait sans cesse menacé, contrarié par des forces contraires, mais qui jusque-là le tenait debout.

« Que va-t-il se passer, frère Humbert ? La date du procès est-elle arrêtée ?

– L'inquisiteur n'a pas été satisfait de mon témoignage lors de l'interrogatoire. Mon zèle autour du *Miroir* est pour lui le signe de pratiques hérétiques, il ne croit pas à mon innocence. »

Ysabel baisse les yeux. Comme Humbert, elle sait ce que cela signifie. Des mois d'enfermement, peut-être la question pour lui extorquer la vérité.

« Je ne peux obtenir qu'on vous nourrisse mieux, mais je vais demander si l'on peut vous faire porter des remèdes.

– Je ne pense pas que cela soit encore utile. »

La vieille béguine se penche, s'agenouille sur le sol pierreux. Elle soulève le bras du franciscain – il empeste la crasse et l'urine –, prend le poignet, y appuie son pouce. Le rythme est lent, la musique du cœur basse et brève.

« Vous voyez, dit Humbert. Vous devriez vous préoccuper de mon âme plutôt que de mon corps. Ce que, moi-même, je tente de faire désormais.

– Y parvenez-vous ?

– Difficilement. L'image de mon vieux maître me visite souvent ces derniers temps. La nuit comme le jour. Sa mort fut tourmentée, je crains qu'il n'ait pas trouvé le repos dans l'au-delà.

– Peut-être est-ce la faiblesse de votre corps qui crée dans votre esprit l'illusion de sa présence.

– Je ne sais pas. Mais frère Jean a été bienveillant pour moi durant sa vie, et son revenant se montre bien sévère.

– Pourquoi l'est-il selon vous ?

– J'ai mis en danger cette communauté de femmes qu'il estimait tant. Et j'ai échoué dans la mission qu'il m'avait confiée avant de s'éteindre. »

Ysabel est toujours agenouillée près de lui. Elle cherche les mots qui conviennent.

« Vous avez évité le pire à nos amies en vous rendant à l'inquisiteur et en lui remettant le livre de Marguerite. Vous êtes aujourd'hui celui qui endure la peine la plus sévère. Quant à la copie, ne vous inquiétez pas… Vous avez tenu la promesse faite à Jean de Querayn. Clémence de Crété l'a cachée chez elle. Et désormais, une connaissance… quelqu'un de sûr l'a entre les mains. Une femme qui part pour l'Italie, à qui j'ai demandé de l'emporter avec elle. Elle le fera, elle m'est redevable.

– Alors, tout est bien… »

Humbert s'est laissé retomber contre le mur. Près de sa tête, plusieurs dessins sont gravés dans l'enduit de plâtre, des traces laissées par les prisonniers qui l'ont précédé, un crucifiement, un tournoi, des inscriptions, des noms peut-être, la lumière est trop faible pour qu'Ysabel les distingue vraiment.

« Vous savez, ce qui me semble le plus… je ne sais comment dire… le plus terrifiant, c'est de mourir pour avoir défendu une femme et un texte que j'ai tant méprisés. Je me demande parfois s'il ne s'agit pas d'un tour de Satan.

– Ce n'est pas Satan », soupire Ysabel.

Elle le regarde et se demande de nouveau comment continuer. Il a repris sa posture de bête blessée. Est-il en état de comprendre ce qu'elle va lui dire ? Mais ils ne se parleront sans doute plus après ce jour, et ses mots, s'il les entend, lui permettront peut-être d'affronter ce qui vient, les yeux ouverts et lucides.

« Vous avez joué votre rôle, frère Humbert, comme Geoffroy ou Agnès, Clémence, Ade ou moi-même avons joué le nôtre. Pourtant, les événements et les causes qui ont précipité votre chute dépassent chacun et chacune d'entre nous. Ils viennent de loin et de profond, des entrailles de notre monde tel qu'il change et grandit, ils sont multiples, mais ils vont tous dans le même sens. »

Elle lève les yeux vers la lucarne où le jour tremble, comme un reflet sur l'eau.

« Ils nous tirent vers la noirceur. Vous n'avez été, frère Humbert, que le messager supplémentaire d'un avertissement souvent répété. La nuit des béguines va tomber. »

18

Ysabel attend que Pâques soit passé et le printemps bien installé pour quitter le clos. Elle n'a plus l'âge de ces périples inconfortables sur des routes boueuses où votre équipage risque à chaque moment de s'embourber ou d'être emporté par une rivière en crue. Elle partage un char de voyage avec un échevin qui se rend à Provins. Les étapes sont connues de lui, les auberges sûres. Dans sa besace, elle a emporté de quoi se réconforter, des provisions et ce couteau protégé par un étui reçu de son premier époux pour trancher les pommes dont le jus réveille si bien le corps mis à mal par les aléas du transport.

Le périple doit durer quatre jours. Le compagnon d'Ysabel se montre peu loquace, la plupart du temps il dort. La caisse du char est suspendue à des courroies de cuir, les cahots amortis, elle-même se laisse parfois aller à la somnolence, prise par le rythme long du voyage qui vous arrache à celui de la vie quotidienne aussi sûrement que les heures immobiles de la prière. Mais le plus souvent, elle reste éveillée, à l'affût des sensations et des images qui affluent. Ce paysage ressemble à celui qu'elle a traversé il y a si longtemps pour se rendre au béguinage en laissant son domaine et sa famille. Une vaste plaine ondoyante de froment et d'avoine hauts sur pied, des coteaux ourlés de vignes, des troupeaux vagabondant dans les jachères où l'herbe nouvelle a remplacé l'herbe jaunie de l'hiver. La campagne ordonnée par la main de l'homme, féconde et harmonieuse

À côté d'elle, la petite garde elle aussi les yeux grands ouverts. C'est sans doute la première fois, songe Ysabel, que son regard peut s'échapper sans se heurter à un mur. Depuis quelque temps, elle envisageait d'emmener Leonor avec elle dans les prés où elle fait ses récoltes, au-delà des courtilles du marais. L'enfant lui avait semblé fascinée par ses collections d'herbes et de pierres. Mais les choses en sont allées autrement. Peut-être cela vaut-il mieux…

Quoi qu'il en soit, l'observer, tandis que le char progresse au pas lourd des chevaux, traverse les villages et les guets, s'arrête dans les cours de ferme où l'on se régale d'un œuf et de lait crémeux, est un plaisir. Leonor ne semble jamais effrayée, son visage est déjà rosi par le grand air, les cheveux envolés sous la coiffe se dorent de soleil, les prunelles ont pris une couleur nouvelle, un vert brut, elle ressemble à sa mère comme jamais.

Maheut a-t-elle hésité avant de la laisser ? Ysabel se le demande encore. Elle n'a manifesté aucun regret. Lorsqu'elle a déposé Leonor à la porte de sa maison, elle portait déjà les vêtements d'une femme qui s'en va.

« Sais-tu ce que tu fais ? a demandé Ysabel. Quand cet homme en aura assez de toi, tu te retrouveras à la rue. Tu auras tout perdu.

– J'ai déjà tout perdu, a simplement répondu Maheut.

– Pas ton salut.

– Je prierai pour mon salut lorsque j'aurai votre âge. »

La petite avait dans les bras la poupée offerte par Ade, un baluchon à ses pieds. Elle attendait. Maheut s'est accroupie, l'a serrée dans ses bras.

« Ysabel va prendre soin de toi, ma fille, a-t-elle dit. Si je ne t'emmène pas, c'est pour ton bien. »

Elle l'a embrassée, puis elle est partie.

Ysabel a longuement pesé sa décision, mais chaque lieue parcourue par l'attelage accroît son inquiétude. Elle connaît sa responsabilité vis-à-vis de l'enfant et de la mère qui la lui a confiée. Leonor a déjà subi tant de pertes, elle craint de l'exposer à nouveau. N'aurait-elle pas dû la laisser dans la maison de Jeanne du Faut ? La mercière était prête à la garder. Mais Jeanne, sa courageuse amie, est désormais un étai trop fragile pour qu'un jeune être s'y accroche. Alors Ysabel tente de se réconforter en pensant à cette leçon apprise de sa grand-mère : même la terre la plus sèche, la plus fatiguée, peut donner une pousse, mais à coup sûr elle n'en donnera pas si l'on n'y plante pas une graine. Elle doit faire confiance à son instinct, espérer de l'avenir et semer la graine.

La troisième nuit, elles séjournent dans une auberge de Provins. Malgré une litière plutôt confortable, le sommeil est mauvais. Le réveil, avant laudes, difficile. Les deux voyageuses partent à l'aube, elles se serrent l'une contre l'autre, il fait encore froid. Les solides remparts de la cité champenoise s'assombrissent bientôt sur l'horizon, ils s'effacent, l'attelage longe les prés où paissent les beaux moutons dont on tisse la laine qui fait le drap bleu de Provins. Encore des champs et des villages, il ne reste que deux lieues à parcourir.

Le soleil a grimpé au zénith lorsqu'elles arrivent au pied du château, une forteresse sévère bâtie à l'envers d'une combe. Le pont-levis est baissé, les sabots lourds des chevaux cognent sur le bois, le char tangue. Tout en s'accrochant à la bâche de cuir qui le couvre, Leonor fixe sa marraine, elle semble inquiète pour la première fois. Ysabel lui rend son regard avec un sourire, la tête étourdie de fatigue.

Voici l'attelage arrêté dans la basse-cour herbeuse. Un valet approche, un garçonnet est à ses côtés, qui mouline l'air d'une épée de bois.

« Vous êtes qui ? » demande le gamin.

Derrière eux, une silhouette s'avance, la jeune femme est vêtue d'un bliaut d'un bleu azuréen, elle porte un nourrisson dans les bras. Plus loin encore se tient une autre femme, à la robe de même couleur mais d'une nuance sombre, un voile blanc flotte sur ses épaules.

Ysabel descend de la voiture, elle tient Leonor par la main.

La femme qui se trouvait après tous les autres est passée devant, elle lève ses doigts, les presse sur sa bouche.

« Quand est-ce arrivé ? »

L'après-midi touche à sa fin, Ade et Ysabel marchent dans le jardin, à l'aplomb du donjon. Il est protégé du vent par les murailles, exposé au sud. L'air parfumé par les premières fleurs s'y révèle plus doux qu'à l'intérieur.

« Le cinquième dimanche de carême, répond Ysabel. Le gardien l'a trouvé au matin, sur sa litière.

– A-t-il souffert ?

– Ses poumons étaient engorgés et son cœur faible. Le corps a cédé…

– Il a donc souffert.

– Je vous mentirais en prétendant le contraire, mais Dieu a été miséricordieux, il lui a évité une longue et difficile détention.

– J'avais espéré... »

Ysabel a glissé son bras sous celui d'Ade. Elle la tient fermement contre elle.

« J'avais espéré qu'on lui permettrait de regagner son couvent, d'y rester consigné en attendant le procès.

– L'inquisiteur est dominicain, et les Dominicains sont en charge du béguinage royal. Ils ne voulaient pas prendre le risque que l'affaire fasse plus de bruit encore. Le mieux, pour eux, était qu'on oublie frère Humbert au fond de sa geôle.

– Ainsi, il était condamné avant même d'être jugé.

– Il en était conscient, Ade. »

Un cri d'enfant résonne au pied des murailles. Le petit garçon court en combattant de son épée des ennemis imaginaires. Sa mère l'appelle en riant, Leonor est à ses côtés.

« Comment se sont passées les choses au béguinage après mon départ ?

– Les visites ont été interdites durant plusieurs semaines, sauf autorisation du prieur. Seules les femmes qui pouvaient justifier d'un travail avaient le droit de sortir. Les Dominicains ont mené une enquête, interrogé nos compagnes.

– Vous-même, avez-vous été menacée ?

– Mon âge et le nom de mon époux m'ont protégée, même si Agnès a tenté de m'impliquer dans l'affaire.

– Agnès ?

– Elle pensait m'atteindre à travers vous, mais elle n'a pas tiré grand profit de sa dénonciation. Elle a quitté le clos au début du carême sous le prétexte d'une parente malade et n'est pas revenue. Je crains qu'elle finisse sa vie dans quelque ermitage.

– Je n'ai pas de pitié pour elle, je l'avoue, même si je ne comprends pas pourquoi on la punit.

– Agnès n'est pas très intelligente. Elle s'est laissé manipuler par son cousin, un ambitieux qui, un jour, j'en suis sûre, prétendra à de plus hautes fonctions chez les Jacobins. Lui-même voulait sans doute, par son initiative, montrer que l'actuel prieur manquait de vigilance. Ce n'était guère habile de fragiliser ainsi son couvent, mais il a trop d'appui, pour qu'on lui en tienne rigueur. Il fallait néanmoins désigner un responsable du scandale. Agnès a été sacrifiée. »

Les deux femmes laissent derrière elles les carrés de terre du potager, passent sous une tonnelle qui mène vers le petit jardin de Marie qu'Héloïse a planté pour orner la chapelle du château. Le pas d'Ade est mal assuré, mais elle semble moins fragile que ne l'avait redouté Ysabel. Lorsqu'elle avait quitté le béguinage, après l'humiliation de la fouille et l'arrestation d'Humbert, la vieille béguine avait craint pour sa vie.

« Comment vous sentez-vous, Ade ? Vous semblez avoir repris des forces.

– Héloïse m'oblige à sortir chaque jour.

– Allez-vous demeurer avec elle ?

– Elle me l'a demandé il y a quelques semaines. Mais ce n'était pas mon projet. Je voulais me retirer chez les bénédictines… Vous savez que je l'envisage depuis longtemps.

– Et maintenant ?

– Maintenant ? Maintenant, Leonor est là, grâce à vous.

– Vous avez donc changé d'avis ? »

Ade secoue la tête.

« Ne me pressez pas, Ysabel. »

Glissant la main de dessous le bras de sa compagne, elle s'écarte, fait un pas, ajoute d'un murmure :

« Vous savez, nous n'avons rien fait de mal.

– Je le sais. »

Quelques minutes plus tard, alors qu'Ade s'éloigne, la vieille béguine s'attarde un moment dans le jardin. Pointant au bout de tiges charnues, des iris étalent déjà leurs pétales. Les fleurs de l'arc-en-ciel, songe Ysabel, qui comme lui brillent du rouge sang au jaune solaire... Ceux-là seront bleus, poudrés de violet. Puis fleuriront les pivoines de la Pentecôte, les lys de Catherine et les lys blancs, les roses de Provins et celles de Damas qui parfumeront l'autel pour l'Assomption.

Lorsqu'elle retourne vers la porte qui mène à l'entrée des appartements, elle aperçoit Héloïse. La jeune femme est seule, elle tourne sur elle-même en appelant : « Jean, Leonor ! » Sa voix rebondit comme un rire sur les pierres du donjon.

Les enfants ont grimpé au sommet des remparts. Le garçon guide la petite, ils se cachent, Ysabel les perd de vue, elle fait quelques pas pour tenter de les apercevoir. Une ombre bouge, c'est Leonor, qui montre la tête. La fillette se redresse, elle a vu la forêt de là-haut, et un oiseau qui la survole. Elle écarte les bras, les lève, bouge ses mains agiles, les fait glisser sur l'air comme des ailes.

D'où elle se trouve, les pieds plantés dans l'herbe rase, le nez humant la bonne odeur du fumier venue de l'écurie toute proche et du foin tenu dans la grange, Ysabel la contemple et sourit. Peut-être cette graine qu'elle pensait semer a-t-elle déjà crevé la terre et commencé à grandir.

Les décrets de Vienne sont finalement publiés en 1317 par le successeur de Clément V, Jean XXII, sous le nom de Constitutiones Clementinae. *Le statut de béguine y est condamné et prohibé, mais le texte se termine par une formule ambiguë : il n'est pas interdit, précise le pape, aux « femmes pieuses, qu'elles aient fait vœu de chasteté ou non, de vivre honnêtement dans leurs maisons et d'y servir Dieu dans un esprit d'humilité ».*

Durant les années qui suivent, en raison de cette clause obscure, les nombreuses communautés du nord de l'Europe sont soumises au bon vouloir des autorités locales, à la bienveillance de leur évêque et au soutien de leurs bienfaiteurs. Partout, des enquêtes sont diligentées pour évaluer l'orthodoxie des béguinages. Certaines institutions résistent, d'autres se voient confisquer leurs biens ou encore obligées de se soumettre à de nouvelles règles.

À Paris, où les Clementinae *circulent dès novembre 1317, la réaction est rapide, sévère. Certains chroniqueurs rapportent que le clos royal est fermé. « Les béguines ne chantent plus, les béguines ne lisent plus », écrit le chanoine Jean de Saint-Victor.*

Au nom de saint Louis son ancêtre, le roi Charles IV, successeur de l'éphémère Philippe V, reprendra le béguinage sous sa protection, le dotant d'un règlement plus rigide. Mais le clos, comme la maison des Capétiens et le royaume tout entier, bientôt balayé par les ravages de la guerre de Cent Ans et la peste noire, a commencé son déclin.

En 1470, le bâtiment tombe en ruine, seules deux femmes y vivent encore. En 1471, Louis XI le transfère à la communauté franciscaine des Filles de l'Ave Maria. Les dernières béguines se fondent parmi elles. En 1485, les sœurs pauvres de Sainte-Claire, un ordre sévère et rigoriste, s'installent à leur tour dans l'ancien clos des femmes libres. Les archives des temps passés ne sont pas conservées, le souvenir des béguines parisiennes disparaît.

Cinq siècles plus tard, poursuivant ma quête sur leurs traces, si légères, je découvre cet avis publié en 1994 dans le Bulletin de liaison de l'association des bibliothèques ecclésiastiques de France *par la médiéviste Geneviève Hasenohr :*

> *« On recherche un manuscrit…*
>
> Le Miroir des âmes simples et anéanties *de la béguine Marguerite Porete (+1310), texte majeur de la mystique médiévale, est actuellement connu, dans sa version française originale, par un unique manuscrit fautif et tardif (fin* XV*e-début* XVI*e siècle) conservé au musée Condé (Chantilly).*
>
> *Or le premier éditeur du texte, M. de Corberon, dit avoir eu à sa disposition, dans les années 1955-1957, à titre personnel, un second exemplaire, largement antérieur (peut-être encore du* XIV*e siècle), qui […] se serait trouvé en possession d'une collectivité de moniales contemplatives de langue française – mais établies hors du territoire français –, lesquelles n'entendent pas se faire connaître. […]*
>
> *Étant donné l'importance que revêt l'œuvre de Marguerite Porete, tant pour l'histoire de la spiritualité que pour celle de*

la langue française, ces religieuses pourraient-elles se faire connaître et envisager, moyennant toutes les précautions et garanties nécessaires, d'autoriser la consultation de leur précieux dépôt à un philologue qui jouirait de leur confiance ? »

À ma connaissance, jusqu'à ce jour, l'avis de recherche est demeuré sans réponse.

Bibliographie sélective

Sur les béguines

The Beguines of Medieval Paris, Tanya Stabler Miller, Penn Press (University of Pennsylvania), 2014.

Les Béguines de Paris, Léon Le Grand, Paris, 1893. Microfilmed 1991, Columbia University Librairies, New York.

Les «Bonnes Femmes» de Paris, thèse soutenue par Michael Connally, Université Lumière Lyon 2, 2003.

Mort d'une hérésie, l'Église face aux béguines et aux béghards du Rhin Supérieur du XIVe au XVe siècle, Jean-Claude Schmitt, Éditions Moutons/École des Hautes études en sciences sociales, 1978.

Sur Marguerite Porete

Marguerite Porete et le Miroir des simples âmes, Perspectives historiques, philosophiques et littéraires, sous la direction de Sean L. Field, Robert E. Lerner et Sylvain Piron, Vrin, 2013.

The Beguine, the Angel and the Inquisitor, The Trials of Marguerite Porete and Guiard of Cressonessart, Sean L. Field, University of Notre Dame Press, 2012.

La Tradition du Miroir des simples âmes au XVe siècle : de Marguerite Porete à Marguerite de Navarre, Geneviève Hasenohr, Comptes rendus des séances de l'Académie des Inscriptions et Belles-Lettres, 143e année, n° 4, 1999.

Voix de femmes au Moyen Âge, sous la direction de Danielle Régnier-Bohler, Robert Laffont, 2006 (et particulièrement le chapitre sur Marguerite Porete dont sont issus les extraits du *Miroir des âmes simples et anéantis* cités dans ce roman).

Sur les femmes au Moyen Âge

Histoire des femmes en Occident; le Moyen Âge, sous la direction de Georges Duby et Michelle Perrot, Plon, 1991.

La Femme au temps des cathédrales, Régine Pernoud, Stock, 1980.

La Femme au Moyen Âge, Jean Verdon, Éditions Jean-Paul Gisserot, 1999.

Le Plaisir au Moyen Âge, Jean Verdon, Perrin, 2010.

Mariage aristocratique et doctrine ecclésiastique: le témoignage du rapt au Parlement de Paris pendant la guerre de Cent Ans, Geneviève Ribordy, *Crime, Histoire et Sociétés*, vol. 2, n° 1, 1998.

L'Institution et le genre. À propos de l'accès des femmes au sacré dans l'Occident médiéval, Michel Lauwers, Clio, 1995.

Une Histoire du corps au Moyen Âge, Jacques Le Goff, Nicolas Truong, Liana Levi, 2003.

Sur Paris au Moyen Âge

Le Paris du Moyen Âge, sous la direction de Boris Bove et Claude Gauvard, Belin, 2014.

Paris au Moyen Âge, Simone Roux, Hachette Littératures, 2003

Atlas de Paris au Moyen Âge, Philippe Lorentz et Dany Sandron, Parigramme, 2006.

Vivre en ville au Moyen Âge, Jean-Pierre Leguay, Éditions Jean-Paul Gisserot, 2012.

Les Métiers et corporations de la ville de Paris : XIIIe siècle. Le Livre des métiers d'Étienne Boileau, René de Lespinasse et François Bonnardot, Imprimerie nationale, 1879.

Description de Paris, de Versailles, de Marly, de Meudon, de Saint-Cloud, de Fontainebleau et de toutes les autres belles maisons

et châteaux des environs de Paris, Jean-Aimar Piganiol de La Force, 1742 (consultable sur Gallica).
Dictionnaire historique de la ville de Paris et de ses environs, dans lequel on trouve la description des monuments et curiosités de cette capitale, Pierre-Thomas Hurtaut et L. de Magny, 1779 (consultable sur Gallica).
Paris vers la fin du XIVe siècle, plan restitué de Paris en 1380, réalisé en 1975 au laboratoire de cartographie thématique par Jacqueline Leuridan et Jacques Albert-Mallet, CNRS Éditions, 1991.

Remèdes et jardins

Les Causes et les remèdes, Hildegarde de Bingen, traduction Pierre Monat, Éditions Jérôme Millon, 1997.
Le Livre des subtilités des créatures divines, Hildegarde de Bingen, traduction Pierre Monat, Éditions Jérôme Millon, 1988.
Quand la lune nourrissait le temps avec du lait. Le temps du cosmos et des images chez Hildegarde de Bingen (1098-1179), Jean-Claude Schmitt, *Images Revues*, hors-série n° 1, 2008.
La Botanique d'Hildegarde de Bingen, Laurence Moulinier, *Médiévales*, n° 16-17, 1989.
La Pharmacopée au Moyen Âge. II. Les médicaments, Georges Dillemann, *Revue d'histoire de la pharmacie*, n° 200, 1969.
Les Jardins clos, objets d'attention au Moyen Âge, Caroline Masson-Voos, *Cahiers du Léopard d'or*, vol. 6, 1997.
Des marais aux marchés. Usages et images des plantes dans le journal d'un bourgeois de Paris (1405-1449), Claude-Charles Mathon et Pierre-Gilles Girault, *Cahiers du Léopard d'or*, vol. 6, 1997.
Jardin monastique, jardin mystique. Ordonnance et signification des jardins monastiques médiévaux, Bernard Beck, *Revue d'histoire de la pharmacie*, n° 327, 2000.
Sur la Terre comme au ciel. Jardins d'Occident à la fin du Moyen Âge, Musée national du Moyen Âge de Cluny (catalogue de l'exposition), Éditions de la Réunion des musées nationaux, 2002.

Époque

Un autre Moyen Âge, Jacques Le Goff, « Quarto », Gallimard, 1999.

L'Art et la Société, Moyen Âge-XXe siècle, Georges Duby, « Quarto », Gallimard, 2002.

Le Moyen Âge, Claude Gauvard, Éditions de La Martinière, 2010.

Le Temps des Capétiens (X^e^-XIVe siècles), Claude Gauvard, PUF, 2013.

La France sous les derniers Capétiens, 1223-1328, Marc Bloch, Librairie Armand Colin, 1958.

Philippe le Bel, Jean Favier, Fayard 1978.

Philippe le Bel, Georges Minois, Perrin, 2014 (et particulièrement les passages du roman évoquant la personnalité du roi et les dernières années de son règne).

Chronique latine de Guillaume de Nangis, de 1113 à 1300, avec Les Continuations de cette chronique de 1300 à 1368, « Collection des mémoires relatifs à l'histoire de France de Guizot », J.L.J. Brière, 1825 (consultable sur Gallica).

Et aussi

Les Rythmes au Moyen Âge, Jean-Claude Schmitt, Gallimard, 2016.

La Musique au Moyen Âge, Richard H. Hoppin, Éditions Mardaga, 1995.

Violence et ordre public au Moyen Âge, Claude Gauvard, Éditions Picard, 2005.

Les Couvents des ordres mendiants et leur environnement à la fin du Moyen Âge, Panayota Volti, CNRS Éditions, 2003.

Images du petit enfant mort dans l'histoire, Marie-France Morel, L'Esprit du temps, « Études sur la mort », 2001.

Le Mesnagier de Paris, texte édité par Georgina E. Brereton et Janet M. Ferrier, Librairie générale française, 1994.

Remerciements

Mes remerciements à Claude Gauvard pour son accueil toujours bienveillant et la générosité avec laquelle elle partage sa belle connaissance du Moyen Âge.

À l'historien Yann Potin pour avoir relu mon manuscrit avec tant de prévenance et de précision.

Au médiéviste Pierre Prétou, qui m'a guidée dans les rouages complexes de la justice au Moyen Âge.

À l'historienne de l'art Anne Egger pour ses remarques toujours judicieuses.

À Sébastien Barret et Francesco Siri de l'Institut de recherche et d'histoire des textes pour leurs éclaircissements sur les manuscrits médiévaux.

Au musée de Cluny pour son accueil (et ses merveilleuses collections...). Particulièrement à Axel Villechaize, Béatrice de Chancel-Bardelot, conservatrice en chef chargée du jardin, et Florence Margo-Schwoebel, chargée du fonds documentaire.

Au monastère de Saorge.

Aux « liseuses » pour (tous) les mots partagés.

À Liana Levi et Sandrine Thévenet pour leur confiance.

Ma reconnaissance toute particulière à Isabelle Desesquelles, qui m'a accueillie avec tant de générosité dans sa maison d'écriture De Pure Fiction. Mes béguines y ont trouvé la beauté et l'amour des livres qui leur ont permis de s'épanouir.

Aline Kiner (1959-2019), née en Moselle, était rédactrice en chef des hors-série du magazine *Sciences et Avenir.* Passionnée par l'Histoire, elle a coordonné de nombreux dossiers consacrés au Moyen Âge et interrogé les plus grands médiévistes : Georges Duby, Jacques Le Goff, ou encore Claude Gauvard. En 2004, elle publie *La Cathédrale, livre de pierre* aux Presses de la Renaissance.

Aux éditions Liana Levi ont paru *Le Jeu du pendu* (2011), un polar hanté par les fantômes de la Collaboration, et *La Vie sur le fil* (2014), un récit foisonnant imprégné de l'univers de l'Égypte antique. Son grand succès, *La Nuit des béguines* (2017), est le fruit de trois ans de recherches et d'écriture. Ce roman situé dans le Paris du Moyen Âge dévoile la complexité de cette période de l'Histoire souvent réduite à son caractère sombre et belliqueux. Il soulève également des problématiques résolument actuelles.

Septième réimpression

Achevé d'imprimer sur Roto-Page en février 2022
par l'Imprimerie Floch à Mayenne
N° d'impression : 99923
Dépôt légal : septembre 2018

Imprimé en France